KB032495

최약무패의
신장기룡
바하무트
© 2013 Ayumu Kasuga

입술을 뗀 요루카의 혀끝에서
투명한 은색 실이 길게 늘어졌다.

"──?!"

© 2013 Ayumu Kasuga

CONTENTS

P015 Prologue 오빠와의 기억

P021 Episode 1 푸른 폭군

P071 Episode 2 유적 도시(루인스기아)

P123 Episode 3 계층(클래스) 승격시험

P217 Episode 4 유적(루인)『미궁(던전)』

P331 Epilogue 질문의 대답은

© 2013 Ayumu Kasuga

피르히
아인그람

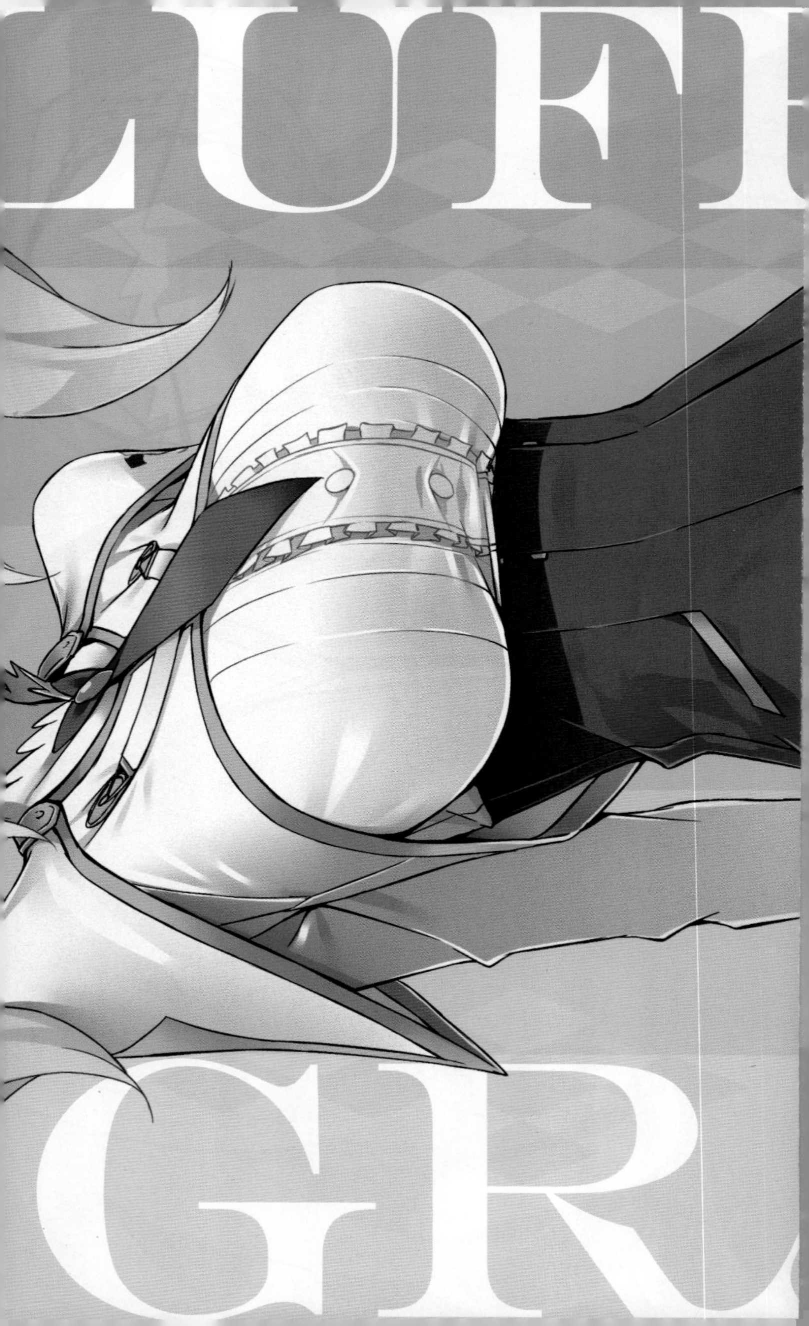

아카츠키 센리 지음
카스가 아유무 일러스트
원성민 옮김

© 2013 Ayumu Kasuga

Character

룩스 아카디아

멸망한 아카디아 제국의 왕자.
『무패의 최약』이라고 불리는 기룡사.

리즈샤르테 아티스마타

아티스마타 신왕국의 왕녀. 붉은 전희(戰姬)라고 불린다.
신장기룡 《티아마트》의 파일럿.

피르히 아인그람

아인그람 재벌의 차녀. 룩스의 소꿉친구이며 학원장의 여동생.
신장기룡 《티폰》의 파일럿.

크루루시퍼 에인폴크

북쪽의 대국, 유미르 교국에서 온 유학생 클래스메이트
신장기룡 《파프니르》의 파일럿.

아이리 아카디아

구제국 황족의 생존자.
1학년이며 룩스의 친여동생.

세리스티아 라르그리스

『기사단(시바레스)』의 기사단장인 3학년. 학원 최강이라고 불린다.
사대귀족인 공작가 영애이며, 남성 혐오로 유명.

후길 아카디아

구 아카디아 제국의 제1 황자.
현재는 행방불명. 룩스가 쫓고 있는 상대.

렐리 아인그람

왕립 사관(아카데미) 학원의 학원장. 피르히의 언니.

© 2013 Ayumu Kasuga

World

장갑기룡《드래곤 라이드》

유적에서 발굴된 고대병기.
그중에서도 희소종이며, 높은 성능을 보유한 것은 신장기룡이라고 부른다.
또한, 장갑기룡의 파일럿은 기룡사《드래곤 나이트》라고 부른다.

유적《루인》

전 세계에서 발견된 일곱 개의 고대유적. 장갑기룡《드래곤 라이드》가 발굴된 이후, 국력을 좌우하는 중요한 거점으로써 각국 간에 세력 다툼이 일어나고 있다.

환신수《어비스》

유적에서 나타나는 수수께끼의 환수. 인류를 위협하는 존재이며, 기룡사만이 대항할 수 있다.

종언신수《라그라리크》

하나의 유적에 대해 한 마리만 존재한다는 초상의 힘을 숨기고 있는 7마리의 환신수.

『검은 영웅』

정체불명의 장갑기룡《드래곤 라이드》를 사용하여 단신으로 약 1,200기에 달하는 제국 장갑기룡을 쓰러뜨렸다고 하는 전설의 영웅.

아티스마타 신왕국

리즈샤르테의 아버지인 아티스마타 백작이 아카디아 제국에 대항하여 일으킨 쿠데타가 성공하며 5년 전에 건국된 나라.

아카디아 구제국

세계의 5분의 1을 지배했던 대국. 세계최강이라고 일컬어지던 압도적인 군사력을 바탕으로 압정을 펼쳤으나, 쿠데타로 인해 멸망하였다.
룩스와 아이리는, 이 제국 황족의 생존자.

칠용기성

갈수록 늘어나는 환신수의 위협에 대항하여, 세계협정의 가맹국에서 선출한 대표 기룡사들.

Prologue 오빠와의 기억

나, 아이리 아카디아는 어려서부터 줄곧 신기하게 여겨온 것이 있다.

그것은 내가 병약했을 무렵.

아카디아 제국이 아직 존재하고, 우리 가족이 궁정에서 살던 날의 일이다.

내 오빠, 룩스 아카디아는 황위 계승권을 얻을 수 있는 입장이었지만 제7 황자인 탓인지 황족 중에서는 냉대받았다.

다른 황족이나 어쩌면 그 측근들까지도 그늘진 곳에서 업신여기고 있었다고 생각한다.

그리고 당시의 제국에 만연했던 남존여비 풍조.

아직 어리기만 했던 내가 보기에도 성의 분위기는 우리에게 가혹했다.

하지만 그 안에서 오빠만은 분위기가 달랐고, 어딘가 붕 떠 있는 것처럼 보였다.

"몸은 좀 괜찮아? 뭐 필요한 건 없고?"

침대에 누워 있는 어린 내게 언제나 말을 걸어주었다.

그때는 어머니가 마차 사고로 돌아가신 직후였다.

나는 충격으로 병세가 악화되어 슬픔에 젖은 나날을 보내고 있었다.

“무슨 일 있으면 바로 불러줘. 상태가 좋아지면 뒤쪽 꽃밭에라도 놀러 가자.”

여느 때와 다를 바 없는 오빠의 다정한 미소.

평소라면 안심할 수 있었을 그 목소리를 들었지만, 그때의 나는 어머니를 잃었다는 괴로움과 불안으로 고통스러워서—.

“오빠, 더는 저를 신경 쓰지 마세요…….”

왜 그런 말을 하고 말았을까. 나는 지금도 후회하고 있다.

“저는 이제 2개월 뒤면 변경백이 있는 곳으로 가야 해요……. 저한테 시간을 쓰셔도 오빠한테는 득 될 게 전혀 없으니까요.”

황제인 아버지의 명령으로 가족과 갈라지고 마는 애달픔.

병에 침식당한 내 몸.

어떻게 해볼 길 없는 현실에 대한 절망과 슬픔.

그것이 내게 그런 한마디를 꺼내도록 만들었다.

아무리 오빠라도 화낼 거라고 생각했다.

생떼를 부리는 내 뒷바라지 따위는 앞으로 하지 않겠다면서…….

아니면 자포자기한 심정에 젖어 나락으로 떨어진 나를 꾸짖을 거라고 생각했다.

그러나 오빠는 여느 때처럼 그저 약간 곤란한 듯한, 난처한 듯한 미소를 보일 뿐이었다.

“미안해, 아이리. 계속 불안하게만 해서.”

어쩐지 쓸쓸한 목소리로 내 머리카락을 다정하게 쓰다듬어 주었다.

“하지만 괜찮아. 내가 꼭 어떻게든 할 테니까.”

“……읏! ―미안해요, 오빠. 미안, 해요…….”

그것만으로도 내 상처 입은 마음이 아물고 눈물이 흘러넘치고 말았다.

끅끅대며 오열하기 시작한 나를 일으켜서 따스하게 안아주었다.

“그러니까 안심해. 더는 울지 말아줘.”

부드러운 목소리가 내 마음에 스며들어 왔다.

저 차갑고 어두운 나의 세계에서 유일하게 안식을 얻을 수 있는 장소가 그곳에 있었다.

‘……하지만, 어째서?’

한참 전부터 생각하고 있었다.

이 저택으로 이사하기 전 궁정에서 생활할 때, 황자 중에 가장 힘이 없었던 오빠는『여자』인 어머니나 나를 잘 대해주었다.

권력이나 지위라는 것이 없더라도 구제국의 풍조에 따라 어머니나 내게 횡포를 일삼았다면, 오빠 자신은 주위에 멸시당하지 않고 편해질 수 있었을 텐데―.

……역시 오빠는 다른 황족과는 다를지도 모른다.

나는 그것을 말로 표현할 수 없었다.

어째서 오빠는 나를 내치지 않는 건가요?

어렸을 적부터 줄곧 의아하게 생각했던 그 질문을 하지 못한 채, 나는—.

†

"—아이리. 몸은 어때? 요즘 기운이 없어 보이는데."

"……괜찮아요. 저는 평소처럼 건강해요."

방 앞에 찾아온 오빠에게 나는 차갑게 대답했다.

"그럼 다행이고. 하지만 무슨 일 있으면 바로 말해줘."

어딘가 곤란해 보이는 쓴웃음과 함께 오빠의 발소리가 멀어졌다.

지난 며칠 동안 오빠는 의심스럽게 생각하고 있었다.

만날 때마다 눈을 피해버리고 변변한 이야기도 하지 못하니 당연하리라.

원인은 내 손에 있는 고문서의 페이지였다.

내가 해독한 그것에는 우리의 인식을 크게 뒤집는 내용이 적혀 있었다.

유적(루인)의 창조주(로드)라고 불리는 존재에게, 우리 구제국의 황족과 같은 『아카디아』라는 이름이 붙어 있었다.

제1 황녀 리스테르카 레이 아샤리아

제2 황녀 에이릴 뷔 아카디아

제3 황녀 헤이즈 뷔 아카디아

……모르겠다.

최근에 구제국의 가계도나 역사서를 몇 권씩 독파해보았지만 어디에도 그녀들의 이름은 존재하지 않았다.

십여 년 전에 처음으로 존재가 확인된 유적과 수백 년 전부터 번성해온 아카디아 제국.

창조주라고 불리는 입장에 있으며 우리를 없애고자 암약하고 있던 헤이즈라는 소녀.

기묘하게 일치하는 사실들이 내 머리에 혼란을 일으켰고 불안을 안겨주었다.

"우리는 누구인가요, 오빠……."

몇 번이나 중얼거린 그 말은 누구의 귀에도 들리는 일 없이 허공에 빨려 들어가듯 사라졌다.

Episode 1 푸른 폭군

그곳은 온통 살색으로 가득했다.

학원 부지 내에서도 대형 건물인 실내 연습장.

장갑기룡(드래곤 라이드)을 제외한 연습 수업— 주로 실내에서 검술이나 호신술의 실기 훈련을 실시하는 장소로, 판자로 된 바닥에 빨간 카펫을 깐 정육면체의 공간이다.

때로는 집회장으로 이용되는 그 시설의 2층.

천장 부분이 뻥 뚫려 있는 구조의 목조 회랑에서는 속옷 바람으로 있는 여학생들이 훤히 내려다보였다.

'무, 무슨 일이 일어난 거야—?! 위험해?!'

룩스는 등 뒤의 계단에서 들려오는 발소리에 놀라 건물 안쪽으로 더욱 파고들었다.

'아니, 안에 들어가서 어쩌자는 거야, 나는?! 달아날 곳이 없잖아!'

다행히도 2층은 사람이 없었기 때문에 그 자리에서 발각당하는 것은 피했다.

그늘진 곳에 몸을 감추며 뒤에서 나타난 여학생의 눈을 피한 후, 룩스는 자세를 낮추고 회랑의 난간에 기대 조용히 숨었다.

'치, 침착해……. 어쩌다 일이 이렇게 됐는지 모르겠지만 들키면 끝장이야!'

룩스가 자신의 원래 목적을 확인하려고 시선을 집중하자, 그 낙원 같은 광경은 더욱 뚜렷하게 눈으로 날아들어 왔다.

천장의 채광창으로 들어오는 햇빛을 받고 있는 것은 소녀들의 눈부신 나신이었다.

건강한 피부의 윤기와 멋진 디자인의 갖가지 속옷.

수줍게 뺨을 붉히고서, 혹은 무방비하게 피부를 드러내고서 짓는 티 없이 맑은 미소.

"너, 가슴이 더 커진 것 같다? 부러운걸~."

"그렇지 않아요. 그 정도 크기가 귀엽고 멋진걸요."

"저, 저기, 그만하세요, 선배. 이런 곳에서—."

실내에 가득한 교성과 달콤한 체취가 룩스의 감정을 더욱 자극했다.

안 된다고 생각하면서도 목적을 달성하려고 움직인 시선이 소녀들의 나신을 포착하고 말았고 심장은 더욱 세차게 뛰었다.

'어, 어쩌다가 이렇게, 내가 모두를 엿보는 듯한 상황에—.'

그러나 여기서 달아날 수는 없었다.

룩스의 **비밀**을 되찾을 때까지는 눈을 돌릴 수 없는 것이다.

룩스는 조마조마한 마음을 부여잡고서 겨우 몇 분 전에 있었던 일을 떠올렸다.

†

“그러면, 오늘은 예정대로 계층(클래스) 승격 시험 전의 최종 조정. 필기 및 실기 모의시험을 실시하겠다. ―각자 준비는 다 됐나?”

“네엣……!”

라이글리 교관의 늠름한 목소리가 교실 안에 울려 퍼지자 룩스를 포함한 학생들이 대답했다.

긴장과 불안― 그리고 약간의 기대와도 비슷한 고양된 분위기가 이른 아침의 교실에 가득했다.

왕도의 전용전(全龍戰)이 끝나고 2주일이 지난 초가을.

성채 도시(크로스 피드)로 돌아와서 한동안 얌전히 학원 생활을 보내던 룩스 일행 앞에는 새로운 행사가 기다리고 있었다.

매년 봄과 가을에 실시되는 기룡사(드래곤 나이트)의 계층 승격 시험의 개최.

기룡사는 그 실력에 따라 크게 다섯 개의 계층으로 나뉘어 있었다.

훈련 중인 견습, 초급 계층(비기너 클래스).

조건에 따라 환신수(어비스)와의 교전이 허가되는 하급 계층(로우 클래스).

계속해서 주력 전투 요원으로 대우받는 중급(미들), 지휘와 통솔이 가능한 상급(하이), 최고인 특급(엑스)으로 랭크가 올라간다.

물론 계층이 전부는 아니지만 남들 못지않은 기룡사가 목표인 소녀들에게는 실력의 지표를 얻기 위한 중요한 시험이었다.

"얼마 전 학원장님께서 말씀하신 대로 올해 시험은 반하임 공국에서 치르게 되었다. 우리는 신왕국 대표로서 모범적인 행동과 그에 어울리는 실력을 보여야만 한다."

게다가 올해는 약간 사정이 달랐다.

계층 승격 시험은 기본적으로 왕도에서 실시했지만 올해는 그중의 약 반수를 타국에서 실시하게 되었다.

동맹을 강화하기 위한 교류, 기룡과 관련된 지표 통일이 목적인 합동 시험.

이번에는 반하임 공국에서 그것을 개최하기로 했고 신왕국에서는 학원 학생들이 참가하기로 결정된 것이다.

"본선은 7일 후다. 각오를 단단히 다지고 후회가 남지 않도록 전력을 다해라. 알았나!"

"네에!"

다시 학생들이 목청껏 외치자 라이글리 교관은 조용히 고개를 끄덕였다.

"그러면 10분 뒤에 필기시험을 시작하겠다. 마지막 복습을 끝내두도록."

그렇게 알리고서 교실을 나가자 마치 교대라도 하는 듯 이완된 분위기가 교실 안에 흘러들어왔다.

"우와— 갑자기 필기라니—. 우울한걸—."

가까이에서 들려온 티르파의 불평에 룩스는 쓴웃음을 지었다.

그 뒤로는 스케줄을 따라 먼저 필기시험이 시작되었다.

룩스는 중간에 편입한 까닭에 학문 분야가 다소 서툴렀지만 크루루시퍼가 평소에 도와준 덕분에 지금은 어떻게든 해낼 수 있었다.

필기시험이 끝나자 바로 실기 시험이 시작되었다.

장의로 갈아입고 달리기부터 시작하는 체력 테스트.

이어서 근력과 밸런스 감각 등의 테스트가 이어졌고 기초 검술 및 체술 등의 테스트를 치른 다음, 드디어 가장 중요한 장갑기룡 시험으로 넘어갔다.

연습장에 가서 장갑기룡 소환과 장착, 비행이나 무장을 사용한 사격, 그것들을 조합한 난이도 높은 동작을 선보였다.

룩스가 그것들을 순조롭게 소화해내자 몇 분 뒤에 피리 소리가 들렸다.

"—좋아, 이것으로 시험은 끝이다. 룩스 아카디아, 너는 지금부터 따로 행동해라. 교복으로 갈아입고 교실에서 대기하고 있어라. 피곤하거나 아픈 곳이 있다면 기숙사로 돌아가서 쉬든지, 아니면 도서관에서 자습을 해라. 절대 돌아다니지 말라는 소리는 하지 않겠다만 따로 말하기 전까지는 다른 건물에 다가가지 마라."

"네……? 네, 알겠습니다."

라이글리 교관의 지시에 속으로 고개를 갸웃하면서도 룩스가 연습장을 나서려고 하자—.

"여, 모의시험 결과는 어떠냐? 나의 기사여."

탁, 누군가 등 뒤에서 어깨를 치길래 룩스는 뒤를 돌아보았다.

거기에는 티 없는 미소를 머금은 장의 차림의 소녀가 있었다.

리즈샤르테 아티스마타.

이 신왕국의 공주이며 룩스를 전속 기사로 받아들인 소녀.

리본으로 양옆을 묶은 금발과 드센 느낌의 진홍빛 눈동자가 특징으로, 룩스는 귀여운 작은 신체에 자신감과 정열을 한가득 담고 있는 인상의 여자아이라고 생각했다.

구제국의 생존자이자 죄인인 룩스의 실력을 한눈에 알아보고 이 학원에 다짜고짜 끌어들인 장본인이지만, 이 장소에 익숙해진 지금은 무척 감사하고 있었다.

"네. 리샤 님께서 조정해주신 덕분에 무척 움직이기 쉬웠어요."

룩스가 사용 중인 《와이번》은 평소 리샤가 튜닝하고 있었다.

기본적으로 방어 중시의 특수한 조정이 되어 있는 데다가 독자적으로 개발한 무장인 장벽아검(스케일 블레이드)과의 균형을 맞춰야 한다는 점도 있었지만, 여러 기룡 정비사에게 정비를 맡겨봤던 룩스가 보기에도 그녀의 실력은 뛰어났다.

"그, 그러냐! 그럼 반하임 공국에서 열리는 승격 시험도 통과한 거나 다름없겠군. 음, 나는 무척 만족스럽구나. 내 기사가 점점 강해지는 모습이."

리샤가 응응, 고개를 끄덕이며 팔짱을 끼자 작은 몸집에 비해 다소 큰 가슴이 살짝 강조되었다. 룩스가 그 모습을 보고 두근거린 순간—.

"딱히 네 덕분에 강해진 건 아니잖아?"

갑자기 그 옆에서 장의를 입은 크루루시퍼가 말을 걸었다.
허리까지 내려오는 푸른 장발과 날씬한 체구.
요정처럼 아름다운 독특한 분위기를 두른 소녀는 그렇게 쿨하게 말하며 머리를 쓸어 올렸다.
"아, 크루루시퍼 씨도 수고했어. 그리고— 고마워. 덕분에 필기시험을 잘 치렀어."
"그건 좋은 소식이구나. 내가 밤마다 문지방이 닳도록 네 방에 드나든 보람이 있었다는 거네."
"뭣……?!"
크루루시퍼가 태연하게 내뱉은 말에 리샤는 얼굴을 빨갛게 물들이며 당황했다.
"이, 이게 무슨 말이냐, 룩스?! 나라는 사람이 있는데, 이런 여자랑—."
"아, 아니 그게— 저는 공부를 배웠을 뿐입니다!"
급하게 변명을 해보았지만 리샤는 불만이 가득한 눈으로 크루루시퍼를 째려보았다.
"룩스 군에게 비밀로 해달라고 한 거야. 내가 맨날 곁에 붙어서 공부를 가르쳐주면 묘한 소문이 돌지 않겠어?"
"큭, 어째 영 아닌 것 같은 기분이 들지만…… 뭐, 좋다. 승격 시험이 끝날 때까지만이다."
"그래, 알고 있어. 그러면 우리는 예정이 있으니까, 이만 실례할게. 아쉽지만 룩스 군과는 잠시 따로 행동해야 해."
크루루시퍼가 미소를 남기고 발길을 돌리자 리샤도 고개를 끄덕이고 그 뒤를 따라갔다.

'어라……? 다들 지금부터 뭘 하는 걸까?'

룩스가 고개를 갸웃거리자 리샤가 뒤를 돌아보며 말했다.

"……아 참, 내가 보관해둔 예의 물건 말인데, 공방(아틀리에) 작업대 위에 올려두었다. 잊지 말고 챙겨가라고?"

"네. 알겠습니다."

예의 물건이란 신장기룡《바하무트》와 쌍을 이루는 까만 칼집에 담긴 기공각검(소드 디바이스)이었다.

모의시험 때는《와이번》을 사용하니 방해가 될 거라고 생각해서 리샤에게 잠시 맡겨두었다.

여기까지는 아무 일 없는 평화로운 일상이 이어졌다.

두 소녀와 헤어진 뒤 룩스는 지시대로 공방에 가서《바하무트》의 기공각검을 회수했다.

"그나저나 지난번에는 위험했지……."

꽤 절박한 상황이었다고 해도, 과거에 구제국을 멸망시킨 『검은 영웅』을 상징하는 신장기룡《바하무트》를 왕도에서 사용하고 말았다.

다행히 전용전 회장은 쳐들어온『거병(기가스)』탓에 혼란 상태였다. 그리고 라피 여왕이 관계자들을 입막음한 덕분인지 국민들은 룩스의 정체까지는 눈치채지 못한 것 같았다.

그러나 사람의 흥미까지는 막을 길이 없었다.

신왕국을 위기에서 구해준 그 기룡사는 누구인가. 혹시 그야말로 5년 전에 나타난『검은 영웅』이 아닐까?

그런 소문이 온 왕도에서 들끓고 있다는 것은 룩스에게 골치 아픈 이야기였다.

학원에서도 여전히 『기사단(시바레스)』 외에는 알려지지 않았지만, 만약 전용전 관객석에 있던 학생이 《바하무트》를 장착한 모습을 보았다면 멀리서도 알아차렸을 것이다.

"이 열기가 식을 때까지, 신경을 좀 써야겠어……."

룩스가 그렇게 혼잣말하며 《바하무트》의 기공각검을 들어 올렸다.

지금은 하얀 천으로 칼집을 덮어씌워서 눈에 띄지 않도록 위장을 해두었다.

"이렇게 해두면 괜찮……겠지?"

공방 밖으로 나와 그걸 확인하고 있는데, 약간 떨어진 장소에서 기숙사 여직원이 손짓으로 부르는 모습이 보였다.

"이봐~ 날품팔이 오빠. 잠깐 물어보고 싶은 게 있는데."

"—아, 네. 지금 갈게요."

갑자기 들고 있던 검대가 거치적거려서 근처의 돌에 기대 세워둔 다음 이야기를 들으러 갔다.

기숙사 여직원의 이야기는 예전에 했던 잡일에 관한 것이었다. 기숙사 창고에 대한 상담이었고 그 대화는 몇 분 만에 끝났지만—.

"어라……?"

룩스가 처음 장소로 돌아왔더니 세워두었던 검이 홀연히 사라져 있었다.

당황해서 주위를 둘러보자 1학년으로 보이는 소녀가 종종걸음으로 달려가고 있었다.

"같이 가요~! 겨우 기공각검을 찾았으니까—!"

서둘러서 다른 여학생들을 쫓아가는 그 소녀.

그녀가 품에 안고 있는 칼집은—.

"—헉, 설마?!"

룩스는 반사적으로 조금 전에 검을 기대둔 돌 주위를 찾아보았다.

조금 떨어진 위치에 똑같이 하얀 커버로 덮어둔 기공각검이 기대어져 있었다.

재빨리 손에 쥐고 확인……했지만 자세히 보니 룩스 것과는 미묘하게 달랐다.

결정적으로 검대 바깥쪽에 『클라리스』라고 붉은색 자수가 새겨져 있었다.

"아뿔싸?! 저 아이, 내 거랑 착각해서……!"

아마도 쉬는 시간에 자신의 기공각검을 여기 두었던 것을 깨닫고서 급하게 가지러 온 것이리라.

그리고 때마침 우연히 그 근처에 있던 룩스의 기공각검을 자기 것으로 착각하고 가져가 버린 것이다.

"자, 잠깐 기다려?! 그건 내—!"

위험했다.

정말로 위험했다.

가뜩이나 지금은 학원에서도 『왕도에 나타난 수수께끼의 검은 기룡』에 대한 소문이 자자한데, 저 칠흑빛 기공각검을 보여줄 수는 없었다.

생각해보면 이때의 룩스는 냉정함을 잃었을 것이다.

어째서 온갖 모의시험을 함께 치른 뒤 룩스에게만 개별 행동을 강요한 것일까?

그 점을 깊게 생각해보지도 않은 채 전력으로 소녀의 뒤를 쫓아갔다.

소녀들도 달리고 있었지만 아직 따라잡을 수 있을 정도였다.

그러나 가까스로 그 모습을 포착한 순간, 소녀의 뒷모습은 실내 연습장— 대형 여관 정도 되는 목조 건물 안으로 사라졌다.

"읏……?!"

룩스가 계속해서 쫓아가려 하자 문 앞에 있던 두 소녀가 어째선지 그를 붙잡았다.

"……아, 룩스 선배는 출입 금지랍니다—? 지금 여기서는 비밀 훈련 중이니까."

"맞아요. 저 개인적인 일이라면 생각해볼 수도 있지만—아, 역시 안 되겠어요. 아쉽네요."

놀리는 듯한 미소를 보이며 두 팔을 벌려 막아서는 소녀와 왠지는 몰라도 말을 하면서 뺨을 붉히는 소녀.

두 사람 모두 농담 섞인 태도였지만 룩스를 들여보내 줄 생각은 없는 것 같았다.

"그, 금방 들어간 여자애가 깜빡 두고 간 게 있어서—."

"아, 그건 걱정 마세요. 저희가 나중에 전해줄 테니까. 뭘 두고 갔나요?"

문을 지키는 소녀는 그렇게 말했다. 그러나 이 아이들은 당분간 움직이지 않을 것 같았고, 그 사이에 기공각검을 뽑아버린다면 끝장이었다.

룩스는 시선을 실내 연습장 외관으로 돌려 신속하게 판단하고 각오를 다졌다.

"아, 미안. 내가 착각했나 봐. 그럼!"

소녀들에게 서둘러서 그렇게 말한 룩스는 발길을 돌려 그 자리에서 떠나는— 척을 하고서 근처 나무그늘에 숨었다. 그리고 이번에는 주위를 경계하며 정면 입구 바로 옆쪽으로 향했다.

옆에 있는 키가 큰 나무를 타고 올라가 거기에서 2층으로 올라가는 계단을 향해 뛰어 이동했다.

'됐다……!'

이번에는 망을 보는 소녀들의 눈을 피해서 실내 연습장 입구에 도착했다.

계단을 올라가자마자 나오는 출입구는 통층 구조로 된 2층으로 연결되는 구조였지만 그곳을 통해서도 안으로 들어갈 수 있었다.

2층의 문은 상태가 좋지 않아 평소에는 사용하지 않았으나 바로 어제 잡일 의뢰를 받아 수리를 끝내둔 참이었다.

"좋아 이걸로—!"

그녀들을 따돌리고 무사히 안에 들어온 것을— 룩스는 바로 후회했다.
"어라……?"
안에 발을 들이고서 몇 초가 흐른 뒤, 머릿속이 새하얗게 변했다.
2층에서 내려다보이는 연습장 안에는 살색이 가득했다.
매끄러운 광택이 이는 판자 위에 붉은 카펫을 깐 넓은 공간.
그 위에는 속옷 바람의 소녀들이 나란히 줄지어 서 있었고 벗은 교복이 곳곳에 놓여 있었다.
"—우와악?!"
무심코 눈을 돌린 룩스는 근처 그늘 속에 숨었다.
그리고 몇 초 정도 혼란 속에 빠져 있다가 그 사실을 깨달았다.
'서, 설마 이건— 신체검사?!'
장갑기룡을 다루려면 단순한 신체 능력만이 아니라 신장이나 체중 등의 정확한 정보도 중요하다.
그리고 이것만큼은 룩스와 같이할 수 없었다.
어째서 『룩스는 지금부터 따로』라는 말을 했는지 드디어 이해할 수 있었다.
'—아니, 지금 그런 생각을 할 때가 아니잖아! 빨리 여기서 나가야 해!'
룩스는 2층의 통층 부분에서 바깥 계단으로 나가는 문을 향해 돌아가려 했지만, 거기서 들려온 발소리에 놀라 다시 그늘에 숨었다.

"이상하네요? 분명 조금 전에 여기서 소리가 들렸는데……."

"응? 이 입구는 안 쓰는 줄 알았더니, 문이 열려 있잖아?"

"……?!"

철컥, 문을 열고 등 뒤에서 망을 보던 소녀들이 들어왔다.

다행히 2층 통층 부분의 회랑은 지나다니는 사람이 없어서 책상이나 의자, 카펫 및 나무 상자 따위가 마구잡이로 놓여 있었기 때문에 숨을 곳은 많았다.

그러나 기본적으로 외길인 까닭에 전진한 이상 다시 돌아갈 수는 없었다.

이 시점에서 들키면 룩스는 엿보기꾼 현행범으로 붙잡힐 것이다.

'어, 어쩌다 이렇게 됐지……?!'

신을 원망해봐야 소용없었다.

신체검사를 하고 있을 뿐이라면 룩스의 기공각검을 바로 뽑을 가능성은 적었지만, 《바하무트》를 들고 간 여학생이 언제 눈치챌지는 몰랐다.

그래서 이제 남은 선택지는 하나뿐이었다.

'이, 이렇게 된 이상, 할 수밖에 없어!'

어떻게든 소녀들의 눈을 피해 《바하무트》의 기공각검을 되찾는다.

룩스는 심호흡을 한 번 하고서 각오를 다진 다음, 반쯤 창고로 변한 2층 통로를 걸어갔다.

뒤에 있는 소녀들은 망을 보는 임무가 있으니 금방 밖으로 나갈 것이다.

2층에 있는 이상 들킬 걱정은 적을 테지만 만일에 대비해서 곁에 있던 식탁보를 몸에 둘렀다.

그대로 살금살금 그늘에 숨어 이동하면서 난간 사이로 상황을 엿보았다.

소녀들의 맨살을 최대한 보지 않게끔 신경 쓰면서 눈을 번뜩이고 있는데 마침내 문제의 소녀와 기공각검이 보였다.

'그나저나 찾은 건 좋은데— 무슨 수로 가져온다?'

신체검사를 하고 있는 1층으로 내려가면 룩스는 확실하게 발각당할 것이다.

하지만 아무래도 연습장에서만 검사를 진행하는 건 아닌 것 같았다.

만약 별실 쪽으로 이동하는 중이라면 주위의 이목도 적으니 어떻게든 될지도 몰랐다.

룩스가 식탁보를 두른 채 어떻게든 연습장에서 밖으로 연결되는 통로 쪽으로 가려고 하자—.

"꺄아아아악?!"

연습장 밖에서 여학생의 날카로운 비명이 들려왔다.

"흐억……?!"

그대로 심장이 멎는 줄 알았다.

하지만 발각된 건 룩스가 아닌 것 같았다.

"뭐, 뭐야 뭐야? 무슨 일인데?!"

"밖에 수상한 남자가 있었는데 부지 내로 들어오는 걸 본 애가 있대!"

"또 엿보기꾼이 온 거야?! 검사 날짜는 매번 바꾸고 있는데—."

갑자기 연습장 안이 술렁거렸다.

여자 교관 몇 명이 「진정하세요」라는 말을 하며 정리하려 했지만, 한 번 일어난 소란은 잦아들기는커녕 걷잡을 수 없이 번져 나갔다.

불안한 마음에 그늘에 숨은 채 아래쪽 상황을 엿본 룩스는 가터벨트가 있는 속옷 차림의 녹트와 순간적으로 눈이 맞았다.

'윽……?!'

문제의 1학년의 모습을 확인하려다가 우연히 본 것이었지만, 위험해! 라고 룩스의 심장이 뛰었다.

"……."

녹트도 한순간 눈을 동그랗게 뜬 뒤, 미미하게 뺨을 물들이며 도끼눈으로 이쪽을 바라보았다. 하지만 그녀는 바로 슬쩍 시선을 돌렸다.

아무래도 그럴 만한 사정이 있을 거라고 추측한 것 같았다. 룩스가 그녀의 배려에 가슴을 쓸어내렸을 때.

"……잠깐만?! 2층 쪽에도 누군가 있는데?!"

다른 장소에서 튀어나온 소녀의 비명이 숨어 있던 룩스를 덮쳤다.

'망했다……?!'

소동에 정신이 팔려 살짝 몸을 들어 올린 것이 화근이었다.

식탁보를 두르고 있어서 얼굴까지는 들키지 않았지만 시간 문제였다.
룩스는 그늘에서 뛰쳐나와 전력으로 통로를 달려갔다.
그 모습을 본 여학생들의 비명이 배후에서 들려왔다.
일단 보는 눈이 없는 장소에서 식탁보를 벗어야 했다.
"어, 어쩌다가 학원에 처음 왔을 때랑 똑같은 상황이 된 거야……?!"
문을 박살 낼 기세로 열고 계단을 내려가다가 중간에 풀밭으로 뛰어내렸다. 그리고 인기척 없는 부지 내를 가로질러 학교 건물로 직행했다.
'모두가 신체검사를 하고 있다면 교실에는 아무도 없을 거야—.'
룩스는 그렇게 계산했지만.
"꺄아아아악?! 큰일이야?! 교사(校舍) 안까지 들어왔어! 아무나 빨리 좀 와줘?!"
복도에서 녹색 교복 리본— 3학년 소녀의 모습이 보여서 황급히 피했다.
'맞다?! 교관님이 그랬지?!'
라이글리 교관은 『도서관과 여자 기숙사 외에는 다가가지 마라』라고 했다.
신체검사를 끝낸 소녀들이 돌아와서 옷을 갈아입는 첫 장소가 이곳이었던 것이다.
그렇다는 건— 이 근처에는 교복을 다시 입은 소녀들이 어느 정도 있을 가능성이 높다!

"거기 서! 당장 위병한테 넘겨주겠어!"

등 뒤에서 그런 말과 함께 학생들의 발소리가 쫓아왔다.

머리에 천을 뒤집어쓴 채로는 잘 보이지 않았고 스피드도 낼 수 없었다.

계단으로 가서 교사 2층까지 달려 올라갔다.

천만다행으로 정면에는 아무도 없었지만, 추격자의 발소리는 늘어나고 있었다.

"큭……?!"

'이 상태로는 뿌리칠 수 없겠어! 도박을 해보는 수밖에— 없어!'

모 아니면 도, 고육지책으로 식탁보를 벗어 던지고 손님용 응접실 문을 열었다.

아까 그 광경을 보면 대부분의 학생들은 아직 검사를 마치지 않았을 터다.

특히 이 응접실이라면 학생이 옷을 갈아입고 있을 가능성이 낮았다.

그렇게 생각한 룩스는 결사의 마음을 품고 안으로 들어갔고—.

"—아."

도박은 실패로 끝났다.

"……읏?!"

고급스러운 세간과 붉은 융단이 깔린 방.

익숙한 응접실 안에는 무심코 숨을 죽이게 되는 광경이 펼쳐져 있었다.

꼼꼼하게 손질한 벌꿀색 장발과 깊고 맑은 비취색 눈동자.

큰 키와 균형 잡힌 몸매. 그 안에 봉긋하게 솟아오른 풍만한 가슴의 윤곽이, 빈틈없는 소녀의 신체에 위험함을 더해서 더욱 생생하고 매력적으로 보였다.

늠름한 분위기와 그 몸에서 흘러넘치는 기품.

귀족을 통솔하는 공작 영애의 모범으로서 이 이상 어울리는 소녀도 없을 것이다.

학원 최강의 기룡사로 이름 높은 3학년, 세리스티아 라르그리스가 거기에 서 있었다.

깔끔하게 개둔 교복을 입기 전의, 연한 라이트 블루 색 속옷 차림으로.

"이, 이이이— 이게 무슨 짓인가요, 룩스?! 저는 지금—."

몇 초 경직한 후, 세리스는 새빨갛게 물든 얼굴로 비명을 질렀다.

"죄, 죄송합니다?! 여기에는 피치 못할 사정이—!"

룩스가 서둘러 변명하려고 했을 때, 밖에서 복도를 달려오는 소리가 들렸다.

똑똑, 가벼운 노크가 울린 뒤에 대답도 기다리지 않고 밖에서 목소리가 들려왔다.

"실례합니다, 누군가 이곳으로 오지 않았습니까?! 부지 안에 엿보기꾼이 들어온 모양이라 여기까지 쫓아왔습니다만—."

"……."

3학년으로 생각되는 소녀의 목소리에 세리스는 수치와 분노가 섞인 표정으로 룩스를 노려보았다.

룩스가 면목 없다는 듯 고개를 끄덕이자 그녀는 「하아……」 하고 한숨을 쉰 뒤 문밖의 소녀를 향해 말했다.

"아무도 오지 않았습니다. 저도 옷을 다 갈아입는 대로 합류하지요."

"부탁드리겠습니다! 그럼!"

그 대답을 끝으로 소녀의 발소리가 응접실에서 멀어졌다.

최대의 위기가 떠나고서 몇 초 후…….

세리스는 프릴로 장식된 속옷에 가려진 가슴을 팔로 가리고 의연하게 룩스를 향해 돌아섰다.

"저기, 세리스 선배, 이건 그러니까—."

"곤란했습니다……. 이런 상황에 당신이 들어오고 말다니……."

약하게 달아오른 얼굴을 숙이고서 세리스는 중얼거렸다.

자신을 신뢰하던 소녀의 한마디가 가슴에 아프게 꽂혔지만 풀죽어 있을 틈은 없었다.

"자, 잠깐만요! 사실은……."

"룩스. 여성이 옷 갈아입는 모습을 엿보면 안 된다구요?"

세리스는 장난친 아이를 타이르는 어조로 말했다.

수치심에 뺨을 물들이면서 화내는 흔치 않은 표정이, 그럴 때가 아니라는 것은 알지만 귀엽게 느껴졌다.

© 2013 Ayumu Kasuga

"하아, 그건 그렇고 충격이군요. 룩스가 이런 짓을 저지르다니, 대체 어떻게 해야 할까요? 남자 후배를 꾸짖어본 적은 없어서 곤란하군요……. 그, 특히 이런 문제는 어떻게 해야 할지 모르겠습니다."

두 팔로 몸을 끌어안은 채 세리스는 혼잣말했다.

어째선지 그 모습이 무척 요염하게 느껴져서 룩스는 변명마저 잊고 굳어버렸다.

"—그렇지. 이러면 해결되겠군요."

"네?!"

세리스는 갑자기 눈을 반짝이며 룩스를 똑바로 바라보았다.

"사대 귀족인 저희 라르그리스가(家)에 가신들이 하는 전통적인 정신 교정 방법이 있다고 들었습니다. 2주 정도 인기척 없는 산골에 들어가야 하는 것 같습니다만, 룩스도 바로 올바른 마음을 되찾을 수 있을 겁니다."

"그게 끝나면, 예전의 제 모습은 사라지겠죠?!"

세리스의 자신감 가득한 말을 룩스는 전력으로 부정했다.

"그, 그런 게 아니라, 이건 그, 개인적으로 복잡한 사정이 있어서요! 이, 이번 일의 벌은 나중에 받을 테니까, 지금은—."

그리고 최대한의 성의를 담아 그렇게 하소연했다.

그 모습을 본 세리스는 난처하다는 것처럼 움직임을 멈추고 생각하기 시작했다.

"룩스의 사정……. 혹시 그건, 샤리스에게서 언뜻 들은 남성 특유의 고민……인가요?"

작은 목소리로 그렇게 중얼거리며 망설임이 섞인 표정을 떠올렸다.

그러나 이윽고 마음을 정한 것처럼 두 팔로 가리고 있던 속옷 차림의 자신을 보여주었다.

"……아, 알겠습니다. 룩스가 그렇게까지 부탁하니, 아, 아주 조금만 허가하지요. 하, 하지만 이 일은 다른 학생들에게는 비밀입니다?"

"무슨 소립니까?!"

조심스럽지만 대담한 소리를 하는 세리스에게 룩스는 무심코 태클을 걸고 말았다.

무엇을 착각한 것인지는 모르겠으나 분명히 잘못된 반응이었다.

황급히 자신의 기공각검을 어떤 소녀가 들고 가버렸다는 이야기를 해주자, 세리스도 퍼뜩 정신을 차리고 자세를 가다듬었다.

"그, 그건 확실히 큰일이군요! 저도 옷을 갈아입는 대로 거들어줄 테니, 서둘러서—."

"죄송합니다! 부탁드릴게요!"

어찌어찌 용서를 받은 룩스는 응접실에서 나와 다시 달렸다.

주위의 시선을 피해 복도를 빠져나와 일단 교사 밖으로 달아나려 했다.

하지만 룩스는 한 박자 늦게 자신이 엄청 위험한 상황에 처했음을 깨달았다.

"헛……?!"

이곳 학생들을 얕본 것인지, 속옷 바람의 세리스를 목격한 탓에 동요해서 주의력이 떨어진 것인지는 알 수 없었다.

하지만 계단 밑으로 보이는 아래층에는 이미 교복을 입은 학생들이 모여 있어서 눈에 띄지 않고 탈출하기는 불가능한 상태였다.

'망했다……?! 이래서는 밖으로 나갈 수 없잖아!'

동요할 틈도 주지 않고 계단 밑에서는 발소리가 다가오고 있었다.

복도는 당연히 위험했기 때문에 도망칠 장소는 옥상으로 한정되었다.

마지막 희망을 담아 문을 열었더니 등 뒤에서 누군가가 룩스의 손목을 확 붙잡았다.

"—엑?"

등줄기를 타고 달리는 오싹한 전율을 느끼며 급하게 돌아보자—.

"어머나? 갑자기 사람이 오길래 누구인가 했더니— 주인님이셨군요?"

"……요루카?! 왜 네가 여기에……?! 그보다, 그 차림은—."

너무나도 뜻밖의 인물이 서 있어서 룩스는 잠시 말문이 막혔다.

요염한 미소를 머금은 아름다운 흑발 소녀였다.

균형 잡힌 보디라인. 보라색과 푸른색, 서로 다른 색으로 빛나는 두 눈을 지닌 소녀의 이름은 키리히메 요루카.

일찍이 『제국의 흉인』이라 불리며 구제국을 섬기던 암살자 소녀. 그리고 기룡사로서 비할 데 없는 실력을 가진 이국의 소녀다.

그녀가 품은 충의와 『제국 재건』이라는 목적 탓에 한때는 대립했지만, 지금은 룩스의 충실한 종으로서 한 몸을 바치겠다고 그녀는 맹세했다.

현재는 그 입장을 명확하게 하고자 렐리 학원장의 주선으로 학원 입학 수속을 밟는 중이었을 텐데—.

“네에, 저도 엊그제 교복을 받았답니다. 어떤가요? 주인님.”

평소에 요루카는 이국의 까만 복장을 입고 다녔지만 오늘은 처음 보는 교복 차림이었다.

보기 좋게 부푼 가슴을 덮은 블라우스와 스커트 밑으로 뻗은 요염한 허벅지의 각선미가 눈부셨다.

언뜻 보면 의외라는 생각이 들었지만 타고난 용모가 워낙 빼어나 그다지 위화감은 느껴지지 않았다.

“아, 응. 어울리……기는 한데, 지금은 그게 중요한 게 아닌—.”

룩스는 어쩐지 쑥스러워하면서 대답했지만 바로 정신을 되찾았다.

지금 당장이라도 교사를 수색 중인 여학생들이 옥상까지 달려 올라올 것만 같았다.

서둘러서 《바하무트》의 기공각검을 1학년 소녀가 들고 갔다는 것과, 엿보기꾼이 부지 내에 침입한 것 같다는 이야기를 전해주었다.

"그러니까 그 1학년 아이에게서 기공각검을 되찾는 것도 중요하지만— 우선은 주인님이 교사에 있는 사실을 들키면 위험하다……는 말씀이시군요?"

키득, 미소를 보이며 요루카는 룩스에게 다가갔다.

그러는 사이에도 아래층에서는 소녀들의 성난 목소리가 끊이지 않았다.

"뭐야, 여기에도 없어? 대체 어디로 사라졌담?"

"아직 옥상에는 안 가봤는데— 설마."

그런 내용의 대화마저 들려오는 절체절명의 상황이었다.

"요루카 생각엔 어떻게 해야 할 것 같아? 이대로라면—."

룩스가 궁지에 몰린 목소리로 묻자 요루카는 만면에 웃음을 가득 떠올렸다.

"간단하여요, 주인님. 제게 좋은 방안이 있답니다."

그녀는 룩스의 귓가에 슬쩍 입술을 가져가며 속삭였다.

"뭐?! 아무리 그래도, 그건 좀—?!"

"빨리 결정하지 않으시면 다른 사람들이 올라오고 말 텐데요?"

요루카는 놀리는 듯한 미소를 머금고서 룩스의 교복을 더듬었다.

그리고 그녀의 책략이 실행되고서— 3분 뒤.

쾅! 기세 좋게 옥상 문이 열렸다. 찾으러 온 소녀는 주위를 둘러보다가 벽의 그늘 쪽에서 기척을 느끼고 말을 걸었다.

"얘, 이쪽에 누가 오지 않았니?! 남자 엿보기꾼이라든지—."

"한참 전부터 여기에는 아무도 오지 않았답니다? 지금은 한창 바쁘니 나중에 해주실 수 없을까요?"

절박하게 묻는 여학생을 향해 요루카는 한없이 부드럽게 대답했다.

그러나 그녀들은 그 대답만으로는 물러서지 않았다.

"어딘가 숨어 있을지도 몰라. 잠깐 상황만 확인하게…… 엑?!"

그녀들이 돌덩이처럼 굳어버리는 소리가 룩스의 귀에도 들렸다.

그녀가 본 것은 옥상 벽에 기대 뒤엉켜 있는 두 명의 **소녀**였다.

한쪽은 아름다운 흑발을 자신의 맨살에 늘어뜨린 소녀— 키리히메 요루카.

그리고 다른 한쪽은 벽에 기대다시피 하며 그녀와 찰싹 달라붙어 있는 블라우스와 스커트를 입은 소녀였다.

기공각검의 검대를 든 요루카의 손에 가려져서 얼굴은 보이지 않았지만 학원 학생이라는 것은 분명했다.

"어, 다, 당신들…… 저기—?!"

그 모습을 본 두 여학생은 차마 말을 잇지 못했다.

교복을 입고 있는 것은 밑에 깔려 있는 소녀뿐. 그녀의 허리 위에 올라탄 요루카는 위아래 전부 검은색 속옷 차림이었다.

다시 말해 그— 소녀와 소녀가 특별한 밀회 중이었다는 것 이외의 상상은 할 수 없었다.

새빨간 홍당무처럼 변해 굳어버린 소녀들을 힐끔 보면서 요루카는 쿡쿡대며 웃었다.

"보시다시피 저희는 엿보기꾼 같은 것은 보지 못했사와요. 오히려 이대로라면 당신들이 저희를 엿보게 될 것 같군요?"

그렇게 대답하면서 윤기 나는 작은 입술을 깔려 있는 소녀의 입술에 살며시 포갰다.

길게 휘감는 움직임으로 입술과 혀를 움직였다.

"—?!"

말이 되지 못한 **소녀**의 비명.

족히 10초는 지난 뒤에 그것이 끝나자, 입술을 뗀 요루카의 혀끝에서 투명한 은색 실이 길게 늘어졌다.

거기까지 지켜본 후에 다시 요루카의 시선을 받은 여학생들은 뒷걸음질 쳤다.

"미, 미안! 좋은 시간들 보내!"

"시, 실례했습니다!"

요란하게 옥상 문이 닫히며 발소리가 멀어졌다.

그리고서 잠시 시간이 흐른 뒤에는 부지 내에서 엿보기꾼을 놓쳤다는 목소리가 들려왔다.

"이젠 괜찮은 것 같군요."

그 소리를 들은 요루카가 룩스 위에서 내려오자, 룩스는 죽을 것 같다는 표정으로 중얼거렸다.

"많은 의미로 끝나는 줄 알았어……."

그보다는 들키면 죽었을 거라고 생각했다.

룩스의 정신은 둘째 치고, 이 학원에 다니는 유일한 남자 학생으로서는 확실하게 죽었을 것이다.

"과장도 참 심하셔라. 무사히 무마해서 다행이어요."

"그 대신 소중한 걸 잃은 기분이 들지만, 고마워……."

룩스는 감사 인사를 하면서 뒤로 돌아 교복을 벗기 시작했다.

요루카가 제안한 소녀들의 눈을 피하는 계책― 그것은 요루카의 교복을 룩스가 입고서 속여넘긴다는 금단의 수법이었다.

"아, 아무리 그래도, 그― 키스까지 할 필요는 없었던 거 아냐……?"

룩스가 새빨개진 얼굴로 당혹스럽게 묻자 요루카는 요염함이 섞인 미소를 보여주었다.

"그럴 리가요. 덕분에 여성에게 보이는 주인님의 반응도 조금은 알게 되었답니다."

"……."

이런데도 실제 나이는 자신보다 한 살 어리다니, 룩스는 뭐라고 표현할 수 없는 기분이 들었다.

"그럼, 저는 주인님의 기공각검을 되찾아 오겠사와요. 좀 더 시간이 지나면 틈을 봐서 교사 안으로 돌아와 주시어요."

"아, 응. 부탁할게."

국어책을 읽는 것처럼 억양이 살짝 죽었지만 룩스는 간신히 고개를 끄덕이며 대답했다.

다시 교복을 입은 요루카가 계단을 내려간 뒤, 긴장에서 해방된 룩스는 한숨을 쉬었다.

기공각검 문제는 이제 세리스와 요루카에게 맡기는 게 좋을 것이다.

"하아, 뭔가, 이래저래 피곤하네……."

쾌청한 하늘을 올려다보면서 룩스는 흐물흐물 그 자리에 주저앉았다.

†

몇 분 뒤. 룩스의 기공각검은 결국 아무에게도 들키지 않고 주인의 손으로 돌아왔다.

세리스의 지휘로 삼화음(트라이어드)과 아이리도 협력해줬는지 옥상에 있는 룩스를 찾아서 건네주었다.

"고마워— 그리고 소란 피워서 미안해."

룩스는 친구인 소녀들에게 감사하면서 드디어 교사 밖으로 나갈 수 있었다.

"후우, 살았다……."

교사에서 나와 되찾은 검대를 몸에 찬 룩스는 안뜰 연석에 앉아 겨우 가슴을 쓸어내렸다.

이미 학생들의 대다수는 신체검사를 마치고 옷을 입은 다음 자기 방이나 교사로 돌아가고 있었지만 룩스는 조금만 더 쉬기로 했다.

"이걸로 일단 안심했지만…… 아까 소동은 대체 뭐였지?"

룩스가 실내 연습장에 들어간 건 실수였으나, 엿보기꾼으로 생각되는 인물이 부지 안에 들어온 탓에 일이 크게 번진 것이었다.

"엿보기꾼이라고들 하던데, 대체 누가……."

룩스는 고개를 갸웃거리며 홀로 중얼거렸다.

물들기 시작한 나뭇잎이 춤추는 가을의 정원에 멍하니 앉아 있는데—.

"—한가해 보이는구나, 거기 있는 애송이."

"헉……?!"

갑자기 등 뒤에서 들려온 목소리에 놀라 룩스는 뛰어오르듯이 일어섰다.

학원 내에서는 좀처럼 들을 일이 없는 중후하고 깊이가 있는 남성의 목소리.

장년 남성이라고 단언할 수 있는 음역이었지만 신기하게도 굵거나 거칠지는 않았다. 그리고 그 독특한 억양은 듣는 사람에게 강한 인상을 심어주었다.

소리가 들려온 쪽을 돌아보니 거기에는 처음 보는 사내가 서 있었다.

겉보기에는 룩스와 비슷한 정도의 작달막한 체구.

이목구비도 다소 어려서 소년처럼 보였지만, 원숙함이 느껴지는 표정과 몸에 두른 서슬 퍼런 기운은 그를 소년이라고 부르지 못하게 했다.

복장은 약간 어두운 푸른색 외투를 걸쳤고 그 아래는 검은 옷과 얇은 금속 갑옷으로 보호하고 있었다. 후드 밑으로는 검은 머리카락이 보였고 왼쪽 눈에는 금속 플레이트로 장식한 기묘한 형태의 안대를 차고 있었다.

하지만 그 기묘한 외모보다 더욱 이상한 것은 그 사내의 눈빛이었다.

어두웠다. 한없이 어두웠다. 빛이 보이지 않는 나락과도 같은 검은 눈동자.

그럼에도 불구하고 기묘한 것은 표정이나 말투는 조금도 음울하지 않다는 점이었다.

광채를 발하는 잘 연마된 단단한 검은색.

흑요석의 화신을 연상케 하는 사내였다.

"당신은—."

룩스가 그 기척에 멍하게 반응하자 사내는 갑자기 턱을 치켜올렸다.

"손님이다. 학원장에게 용건이 있다. 당장 나를 안내해라."

"……."

그의 입에서 다시 튀어나온 명령에 말문이 막혔다.

어째서 이 소년처럼 보이는 사내는 이렇게까지 거들먹거리는 걸까.

"그, 그러니까— 잠시만요. 그 이전에 당신은 누굽니까?"

"쓸데없이 캐묻는 남자로군. 이 내가 누구든 아무래도 상관없는 이야기일 텐데?"

그 사내는 눈은 가만히 둔 채, 오직 입만이 활처럼 휘는 기묘한 웃음을 지었다.

"상관없지 않아요. 이곳은 왕립 사관 학원(아카데미) 부지 안이니 신분을 확실하게 밝히시지 않는다면 안내해 드릴 수 없습니다. 게다가— 오늘은 분위기가 좀 어수선하거든요."

"그건 큰일이군. 하지만 나와 상관이 있나? 일단 나를 안내한 뒤에 그쪽에서 알아서 해결하면 될 것을."

"아니, 그러니까……."

그런 식으로 나오니 룩스도 마땅히 돌려줄 말이 없었다.

날품팔이 생활을 하며 접객업은 몇 번이나 해보았지만 이렇게 난폭한 손님을 만나본 적은 없었다.

"자세한 것은 저도 모르겠지만, 조금 전에 외부인에 엿보러 들어온 모양이라……."

"그런가? 그건 큰일이지만 묘하군? 나도 조금 전에 위병이 문 앞에서 막아서길래, 뿌리치고 멋대로 들어왔다만— 안에서는 딱히 수상한 인물을 보지 못했는데?"

"엑……?"

사내가 대수롭지 않게 꺼낸 말에 룩스는 안 좋은 예감을 느꼈다.

위병이 막아섰는데 멋대로 들어왔다고?

그럼, 설마—.

"흐음? 아하, 말할 필요 없다. 과연, 이제 알겠어."

사내는 그렇게 중얼거리더니 여전히 빛이 없는 눈을 뜨고 입만 움직여 미소를 지으면서 짝, 손뼉을 쳤다.

그리고 룩스를 똑바로 보며 자신만만하게 말했다.

"범인은 너였군. 이 변태 놈, 여자처럼 생겨서 그런 짓을 하는 거냐."

"아니거든요! 당신이라고요! 멋대로 들어온 엿보기꾼 침입자는!"

"호오, 그렇군. 이 나라에서는 나를 그렇게 취급하는 건가. 지독한 풍습이로다."

"어느 나라든 마찬가집니다! 당장 이 학원에서 나가 주세요!"

"나 원 참, 이런 불합리한 취급을 당하게 되다니. 이 나라의 여왕께서 친히 불러주셨는데 나가라는 소리를 들을 줄이야."

"……헛?! 지금, 뭐라고—?"

룩스가 의아한 표정을 보인 순간, 남자는 품에서 한 장의 문서를 꺼내 내밀었다.

"여왕께서 보내신 서한이다. 그리고 한 번 더 말하마. 나를 학원장 앞까지 안내하라는 의뢰를 받아라. 신왕국의 잡부여."

버릇처럼 엷은 미소를 떠올린 채 남자는 그렇게 고했다.

룩스의 입장과 사정을 아는 것인지 가볍게 도발하는듯했지만 굳이 거기에 반응하지는 않았다.

"알겠습니다……."

여왕의 서한과 사인은 룩스도 본 적이 있었다.

누구인지는 몰라도 이 사내의 주장만큼은 사실인 듯했다.

룩스는 남자를 안내하기 위해 학원장실로 가자고 생각했다.

다행인지 불행인지 신체검사는 무사히 끝난 듯, 주위에 소녀들은 보이지 않았다.

그러나 조금 전과는 다르게 룩스는 힘이 들어간 표정으로 교사 안에 들어갔다.

정체를 알 수 없는 이 사내가 여간내기가 아님을 눈치챘기 때문이었다.

"좋은 학원이로군. 사기도 높고 연습 레벨도 봐줄 만해. 기룡에 적성이 있는 여자만을 모아 교육한다는 점도 재미있어. 허나, 내 부하로는 필요없다. 네가 보기에도 불만스럽지 않나?"

평가라도 하는 것처럼 주위를 둘러본 뒤, 남자는 불현듯 그런 이야기를 꺼냈다.

"무슨 의미십니까?"

룩스가 경계하는 목소리로 대답했을 때 뒤쪽에서 발소리가 들려왔다.

급하게 달려온 사람은 예복을 걸친 중년 남자 하나와 젊은 남자 하나.

분명히 신왕국의 집정관과 렐리 학원장의 비서로 일하는 남자일 터였다.

"이, 이거 참 먼 길 오시느라 고생하셨습니다, 싱글렌 경. 원래 예정보다 좀 이른 시간에 도착하신 것 같습니다만—."

"나는 너희와는 달리 바쁜 몸이니까. 기다리기 싫으니 알아서 들어왔다. 학원장에게 이야기는 해두었겠지?"

"네, 조금 전에 심부름꾼을 보냈습니다."

난폭하고 무례한 태도의 사내에게 꿋꿋하게 예를 표하는 두 사람의 모습에 룩스가 난처하다는 표정을 보인 순간―.

"수고했다, 잡부. 상으로 네놈에게 나의 이름을 알 영예를 하사하마."

검은 옷의 사내가 당당하게 웃으며 아랫사람을 대하는 것처럼 고압적인 말투로 입을 열었다.

"싱글렌 쉘불릿. 국가 연합 기룡부대 『칠용기성(七龍騎聖)』의 부(副)대장이자 블래큰드 왕국 직속 백령(白嶺) 기사단 단장이 바로, 이 위대한 나의― 지극히 사소한 직함이다."

"『칠용기성』의 부대장……?!"

룩스는 반사적으로 앵무새처럼 중얼거렸다.

"남을 헐뜯길 좋아하는 무리들은 나를 『푸른 폭군』이라고도 부른다. 네가 좋을 대로 불러도 개의치 않으마, 잡부."

갈수록 높아지는 환신수의 위협.

그리고 활성화하는 일곱 개의 유적에 대항하기 위해 각국에서 선출된 일곱 명의 기룡사 대표.

독자적인 권한으로 유적을 조사하는 한편 유사시에는 그 위협에 대항할 전력으로서 행동하게 될 각국 대표를 모은 정예 부대.

아직 그 전부가 결정된 것은 아니었지만, 그중에서도 대장과 부대장은 과거의 실적을 바탕으로 판단 및 논의를 거쳐 이미 결정 된 듯했다.

요컨대 세계적으로 보더라도 그만큼 압도적인 실적의 소유

자라는 이야기였다.

지난번 전용전은 교외 대항전— 기룡사 사관후보생만 참여 가능하다는 제한 탓에 이 사내의 모습은 없었지만, 세계에는 아직 많은 실력자가 존재했다.

'—하지만 그런 사람이 왜 신왕국의 학원에 온 거지?'

설마 또 종언신수(라그나뢰크) 같은 위협이 다가오고 있는 건가?

"흠? 네게는 이야기가 가지 않은 건가? 이 나라의 상층부도 의외로 나사가 풀렸군."

그런 룩스의 심중을 들여다보기라도 한 듯 싱글렌은 입가를 활처럼 일그러뜨렸다.

그 노골적이며 배려라고는 찾아볼 수 없는 말투에 뒤에 있던 집정관과 비서가 굳어버렸다.

"걱정하지 마라, 내 용건은 평범한 면접일 뿐이니까. 이 나라의 『칠용기성』이 아직 선출되지 않아서 말이지. 조만간 개최될 회의 전에 각국의 후보자만이라도 정해두고 싶은 거다."

"……."

"그렇지. 하나만 부탁해도 되겠나, 잡부. 이 장소의 경비를 봐줬으면 좋겠다. 저 어설프게 생긴 두 사람에게 경비를 맡기는 것보다는 좀 더 마음이 놓일 것 같군."

학원장실 앞 복도에서 싱글렌은 룩스에게 그렇게 말했다.

이쯤 되면 무례하다는 수준을 넘어선 폭언에 가까운 말투였지만 룩스는 기가 막혀서 반론을 펼칠 생각도 들지 않았다.

"……제가 그걸 허락받을 수 있다고 장담할 수 없는데요?"

“받을 수 있을 거다. 그걸 결정하는 건 바로 나니까. ―그럼, 부탁하지.”

그 말만을 남기고 싱글렌이라는 사내는 학원장실로 들어갔다.

‘대체 무슨 생각을 하는 거지? 저 사람은…….’

그 뒤에 도착한 렐리에게 방 경비를 해도 되겠냐고 물었더니 「그래? 그럼, 부탁할게」라며 싱겁게 허락해주었다.

잠시 문 앞에 서 있는데 먼저 리샤가 나타났다.

“응? 룩스잖아. 왜 네가 여기 있는 거냐?”

무슨 영문인지 문 앞에 서 있는 룩스를 보고 뜻밖이라는 것처럼 눈을 동그랗게 떴다.

아마도 면접을 볼 인원은 미리 정해져 있는 것이리라.

“그게 좀, 일이 이상하게 돌아가서요.”

“뭐야. 내 기사로서 동석하는 줄 알았더니, 아쉽군.”

그렇게 대답하면서 의기양양한 표정으로 팔짱을 끼는 모습이 귀여워서 무심코 룩스의 뺨도 풀어지고 말았다.

“하지만― 조심하세요. 『칠용기성』의 부대장이라는 사람, 상당히 별종이었으니까.”

“걱정 마라. 이 학원에도 괴짜는 많으니, 대응하는 방법에는 익숙하다. 게다가― 나도 명색이 한 나라의 공주니까 말이야.”

자신 있게 그렇게 대답하고서 「그럼, 경비는 너만 믿으마」라는 말을 남기고 방으로 들어갔다.

쾅, 문이 닫히고서 몇 분 뒤…….

마음대로 엿들을 수는 없는 까닭에 거리를 두고 기다리고 있으니—.

"뭣?! 웃기지 마라! 뭐냐 네놈, 사람을 불러놓고 그 말투는?!"

느닷없이 리샤의 불호령이 방 밖까지 들려왔다.

"말이 안 통하는군. 나는 돌아가겠다! 네 망언에 어울릴 정도로 한가한 몸이 아니라서 말이다!"

그리고 곧장 대화를 마쳤는지 리샤가 방에서 나왔다.

그 방약무인한 싱글렌의 태도로 미루어 보아 어느 정도 예상은 할 수 있었지만, 룩스로서는 조금 의외였다.

리샤의 성격은 언뜻 단순하고 직설적이라고 생각하기 쉽지만 그 와중에 흥정을 시도하거나 본질을 꿰뚫어 보기도 한다.

이렇게 빨리 교섭이 결렬되리라고는 상상할 수 없었다.

싱글렌이 대체 어떤 식으로 나온 것인지 약간 마음에 걸렸지만…….

"뭐냐, 저 무례하기 짝이 없는 남자는?! 블래큰드 왕국의 품위는 어디로 사라진 거냐?!"

"저, 리샤 님. 그 기분은 이해합니다만, 여기는 복도이니까—."

룩스는 머리에서 증기라도 뿜어낼 기세의 리샤를 쓴웃음을 지으며 다독였다.

한바탕 불평을 늘어놓은 리샤가 떠나자, 교대하듯이 다른 발소리가 룩스 쪽으로 다가왔다.

"뜻밖이군요. 설마 룩스와 여기서 만날 거라곤 생각도 못했습니다."

늠름한 분위기가 감도는 그 소녀는 3학년인 세리스다.

"저는 신왕국의 『칠용기성』 후보로서 지금부터 면접을 받으려고 왔습니다만— 설마, 당신도?"

"아뇨, 그게. 사정이 좀 있는데 그것 때문에 여기서 경비를 보게 되는 바람에."

"그렇습니까. 그렇다면 후배 앞에서 추태를 보일 수는 없겠군요. 상대도 그 『푸른 폭군』인 모양이고 신중하게 상대하려고 합니다."

평소처럼 착실한 대답.

하지만 지금은 세리스답다는 생각이 들기보다는 그 단어가 맘에 걸렸다.

"……싱글렌 경에 대해서 뭔가 알고 계세요?"

"어느 정도는 압니다만……. 제가 아는 정도만으로 괜찮다면, 얘기해줄까요?"

그녀의 대답에 룩스는 반사적으로 고개를 끄덕였다.

짧은 시간 동안의 간단한 설명이었지만 싱글렌의 경력을 알 수 있었다.

블래큰드 왕국의 국민으로 장갑기룡이 발굴된 직후부터 두각을 나타냈고, 압도적인 실력으로 장군의 자리까지 올라선 사내.

하지만 얼마 지나지 않아 큰 내란을 수습한 뒤, 왕국에서는 그의 무자비한 전투 방식을 비난하였고 기사의 칭호까지 빼앗았다고 했다.

"진상은 알 수 없지만 국왕이 그의 실력을 두려워하여 왕가에서 떼놓은 게 아닐까, 하는 설도 있더군요. 그 후로 싱글렌 경은 왕도를 떠났습니다."

그 가설은 룩스가 생각하기에도 꽤 신빙성이 높았다.

유적이 발견된 지 겨우 몇 년밖에 지나지 않은, 장갑기룡의 존재로 인해 많은 것이 격변하는 시대.

거기에 나타난 싱글렌이라는 너무나도 강대한 기룡사가 권력을 확대해간다면 그것을 두려워하는 건 당연하다.

"하지만 저희도 알다시피 얼마 전부터 블래큰드 왕국을 시작으로 각지에서 대규모 천재지변이 일어나고 있죠. 인간형 환신수라 불리는 <ruby>환마인<rt>녹터널</rt></ruby>(幻魔人)이라는 존재에 의해……."

전용전이 끝난 직후의 수업에서 라이글리 교관이 가르쳐주었다.

"그 전화(戰禍) 탓에 군의 주력을 모조리 잃은 블래큰드 왕국은 싱글렌 경을 다시 왕성으로 불러들였다고 들었습니다. 마침 전대 국왕도 전사해서 대가 바뀌었으니까요."

"……."

"제가 아는 건 이 정도입니다. 그럼, 가보겠어요."

세리스는 그 말을 남기고 곧장 학원장실에 들어갔다.

리샤와 다르게 성실하며 여간해서 동요하지 않는 타입인 세리스라면, 싱글렌의 페이스에 말려드는 것만큼은 피할 수 있을 거라고 룩스는 생각했지만…….

"네. 그렇, 습니까……? 아뇨, 칭찬해주셔서 영광입니다. 하오나— 네?"

귀를 기울이고 있는 건 아니었지만 비교적 침착한 목소리가 들려왔다.

그리고 역시나 몇 분 만에 면접이 끝났는지 세리스가 학원장실에서 나왔다.

그녀의 표정에는 살짝 난처함이 떠올라 있었다.

"무슨 일 있었나요?"

"아뇨, 딱히……. 기룡사로서의 자질을 칭찬받긴 했습니다만, 본론에 관해서는 구체적인 이야기를 피하는 것 같더군요."

"본론을, 피해요?"

"네. 그리고 원칙대로라면 이 이야기는 타인에게 발설해선 안 되니, 이만 실례를—."

"아, 죄송합니다."

세리스의 한마디에 룩스도 위험한 발언을 했음을 깨달았다.

반사적으로 질문하고 말았다는 것을 후회할 틈도 없이, 싱글렌이 룩스의 어깨를 두드렸다.

"다 끝났다, 잡부. 자, 바깥까지 배웅해라. 그것이 내 마지막 의뢰다."

"……알겠습니다."

룩스는 싱글렌의 말에 고개를 끄덕이고서 그 옆에 나란히 섰다.

이미 싱글렌이 왔다는 얘기를 들은 걸까?

멀리서 에워싸고 룩스와 싱글렌을 바라보는 여학생들의 모습이 드문드문 보였다.

"—면담 중에 그 두 사람과 내가 무슨 이야기를 했는지 묻지 않는 건가?"

"물어봐도 괜찮다면, 부탁드리겠습니다."

"그럼 안 되겠군. 가르쳐주지 않겠어."

"……그렇습니까."

룩스가 한숨 섞인 목소리로 대답하자 싱글렌은 보일 듯 말 듯 어깨를 들썩였다.

"크크크크, 그런 표정 짓지 말라고. 너는 이해할 수 없겠지? 블래큰드 왕국에서 칙명을 받고 여기까지 온 남자가, 왜 굳이 그 두 아가씨를 난처하게 만드는 태도를 취했는지."

"……."

끝을 알 수 없는 어둠이 보이는 눈동자가 룩스의 얼굴을 들여다보았다.

역시 눈은 웃고 있지 않았다.

그 입가만을 활처럼 살짝 비틀고 있었다.

"자, 내 목적이 무엇인지 읽었나? 죄인 잡부."

"……처음부터 여기서 이야기를 끝낼 생각 따위는 없었다, 이겁니까?"

남자의 질문에 룩스는 즉답했다.

생각해보면 처음부터 부자연스러웠다.

예정보다 한나절이나 이른 시간에 학원을 방문한 것도, 제지당했음에도 불구하고 멋대로 부지 안에 들어온 것도…….

얼핏 보면 그저 무례하고 난폭하게만 보이지만, 왕가 직속 기사단장이라는 자리까지 올라간 남자가 그러한 도리를 모를 리가 없다.

말하자면, 서둘러서 후보자를 정해야 한다는 표면상의 이유와는 다르게 처음부터 목적을 달성하려는 생각이 없었다는 것이다.

"그뿐인가? 그렇다면 반만 맞혔군. 실망스럽구나, 네 머리도 이 나라 집정관들의 대다수보다 눈곱만큼 나은 수준에 지나지 않았단 말인가."

"무슨 의미입니까?"

"통찰력이 형편없군. 아가씨들 비위만 맞추느라 감이 둔해졌나?"

싱글렌은 룩스를 보며 비틀린 웃음을 흘렸다.

"이야기를 끝낼 생각은 있다. 지금 여기서 말이지. 힌트는 진작 주지 않았나? 일부러 네게 경비를 맡기고 대화를 들려주지 않았는가."

"—설마."

그 순간 룩스는 싱글렌이 노리는 것을 깨달았다.

"너다, 잡부. 『무패의 최약』, 전 아카디아 제국 제7 황자 룩스 아카디아여. 나는 너를 스카우트하려고 왔다. 『칠용기성』의 일원으로 말이지."

"……?!"

룩스는 놀라움과 충격으로 굳었다.

"그렇게 뜻밖이었나? 설마 자신이 선출될 리 없다고 생각했나? 그렇다면 기가 막힐 노릇이군. 5년 전과는 비교도 할 수 없을 정도로 평화에 찌들었잖아. 이 신왕국처럼 말이다."

"진심으로 하시는 말씀입니까? 저는 그런—."

"무익한 문답은 집어치워. 내 앞에서 연기는 그만둬라. 나는 『칠용기성』의 부대장으로서 이 나라 최강의 사내를 끌어들일 필요가 있다. 표면적인 강함이 아니라, 실제로 말이지."

"……."

대체 이 사내는 어디까지 자신을 알고 있는 걸까?

그러나 설사 《바하무트》 사용자라는 정체를 간파했다 해도 『검은 영웅』이라는 점까지 인정할 수는 없었다.

"확실히 왕도 집정관들에게 『칠용기성』 후보로 추천을 받았습니다만, 제겐 어울리지 않는 자리라고 생각했고 그럴 마음도 없습니다."

경계심이 드러난 룩스의 목소리에도 꿈쩍하지 않고 싱글렌은 다음 말을 계속했다.

"애 같은 소리 하지 마라. 과거의 너는 좀 더 어른스럽지 않았나. 아니— 자기 능력 밖의 일을 하고자 그런 시늉을 해왔을 뿐인가? 여하간 그 어린 나이에 그만한 일을 해낸 너는 범인(凡人)이 아니고 대표가 될 자격은 충분하다."

많은 의미를 담은듯한 말투.

마치 구제국을 멸망시킨 자신의 과거를 알고 있는 듯한 말투에 룩스는 더욱 경계를 강화했다.

"옛날의― 구제국 시절의 저를 알고 계십니까?"

"전혀 모른다고는 할 수 없지. 구제국 시절의 상층부는 블래큰드 왕국과도 교류가 있었으니까. 아 참, 그때부터 네 형과는 친하게 지냈었다고. 후길 아카디아라는 이름이었나?"

"흡……!"

그 한마디를 들은 순간 룩스는 헛숨을 들이켰다.

동요를 숨기려고 했지만 이 사내는 꿰뚫어 보았을지도 모른다.

"5년 전의 쿠데타 이후로 행방을 알 수 없는 모양이다만, 난 그 녀석이 쉽게 죽을 거라고 생각 안 해. 뭔가 아는 건 없나?"

"아뇨…… 저는 아무것도."

"그런가, 그건 아쉽군. 사실은 며칠 전, 녀석과 꽤 닮은 남자를 부하가 본 것 같다고 했다만."

"―그게, 사실입니까?"

"알고 싶나? 얼마든지 알려줄 수 있다. 네가 『칠용기성』의 일원이 된다면야, 당장이라도 나와 그 다음 이야기를 할 수 있겠지."

"……그럼, 마지막으로 하나만 여쭤봐도 되겠습니까?"

"상관없다. 얼른 말해라, 시간 아까우니까. 내 시간은 금으로도 살 수 없다."

유아독존, 오만불손.

『푸른 폭군』이라는 이명에 걸맞은 건방지고 오만한 태도로 싱글렌은 고개를 끄덕였다.

"당신의 진짜 목적은 뭡니까? 저를 굳이 『칠용기성』이라는 자리까지 끌어들여서, 그저 세계를 안정으로 인도하려는 게 전부는 아니겠죠?"

"……훗, 골치 아픈 녀석 같으니. 어지간히 내가 의심스러운 모양이군."

벽돌로 된 높은 외벽에 둘러싸인 학원 부지 안.

두 사람은 이미 교문 부근까지 도착했다.

"내 사명과 목적은 이 세계를 지키는 것이다. 기룡사로서, 그들을 하나로 모아 위에 서는 자로서, 그 이외에 뭐가 더 있겠나?"

"그렇다면 제 목적을 말씀드리겠습니다. 당신이 말하는 잡부로서 이 학원을 지키고, 이곳에 다니는 모든 이의 힘이 되는 것이 지금 제가 바라는 것입니다."

싱글렌의 진의는 알 수 없었다.

『칠용기성』으로서 왜 그렇게까지 룩스의 힘을 원하는가?

그러나 상대가 누구든 룩스의 대답은 정해져 있었다.

일찍이 정체를 숨기고 구제국을 멸망시켜서 이루려 했던 룩스의 숙원.

부조리한 압정과 부당한 차별이 존재하지 않는 나라를 만들고자 했던 것.

그리고 지금은 이 신왕국을 타국과 환신수의 위협에서 수

호하며, 훗날 나라의 버팀목이 될 사관후보생 소녀들의 힘이 되어주는 것.

그는 그것을 위해 왕녀 리샤의 전속 기사가 되었다.

"크크크크크. 교섭 결렬인가. 실로 유감스럽군. 쓸데없이 시간만 낭비하게 됐어. 지금 당장이라도 네가 『칠용기성』이 되어주었으면 했는데 말이지."

고개를 비스듬히 기울이고서 입만 웃는 기묘한 얼굴로 룩스를 노려보았다.

그 앞에서 룩스도 의연한 시선으로 맞받아쳤다. 그러자 멈춰선 두 사람의 바로 옆에서, 얼굴을 전부 가리는 하얀 투구를 쓰고 외투를 걸친 일곱명의 사람들이 다가왔다.

"주인이시여, 마중하러 나왔나이다. 이제 왕도로 출발해야 하는 시간입니다."

"……알고 있다. 그럼 잘 있어라, 구제국의 유복자―『무패의 최약』이여. 네 소망이라는 것을 이루기 위해 힘껏 노력해라."

싱글렌은 거창한 말투로 그렇게 말하고서 부지 밖으로 걸음을 옮기다가 뒤를 돌아보았다.

"하지만 기억해둬라. 이대로는 결코 네 소망이 이루어질 날은 오지 않을 것이다. 왜냐하면 내가 목적을 이루지 못한 적은 한 번도 없고, 네가 진정 원하는 것은 그런 보잘것없는 자기희생이 아니니까. ―그럼 언젠가 다시 만나자고, **영웅이여**."

"……."

그가 남긴 마지막 한마디에도 룩스는 안색을 바꾸지 않았다.

『푸른 폭군』과 그 무리의 모습이 멀어지고 시야에서 사라졌다.

숨이 턱턱 막히는 만남이 끝났다.

하지만 어째서일까.

닮은 구석이라고는 전혀 없건만, 룩스는 왠지 모르게 싱글렌에게서 자신의 형인 후길과 비슷한 냄새를 맡았다.

†

"그래서 결국, 네 한계돌파(오버 리미트)는 이제 쓸 수 없는 거냐?"

폭풍이 떠나간 학원 부지 안.

장갑기룡의 공방 내에서 하얀 가운을 걸친 리샤가 불쑥 물어보았다.

"네. 역시 그런 것 같아요."

작업대 위에 앉아 동향을 지켜보는 리샤에게 그렇게 대답하고서 룩스는 장착한 《바하무트》의 장갑을 해제했다.

육체와 정신의 부담을 막기 위해 장갑기룡에는 평소 출력제한이 걸려 있었다. 그것을 해제하는 특수 시스템이 바로 한계돌파였다.

한동안은 룩스의 몸이 버틸 수 없다고 보아 합숙 이후로 사용을 금지했었다. 하지만 이제는 몸 상태도 안정되어 나중을 위해 순서만이라도 재현해보려 했지만…….

"하지만 묘한 일이군. 완전한 한계돌파 방법은 기억나지 않는다는 거냐? 확실히 나도 아직 해명하지 못했다만—."

"모르겠습니다. 어째서 그때만 할 수 있었던 건지……."

유적의 통괄자(기어 리더)인 라 클루셰가 실시한 한계돌파 방법을 눈앞에서 봤다는 것은 기억났다. 그것이 기억을 되살리는 실마리였던 걸까?

'……기억을 되살려? 아니, 나는 그때 처음으로 한계돌파를 썼을 거야. 아니면—.'

아직도 뭔가 기억 못하는 게 남아 있는 걸까? 룩스의 마음 속에서 의문이 솟구쳤다.

"피이가 곁에 있어서 그랬을지도 몰라요. 어쩌면, 뭔가 잊고 있는 것이……."

"……읍?! 그, 그 천연 아가씨는 별 관계없잖느냐?! 그…… 역시 됐다. 이 얘기는 나 혼자 좀 더 생각해봐야겠구나, 음."

룩스의 중얼거림에 리샤가 어째선지 조바심이 나는 모습으로 그렇게 외쳤다.

의아함에 고개를 갸웃하는 사이에도 시간은 흘러갔다.

Episode 2 유적 도시

(루인스기아)

그리고 이틀 뒤.

학원에서 실시된 모의시험에서 합격한 총 60명의 학생, 그리고 합동으로 시험을 치르게 된 신왕국군 남성 무관 몇 명은 시험장이 있는 반하임 공국으로 출발했다.

신왕국과 비교하면 약간 작았지만 반하임 공국 또한 대국에 속했으며 광대한 영토를 보유하고 있었다.

계절은 초가을이었지만 반하임 쪽이 따뜻해서 방한용품이 필요 없는 것은 좋았다.

여행길은 가는 데만 4일 정도 걸렸다.

항구에서 배를 타 관문과 국경을 넘고, 때로는 장갑기룡으로 날거나 달리면서 거친 벌판을 횡단하여 길을 단축했다.

거기에 더해 마차를 몇 대나 갈아타면서 승격 시험이 치러지는 유적 도시로 향했다.

첫날만 해도 타국의 경관이나 중간에 들린 마을의 분위기를 즐기며 떠들어대던 학생들이 많았지만, 여행 마지막 날인 나흘째가 되자 다들 지쳐서 얌전해졌다.

"그나저나 귀찮아 죽겠군. 연례행사라고 하지만 장갑기룡을 사용하면 한달음에 날아올 수 있거늘."

목적지로 향하는 마지막 마차 안에서 리샤가 따분한 모습으로 창밖을 노려보았다.

"시험 전에 체력을 다 소모하면 여기까지 온 의미가 없잖아? 다른 사람들이 모두 우리처럼 장갑기룡을 사용할 수 있는 것도 아니고."

"끄응……."

쿨한 표정으로 책에 눈을 고정한 채, 마주 앉은 크루루시퍼가 시원스럽게 중얼거렸다.

룩스는 오랫동안 마차에 시달리고 있는데도 안색 하나 변하지 않는 건 역시 대단하다고 생각했다.

"쿠울……. 루, 우……."

한편 피르히는 완전히 숙면에 빠져서 옆에 앉은 룩스에게 기대듯 몸을 맡기고 있었다.

룩스는 몸에 부담이 가지는 않았기에 행여나 피르히를 깨우지 않도록 가만히 놔두었다. 하지만 때마침 룩스의 팔꿈치 부근에 그 풍만한 가슴이 닿았고, 마차가 흔들릴 때마다 부드럽게 눌렸다가 그 탄력으로 다시 튕겨 나가서 룩스의 심장을 쿵쾅쿵쾅 요동치게 만들었다.

"이봐, 거기 천연 아가씨! 너무 옆에 딱 붙지 마라! 룩스가 난처해하는 게 안 보이냐?!"

그 모습을 슬쩍슬쩍 엿보던 리샤는 마침내 참을 수 없게 됐는지 버럭 소리쳤다.

© 2013 Ayumu Kasuga

"……아, 저는 괜찮으니까, 그냥 자게 두세요."

룩스가 쓴웃음을 지으며 리샤를 말리자—.

"그러네. 굳이 구분하자면 난처하다기보다 기쁨— 아니, 행복한 것처럼도 보이는걸. 네가 그녀 옆에 앉은 것도 설마 그게 목적이었던 거니?"

크루루시퍼도 책을 소리 나게 덮고 도끼눈을 뜨며 바라보았다.

"아, 아니거든?! 크루루시퍼 씨까지 이상한 말 하지 말아줘?! —우왓?!"

두 소녀의 매서운 시선을 받아 룩스가 당황했을 때—.

데에에엥—!

중후한 종소리가 들려왔다.

"—어?"

성채 도시에서 듣는 것과는 종류가 다른, 장엄하고도 평온한 음색에 잠시 말문이 막혔다.

"여러분, 휴식 시간입니다. 기운이 남아 있는 사람은 내려서 주위를 한 번 보세요. 멋진 풍경을 볼 수 있을 겁니다."

그 직후 들려온 렐리의 목소리에, 룩스는 자신에게 기대고 있던 피르히를 조심스럽게 똑바로 앉히고서 마차 창밖으로 얼굴을 내밀었다.

그리고—.

"우와."

무심코 감탄이 흘러나왔다.

"……대단해."

“예쁘다—. 이런 도시가, 정말로 있구나.”

언덕 근처를 달리던 마차에서 내린 여학생들도 저마다 그 광경을 보고 탄성을 자아냈다.

매끄러운 백금색 성벽에 둘러싸인 팔각형 거대 도시.

팔방에서 뻗어 나와 안쪽으로 꺾인 첨탑. 중앙의 거대한 반구형 궁전. 무수히 나뉜 구획 안은 선명한 빛깔의 숲과 호수로 채색돼 있었다.

고풍스러운 성벽과 자연물과 도시의 융합.

그런 소감을 품게 하는 구조의 도시였다.

“유적 도시, 루인스기아. 반하임 공국 내에서도 공도(公都)에 버금갈 정도의 대도시야.”

마침 마차에서 내린 룩스 옆에 피르히의 언니이자 학원장인 렐리가 다가와 말을 걸었다.

“유적(루인스), 도시(기아)…….”

어릴 적, 구제국 시절에 궁정에서 생활하던 때부터 몇 번이나 들어봤을 정도로 유명한 곳.

제2 유적 『미궁(던전)』을 바로 아래에 둔, 유적 자체와 일체화한 도시.

그 자체가 유적에서 출현하는 환신수를 요격하기 위한 방위 거점이자, 유적에서 발굴된 장갑기룡을 비롯한 보물에 의해 발전하는 연구 개발의 무대이기도 하다.

중앙에 존재하는 궁전 상부에는 『천개(天蓋)』라고 부르는 거주 구역이 있으며 가운데는 넓은 공동(空洞)이, 지하에는

『미궁』으로 이어지는 문이 존재한다고 한다.

원래 유적은 조사권이 없으면 탐색할 수 없지만, 이 유적에 한해서는 특수한 사정에 의해 어느 정도의 예외로 인정되었다.

"나도 장사 때문에 여기에 와본 적은 있지만 학원장 신분으로는 처음 와보네. 이 언덕 밑으로 쭉 가면 금방 유적 도시야."

"그런가요. 안 그래도 마차 멀미가 좀 올 것 같았는데, 마음이 놓이는걸요."

룩스가 안도의 한숨을 내쉬자 렐리는 피식, 미소를 지으며 그를 마주 보았다.

"아무 말도 안 하는구나. 룩스 군다운 반응이긴 하지만."

"무슨 말씀이십니까?"

룩스가 진지한 표정으로 고개를 갸웃하자 렐리는 드물게도 차분한 표정을 보이며 눈을 내리깔았다.

"왕도에서 온 사자에게 들었어. 『제도 탈환 계획』에서 미끼 역할을 맡은 건 나를 도와주려고 그런 거였다며? 미안해. 감사 인사를 하는 게 좀 늦어졌구나."

"인사는 됐어요. 제가 원해서 한 일이니까. 아이리가 늘 하는 소리처럼 멋대로 달려 나갔을 뿐인걸요, 뭐."

룩스가 그렇게 대답하며 쓴웃음을 짓자 렐리도 쓸쓸함이 섞인 미소로 대답했다.

"여전하구나. 정말로— 네가 피이 곁에 있어서 다행이야."

렐리는 진심으로 그런 말을 했지만 그것은 룩스가 해주고 싶은 말이었다.

과거, 아직 어렸을 적. 룩스가 제국과 국민에게 버림받아 절망의 늪에 빠져 있을 때 피르히가 자신을 꺼내주지 않았더라면 어떻게 되었을지 모른다.

'그래. 그때 나는— 아이리나 피르히가 행복하게 살 수 있는 나라를 만들기 위해 제국의 황족으로서 싸우겠다고, 그렇게 맹세했어.'

어린 룩스가 애타게 그리던 단 하나뿐인 소원.

그것을 이루고자 만형 후길에게 가르침을 받았고, 궁정의 책을 두루 섭렵하였으며 장갑기룡 훈련에 매진했다.

황족으로서, 그것이 자신이 할 수 있는 일이라고 믿으며…….

하지만 그것은 마지막의 마지막 순간에 다 이루지 못하고 끝나버렸다.

룩스가 믿어온 대답이 나오기 직전에 불완전한 형태로 빼앗기고 말았다.

그 이후에는 날품팔이 왕자로 각지를 떠돌아다니며 혁명 후의 상황을 살펴보았고, 우여곡절 끝에 학원에 다다라 새로운 거처를 얻었다.

하지만—.

"어쩌면 연장자의 참견일지도 모르지만 너는 좀 더 자신을 생각해도 괜찮아. 귀찮거나 괴로운 일은 어느 정도 어른에게 떠넘겨도 괜찮아. 나 같은 것 때문에 너만 힘든 일을 겪어야 한다는 건 말도 안 된다구."

"렐리 씨가 옥살이를 하게 되면, 저도 피르히도 슬프니까요."

"그런가…… 그것도 그렇구나."

룩스가 바로 답하자 렐리도 미소를 지었다.

"학원장님, 슬슬 출발하는 게 좋을 것 같습니다."

다가온 라이글리 교관의 말에 렐리는 고개를 끄덕였다.

"자 그럼 가볼까? 혹시 피이가 자고 있다면 깨워주렴."

"네."

룩스는 고개를 끄덕이고서 마차로 돌아갔다.

그 뒤로 30분 정도 더 걸려서 마침내 반하임 공국의 유적 도시에 도착했다.

†

유적 도시의 두꺼운 문을 통과하고 잘 정비된 길을 십여 분 정도 걸으니, 드디어 시험 회장인 군사 시설과 거기에 딸려 있는 숙소가 보였다.

왕립 사관 학원도 꽤 넓은 편이었으나 성채 도시와는 규모가 다른 탓인지 훨씬 더 넓었다.

그 시설의 정문에 도착해 허가가 떨어지자 마차에서 내려 짐을 내렸다.

외벽으로 둘러싸인 부지 안으로 들어가 주위를 둘러본 룩스는 금세 낯익은 소녀들을 찾을 수 있었다.

"후아~! 지인짜 피곤하다아아……. 마차는 좁아터졌지, 정말 등이고 엉덩이고 성한 데가 없네……. 아, 루크찌다. 넌 괜찮아?"

크게 기지개를 켜고 있던 티르파는 룩스를 보자마자 손을 흔들었다.

계속해서 짐을 다 내린 샤리스와 녹트— 학원의 명물 삼인조, 트라이어드 소녀들과 룩스의 여동생인 아이리가 모습을 보였다.

"다들 오랜 여정 동안 수고했어. 그리고— 아이리를 돌봐줘서 고마워."

출발하기 전부터 어딘지 모르게 행동거지가 이상했던 아이리가 걱정돼서 같은 마차에 타게 된 트라이어드 멤버에게 신경을 써달라고 부탁했었다.

"맘대로 이상한 부탁하지 말아주세요. 저도 모르게 오빠가 마음을 써주시다니 괜히 미안하잖아요."

하지만 당사자인 아이리는 살짝 부끄러운 듯 뺨을 붉게 물들이고 도끼눈을 뜨며 룩스를 째려보았다.

"어이쿠야, 아이리. 룩스 군은 널 걱정해준 거니까, 이럴 때는 고맙다고 해야지. 남매가 사이가 좋으니 얼마나 보기 좋아."

샤리스가 쾌활하게 웃으면서 아이리의 머리를 쓰다듬자 녹트도 따라서 고개를 들었다.

"No. 아이리에게는 아이리만의 프라이드가 있다고 생각합니다. 평소의 생활면에서는 그녀가 룩스 씨의 힘이 되어주고 싶었던 것일 테죠."

"잠깐…… 이상한 소리 하지 마세요, 녹트! 저는 그저 오빠가 항상 생각 없이 무리를 해대니까, 대응하느라 쫓기고 있을 뿐—."

"아~ 아이리는 착한 아이네— 라는 느낌인 것 같아, 루크찌."

"아하하……."

티르파가 웃는 모습을 보며 룩스는 쓴웃음을 짓는 와중에 내심 가슴을 쓸어내렸다.

'다행이다. 뭔가 문제가 있는 게 아닌가 싶었지만 아무렇지도 않은 것 같네.'

짐을 풀고 잠시 휴식을 취한 뒤에 룩스 일행은 반하임 공국의 무관과 사관후보생들에게 인사도 할 겸, 숙박 시설 부지 내를 안내받게 되었다.

먼저 시설 이용 방법과 기본적인 규칙.

식사, 목욕, 휴식, 치료, 취침 등에 필요한 장소와 이용 방법 등에 관한 설명을 각 장소를 안내받으며 들었다.

시설 바깥에 있는 거리는 거의 보지 못해서 알 수 없었지만, 역시 장갑기룡을 이용한 공사도 꼼꼼하게 되어 있는 것인지 생활 수준은 성채 도시 이상으로 발전된 것처럼 보였다.

다만 유적 도시는 지형 자체가 독특한 데다가 성채 도시의 학원에 비해 복잡하게 얽힌 입체 구조였기 때문에, 익숙해지기 전까지는 쉽게 길을 잃을 것 같았다.

"그나저나 이 나라의 군인도 어지간히 호전적이로군. 시선이 아주 따가운걸."

넓은 통로를 걷고 있는데 리샤가 불쑥 그런 말을 꺼냈다.

그 감각은 룩스도 느끼고 있었다.

장갑기룡의 적성은 기본적으로 여자 쪽이 높다. —그 사실은 다들 알았지만, 남존여비 풍조가 만연하던 아카디아 구제국 이외에 여성 기룡사 육성에 힘을 쏟은 나라는 사실 그렇게 많지 않았다.

기본적으로 『싸움은 남자가 할 일』이라는 개념은 모든 나라가 공통인 것이리라.

남녀평등을 부르짖는 나라조차도 여성 무관이 전체의 30퍼센트라면 많은 편이었다.

그래서 처음에는 귀족가의 영애들만으로 구성된 사관후보생들이 신기한가 보다고 생각했지만 꼭 그런 것만도 아닌 것 같았다.

귀를 기울이니 주위에 있는 반하임 공국 남자들의 희미한 말소리가 들려왔다.

"봐봐. 저게 신왕국의 차세대라고 불리는 왕립 사관 학원 녀석들이라는군."

"뭐야, 순 여자밖에 없잖아. 아무리 기룡 적성치에서 유리해도 그렇지, 차세대 대표로서 저런 걸 내보내다니. 남자 무관들이 어지간히 형편없나 본데."

"게다가 보라고. 소문이 자자한 구제국의 몰락 왕자까지 이 시험에 도전하나 보더라. 여왕이 채운 개목걸이까지 하고 있군. 꼴사납달지, 창피함을 모른달지—."

무관들 대다수는 호기심 어린 시선으로 바라볼 뿐이었지만 일부 무관들은 쑥덕거리며 헐뜯기도 했다.

"크음……."

그때까지 험담 따위는 계속 무시했던 리샤가 불만스러운 표정으로 목소리가 들린 방향을 노려보았다.

"리샤 님, 그러시면 안 됩니다."

룩스가 가볍게 제지하자 리샤는 작게 한숨을 토해냈다.

"……안다. 나도 무뢰배들의 도발에 넘어갈 정도로 어리석지 않아. 하지만 나의 기사를 바보 취급하길래 울컥했을 뿐이다."

"그 마음만으로도 저는 충분합니다."

"만약 놈들이 조금만 더 심기를 건드렸다면 때려눕힐 좋은 구실이 생겼을 텐데. 참으로 아쉽구나."

당당하게 웃는 리샤를 보며 룩스는 쓴웃음을 지었다.

실제로 룩스는 요만큼도 화나지 않았다.

아무것도 모르는 타국의 사정이라면 터무니없는 뜬소문이나 웃기지도 않는 억측이 퍼지는 것은 당연했다.

아니, 그 정도가 아니라 과거 반하임 공국과 구제국의 다툼을 생각하면 오히려 이 정도의 험담은 가볍다고 할 수 있었다.

왜냐하면—.

“그럼, 웬만한 장소는 다 돌아보았으니 일단 이 자리에서 해산하마.”

룩스가 생각에 잠긴 사이, 갑자기 라이글리 교관이 걸음을 멈추고 그렇게 전달했다.

“휴식이 필요한 사람은 나를 따라와라, 숙소로 돌아갈 테니까. 또 다른 장소를 돌아보고 싶은 사람은— 그렇군. 딜루이 경, 귀공이 맡아주겠는가?”

“네……?! 아, 네…… 알겠습니다.”

어물어물하게 대답한 사람은 함께 다니던 신왕국군의 무관으로 딜루이 프로이어스라는 이름의 귀족이었다.

군인으로서는 흔치 않은 가냘픈 체구의 잘생긴 청년이었다.

조용하고 진지한 성격의 남자인 것 같았지만, 패기라곤 찾아볼 수 없는 소심한 분위기는 그를 보는 이에게 불안감을 안겨주었다.

“목소리를 똑바로 내! 그러고도 네가 내 동기냐!”

“아, 아니, 미안. 알았다, 내게 맡겨줘.”

살짝 허둥대다가 머뭇거린 후, 딜루이는 쓴웃음을 지으며 대답했다.

한순간 언성을 높이긴 했지만 라이글리도 이내 평정을 되찾고 학생들을 인솔하여 그 자리에서 떠났다.

"그럼, 다들 출발할까? 우선…… 어디보자, 연습장 쪽을 보러 가볼까."

딜루이를 선두로 열을 맞추고 안내에 따라 연습장으로 걸어갔다.

"어째 일반적인 남자 군인하곤 다르게 영 못미더운 무관이로군……."

그 모습을 본 리샤가 한숨과 함께 중얼거리자—.

"그렇지만도 않습니다."

의외로 가까이 있던 세리스가 그렇게 대답했다.

"분명 지금은 최전선에서 물러났습니다만, 원래 그는 라이글리 교관님과 나란히 신왕국의 실력파라고 할 수 있는 기룡사입니다. 청렴결백한 인품과 최선을 다해 임무를 수행하는 군인으로 명망이 높은 사람이라고요."

"그, 그런가?"

살짝 놀란 리샤에게 세리스는 깊은 감회가 묻어나는 표정으로 계속해서 말했다.

"저도 몇 년 전, 그에게 검술 지도를 받은 적이 있습니다. 그는 타국에도 여러 차례 방문해 기술을 익힌 일류 기룡사라고 들었어요. 그 무장으로 자아내는 기술은 『은섬(銀閃)』이라고 불렸습니다."

역시 사대 귀족 공작가의 영애랄까.

귀족 이야기는 잘 아는지 술술 설명해주었다.

"흠. 하지만 묘하군. 지금의 신왕국에 그런 『남성 실력자』가 있다면 나름대로 화제가 될 법도 한데……."

리샤가 의문을 품자 세리스는 목소리 톤을 한 단계 떨어뜨렸다.

"그는 혁명 시기에 타국에 원정을 나갔다가 오른팔을 다친 모양입니다. 그 탓에 예전의 실력을 발휘할 수 없게 되었다고 들었습니다. —그러니까 그것과 관련된 질문을 그에게 하는 것은 삼가주시겠어요?"

"알았다. 그렇게 하지."

사정을 헤아린 것인지 리샤는 군소리 없이 진지한 표정으로 대답했다.

'부상 탓에 예전처럼 싸울 수 없게 되었다는 건가…….'

그 참혹한 딜루이의 경력에 대해 룩스가 생각의 가지를 뻗어나가고 있을 때, 불현듯 뒤쪽에서 수많은 발소리가 들려왔다.

"호오, 이거 재미있구만. 과거에 그토록 번성했던 천하의 아카디아 제국이 대표로 어떤 녀석들을 보낼까 싶었더니— 크큭큭, 질이 한참 낮아진 것 같은데."

나타난 것은 군복을 입은 건장하고 억세게 생긴 남자들— 반하임 공국의 무관인 기룡사들이었다.

얼굴에 큰 흉터가 새겨진 사내와 몇 명의 측근으로 구성된 멤버들.

지금까지 보아온 무리들과는 다르게 그들은 룩스 일행을 향해 노골적인 적의를 드러냈다.

"그러게나 말이야. 이런 것들을 믿어야 하는 신왕국의 군사력은 어디까지 추락해버렸을까. 참 딱하구만."

"드디어 치를 때가 된 거 아니겠어? 타국에까지 끊임없이 칼날을 들이대던 그 오만 방자한 짓거리의 대가를."

"……."

남자 무관들은 룩스 일행에게 모욕적인 언사를 거침없이 퍼부었다.

그러나 선두에 선 딜루이는 고개를 숙인 채 침묵을 지키고 있었다.

'역시 반하임 공국에 오면, 이런 일도 겪게 되는 건가…….'

이는 딱히 반하임 공국 무관들의 질이 나빠서가 아니었다.

아카디아 제국은 과거 주변 각국에 다양한 군사적 개입을 해왔다.

정확히는 **개입**이라는 이름의 침략 전쟁이었다.

그래서 인근 국가 중 역사가 긴 나라일수록 제국으로 인해 피해를 입은 귀족, 혹은 황족들이 많았다.

그것은 100년 이상에 걸친 뿌리 깊은 문제로, 지금도 그것을 끈질기게 들먹이는 녀석들이 많았다.

체제를 무너뜨리고 신왕국으로 이름을 바꾼다고 해서 5년 만에 사라질 것이 아니었다.

그렇다고 이 자리에서 그 원한과 분노를 드러내는 점을 옹호할 수는 없었지만…….

"윽……."

노골적인 적의가 쏟아지자 여학생들은 위축되었다.

선두에서 걷던 딜루이가 눈을 돌리고 자신감 없는 모습으로 그들을 피하려고 하자—.

“이보셔, 뭐라고 한마디라도 해보지그래. 그러고도 전 제국의 군인이냐?”

그 앞을 한 남자가 가로막았다.

하지만 그 순간 룩스 옆에서 걷던 리샤가 대열에서 한 발짝 앞으로 나왔다.

“—핫, 말도 못하게 비열한 족속들이로군. 구제국의 중추도 아닌 우리에게 엇나간 화풀이를 한다고 해서 혹독하게 당한 그대들의 과거가 변하기라도 하는가?”

“……큭, 뭐라고?!”

“우리를 모욕할 셈이냐?! 사관후보생들의 전용전에서 어쩌다 우리나라를 이긴 정도로—.”

반하임 공국 무관들이 입을 모아 소리를 질러대며 반론했다.

그러나 리샤는 조금도 동요한 모습을 보이지 않고 칼끝 같은 진홍빛 눈동자로 그들을 바라보며 오만하게 웃어 보였다.

“시시하군. 기껏 귀공들의 도발에 응해줬더니, 겨우 한마디만에 백기를 드는가? 대체 그대들은 뭘 하고 싶은 거지?”

“큭, 뚫린 입이라고—.”

노골적으로 분노를 드러낸 남자 한 명이 리샤 쪽으로 한 걸음 내디뎠다.

자신의 허리에 찬 기공각검에 남자가 손을 대려는 순간—.

“그건, 그만두시는 게 좋을 거라고 생각합니다만?”

불쑥 나와서 리샤 앞을 가로막고 선 룩스가 손으로 그 자루를 눌러 막았다.

"뭐—?! 네놈은……?!"

남자는 태연하게 그런 행동을 해낸 룩스에게 놀랐고, 그의 머리카락과 눈동자 색을 확인한 뒤에는 눈을 있는 대로 부릅뜨며 더욱 화냈다.

"그 구제국 황족의 생존자가 무슨 낯짝으로 우리 앞에 나타난 거냐!"

일촉즉발의 긴장된 기운이 좁은 통로 안에 가득 찼을 때…….

"—다들 거기까지야."

또렷한 소프라노 목소리가 들려와 그 자리에 있던 전원이 움직임을 멈췄다.

공국 사관후보생 교복을 입은 두 소년이 통로 입구에 서 있었다.

"저 둘은—."

"오랜만에 뵙는군요, 신왕국 여러분."

"으아— 귀찮아— 왜 나까지 나와야 하냔 말이다."

기품 있는 미소로 가볍게 인사를 한 사람은 전용전에서 공국 대표로 참가했던 두 소년 중 하나였다.

중성적인 이목구비에 세 갈래로 꼬아서 작게 땋은 머리카락을 뒤로 늘어뜨린 소년, 코랄.

그리고 일부가 거꾸로 선 금발과 어딘지 모르게 심성이 꼬인 얼굴, 삼백안이 특징적인 소년인 그라이퍼였다.

“늦어서 죄송합니다. 저희 쪽 무관이 범한 무례를 모쪼록 용서해주십시오. 군의 규정에 따라 그들에게는 엄중히 주의를 줄 테니, 부탁드립니다.”

“우, 웃기지 마?! 우리는 아무것도—.”

조바심이 난 우락부락하게 생긴 남자 무관이 서둘러 변명하려 했지만—.

“뭐든 상관없는데, 너희 목소리 장난 아니게 크다는 건 아냐? 옆 통로까지 다 들린다고. 이곳에 시찰하러 와 계시는 우리 공주님에게도 말이다.”

“윽…….”

그라이퍼가 지적하자 건장한 남자 무관들의 얼굴에서 핏기가 싹 사라졌다.

그리고 혀를 차고 떠나간 흉터 사내를 뒤따르며 어디론가 가버렸다.

“폐를 끼쳐서 죄송합니다, 신왕국 여러분.”

그 모습을 끝까지 지켜본 후 코랄은 머리를 숙였다.

“아뇨, 저희는 괜찮습니다. 다만…….”

룩스는 대답을 하며 그라이퍼 쪽을 슬쩍 봤다.

한 달 전 신왕국에서 개최된 전용전에서 만난, 반하임 공국 대표 기룡사였던 그와는 모종의 이유로 전투를 벌인 적이 있다.

원래 우호적이며 온화한 코랄이라면 몰라도, 구제국과 어떠한 악연이 있는 그라이퍼까지 자신들을 도와준 것은 솔직히

© 2013 Ayumu Kas

말해서 뜻밖이었다.

"나도 뭐, 분별 정도는 할 줄 알거든. 특히 여기선— 우리 공주님 눈이 무서워서 말이다."

"그라이퍼는 밀미에트 님 앞에서는 잠시도 머리를 들지 못하니까 말야."

"……코랄, 너 공주님 쪽 집안이라고 말이 좀 지나친 거 아니냐?"

연녹색 머리카락의 코랄이라는 소년은 못마땅하다는 표정으로 투덜대는 그라이퍼를 무시하고 룩스 일행을 향해 똑바로 섰다.

아무래도 그들은 이 반하임 공국에서도 특별한 자리의 인물인 것 같았다.

"죄송합니다. 시설을 견학하고 싶으시다면 밀미에트 공녀님의 측근인 저희들이 안내를 담당하고 싶습니다만, 괜찮으십니까?"

"……뭐?! 저희『들』이라니 나도 포함이냐?! 아무도 하겠다는 말 한 적 없거든?!"

"그라이퍼에게는 다른 임무가 있잖아? 그러니까 룩스 군의 안내, 열심히 해봐."

코랄이 생긋 웃으면서 쐐기를 박자 그라이퍼는 인상을 팍 찡그렸다.

딜루이는 약간 망설이는 모습을 보였지만 결국 그 제안을 받아들이기로 한 것 같았다.

"아, 룩스 군은 다른 용건이 있으니까, 나중에 보자."

코랄은 그 말을 끝으로 나머지 학생들의 줄을 정리하기 시작했다.

"자, 잠깐만?! 우리 둘만 놔두려는 거야?!"

룩스는 솔직히 자신을 싫어하는 그라이퍼와 단둘만 남는다고 생각하니 견딜 수가 없어서 무심코 도움의 손길을 요구하고 말았다.

그러나 코랄은 짓궂은 미소를 짓더니 룩스의 귓가에 입술을 가져다 댔다.

"괜찮을 거야. 저래 봬도 그라이퍼는 남을 꽤 잘 돌봐주거든."

그렇게 속삭이고서 딜루이와 다른 학생들을 데리고 떠나버렸다.

룩스와 그라이퍼는 넓은 통로에 덩그러니 남겨졌다.

"……어, 그러니까, 어디로 가는 건지는 모르겠지만, 아무튼…… 잘 부탁해."

"하아, 까놓고 말해서 요만큼도 하고 싶지 않다만, 결국 말단인 게 죄지."

나른하게 걷기 시작한 그라이퍼의 뒤를 약간 거리를 두고 따라가기로 했다.

"……."

굉장히 어색했다.

룩스 본인은 전혀 모르는 일이었지만, 구제국과의 악연으로 아버지를 잃었다는 그라이퍼와 무슨 이야기를 해야 좋을지 알 수 없었다.
애초에 룩스에게는 동년배 남성 친구가 있었던 적이 없었다.
"뭘 그리 벌벌 떨어? 전장에서 만났을 때하곤 닮은 구석이 없구만."
평소의 비뚤어진 태도를 유지한 채 그라이퍼는 천천히 걸음을 옮겼다.
숙소에서 나왔을 때부터 짐작한 바로는 유적 도시 중앙으로 가는 것 같았다.
"……있잖아, 이 유적 도시 말인데, 구조가 흥미로운걸."
"어디가? 걷기만 힘들구만."
"아, 그, 그런가……. 그, 코랄이랑 사이좋아 보이던데, 두 사람은 어떤—."
"입장상 자주 같이 다닐 뿐이지, 딱히 사이가 좋은 건 아니라고."
"그, 그렇구나……."
글렀다, 말이 안 통하잖아.
대화다운 대화가 이어지질 않아 룩스가 고개를 푹 숙이고 있는데—.
"인마! 아까부터 정신을 어디다 두고 다니는 거냐! 가장자리에서 걷지 말라고!"
"우왓?! 미, 미안!"
어떤 건물 계단에 접어들었을 때, 그라이퍼가 버럭 소리치며 룩스를 노려보았다.

'역시, 나를 싫어— 잠깐?'

고개를 들어 자세히 봤더니 가까운 곳의 난간이 갈라지고 부서져 있었다.

'혹시, 위험하니까 경고해준 걸……까?'

룩스는 그런 낌새를 느꼈지만 그라이퍼는 아무 대답도 하지 않고 앞만 보며 걸었다.

"저기, 고마워. 경고해줘서."

"……말해두겠다만, 나라고 딱히 앞뒤 안 가리고 싸움을 걸어댈 정도의 개자식은 아니야. 그땐 오해도 오해지만 내게도 싸울 이유가 있었어. 그런 게 싸그리 사라진 이상, 굳이 너랑 싸울 필요는 없다고."

아무래도 그라이퍼는 룩스에게 특별한 적의가 있는 건 아닌 듯했다.

그리고 코랄이 말한 대로 생각보다 남을 잘 돌봐주는 소년일지도 모른다.

룩스가 속으로 한숨을 푹 내쉬는 사이, 어느 틈에 유적 도시 중앙에 존재하는 거대한 반구형 궁전에 도착했다.

"여기는……?"

"지옥으로 들어가는 입구라고 생각해둬. 뭐— 태평한 공도의 관리 중에는 『보물 상자의 뚜껑』이라고 부르는 녀석들도 있지만."

"여기가 유적으로 들어가는 장소……인가."

이야기로 들었지만 실제로 직접 보니 긴장됐다.

"이 궁전의 상층부—『천개(天蓋)』에 중앙 광장과 시청 건물이 있어. 그리고 지하에는 제2 유적『미궁』이 펼쳐져 있지. 아쉽지만 이제부터 갈 곳은 따분한 위쪽이다."

그라이퍼의 설명처럼 궁전 안에는 양동이를 뒤집은 듯한 사다리꼴의 천개 부분과 아래쪽 공동 부분으로 향하는 길이 나뉘어 있다.

"그러고 보니 나는 네게 적의가 없다고 했다만, 지금부터는 좀 달라질지도 몰라."

"어……?"

고개만을 돌려서 바라보는 그라이퍼의 의미심장한 한마디에 룩스는 고개를 갸웃했다.

"우리를 부른 남자와 그 목적 말이다.『푸른 폭군』싱글렌 쉘불릿. 녀석의 주도로『칠용기성』의 원탁회의를 지금부터 시작하려는 모양이더군?"

"—?!"

그 이름을 들은 룩스의 몸이 반사적으로 굳어버렸다.

마음의 준비를 할 새도 없이 시청의 문 앞에 도착했다.

†

환신수가 잠든 유적 바로 위에 있기 때문인지 여러 겹의 성벽에 둘러싸인 석조 건물.

그 내부에 있는 어떤 방에 그들이 모여 있었다.

"일부러 여기까지 오느라 고생 많았다, 제군. 우선 우리 『칠용기성』이 모인 이 자리와 때를 크게 축하하지 않겠는가."

짙은 붉은색 와인을 따른 유리잔을 흔들며 낮고 독특한 음색을 지닌 남자가 노래하듯 말했다.

"어째서, 당신이 여기에……."

방에 들어와 그 모습을 본 룩스는 경계하는 눈초리를 보내며 중얼거렸다.

아마도 군사 회의실일 터인 수수한 방.

그 중앙에 있는 원탁의 상석에 한 남자가 앉아 있었다.

자그마한 체구와 원숙한 기척, 바닥이 보이지 않는 검고 어두운 눈동자를 지닌 남자.

어두운 푸른색을 띈 기묘한 디자인의 외투를 걸친 채 후드도 벗지 않고 웃고 있었다.

블래큰드 왕국 직속 호위군 단장이자 『칠용기성』의 부대장.

『푸른 폭군』 싱글렌 쉘불릿.

그 옆에는 그보다 더욱 자그마한— 백금색 머리카락을 지닌 소녀.

얼마 전 유미르 교국의 『칠용기성』으로 임명되었다고 하는 메르 기잘트다.

어린아이처럼 생긴 그 소녀는 입가에 미소를 짓고서 흥미로운 눈으로 룩스를 빤히 바라보았다.

"왜 그러지? 어서 앉도록 해라. 계단이 길어 지쳤겠지? 사

© 2013 Ayumu Kasuga

양하지 말고 쉬어라. 이 내가 특별히 허락하마."

팔걸이가 달린 의자에 깊이 눌러앉고 등받이에 살짝 기댄 자세의 싱글렌이 말했다.

타국에 와서도 쓸데없이 거들먹거리는 태도는 여전하다고 해야 할까.

"제가 서 있는 데에는 정당한 이유가 있습니다. 바로 돌아갈 거거든요."

룩스는 탄식을 내뱉고서 질렸다는 것처럼 눈을 내리깔고 대답했다.

"호오 어째서냐? 이 나라의 공주님이 준비해준 방이 맘에 들지 않는다니 오만한 녀석이로군. 하는 수 없지, 방을 바꿔달라고 부탁해볼까."

"왜 굳이 『칠용기성』의 회의에 관계없는 저를 부른 겁니까?"

룩스는 싱글렌의 농담에 반응하지 않고 담담하게 말했다.

그러나 상대는 동요하는 기색도 보이지 않고 입가만으로 웃는 기묘한 표정으로 룩스를 바라보았다.

"건망증이 심한 녀석이군. 이 이야기는 이미 너랑 했을 텐데? 네 나라가 아직 『칠용기성』 후보를 정하지 않았다. 그래서 내가 친히 행차하여 임시 후보자를 선출하지 않았나."

"제가 그 자리에서 당신의 제안을 거절했다는 건 잊으신 겁니까?"

"크크크…… 그렇게 싫다면야 하는 수 없군. 일단 너를 후보자로 취급하는 건 포기해주마. 허나 어차피 여기서 회의를 하는 건 결정되었다. 그러니— 너희 신왕국이 정할 그 대표 대신에, 네놈이 대리 자격으로 이야기를 듣고 가라."

"으……?!"

납득하지 못한 표정을 짓는 룩스를 향해 싱글렌은 오만하게 웃으면서 대답했다.

"어서 자리에 앉아라, 잡부. 이곳에 모인 타국 녀석들에게 부끄러움과 수고를 끼칠 생각인가? 우리도 바쁜 몸이다. 빨리 『칠용기성』 후보를 선출하지 않은 귀공들이 나쁜 거라고?"

룩스는 담담하게 그런 말을 하는 싱글렌에게 경계를 품었다.

여전히 한없이 오만하고 난폭했으며, 틈이 보이지 않았다.

자신은 조금도 양보하려하지 않으면서 궤변이나 강변(強辯)이라 부를 수 있는 언동만을 사용해 본인의 흐름으로 만들어 버렸다.

지금 신왕국에 눌러 앉아 있는 얼빠진 집정관들보다 훨씬 대하기 어려운 상대였다.

"어디까지나 듣기만 할 겁니다. 그리고 길어지는 건 사양하고 싶네요."

저항하면 더욱 성가셔질 뿐이라고 생각하고서 룩스는 조용히 자리에 앉았다.

이어서 그라이퍼도 자리에 앉았고 빈자리는 세 개가 되었다.

"그럼, 모였으니 자기소개부터 시작해볼까? 내 이름은 싱글렌 쉘불릿. 세계 협정에서 파생된 연합 부대, 『칠용기성』의 부대장을 맡은 남자다. 잘 부탁한다, 제군."

"……."

"세계 협정 이야기는 들어보았겠지? 유적 조사에 관련된 귀찮은 규약도 많지만, 기룡사로서의 실력이나 환신수 토벌 등의 공적을 고려하여 우열을 정하는 세계 등급(월드 랭크) 순위가 새로 만들어졌지. 그리고 현재 2위인 내가 부대장으로 임명받게 되었다."

룩스도, 그라이퍼도, 그리고 메르 기잘트도 대답하지 않았다.

계속해서 지시를 따라 그라이퍼가 적당히 자기소개를 했고 다음으로 어린 소녀의 차례가 찾아왔다.

"만나서 반가워. 유미르 교국의 『칠용기성』, 메르 기잘트야. 잘 부탁해."

흑과 백으로 통일된 시크한 드레스로 몸을 감싼 귀여운 소녀.

하지만 드센 느낌이 드는 길게 째진 눈에는 뭔지 모를 공격적인 기척이 배어 있었다.

"모처럼 다른 『칠용기성』이 모인다는 이야기를 듣고 기대했는데 하나같이 너무 약해 보여서 김이 팍 새버렸잖아. 하여간 앞으로 잘들 해보자구."

"……."

천진난만한 미소를 머금고 그렇게 말하는 메르 기잘트의 태도에 방 안이 쥐죽은 듯 조용해졌다.

기묘하게 긴장된 분위기가 감도는 가운데, 마지막으로 룩스의 차례가 돌아왔다.

"룩스 아카디아입니다. 이번 회의에는 대리로 참석했을 뿐이므로 할 이야기는 딱히 없습니다."

"전 아카디아 구제국 제7 황자. 현재는 신왕국의 성채 도시 크로스 피드의 왕립 사관 학원에서 귀족 여성 사관후보생들에게 부려먹히고 있는 잡부다."

"큭……?!"

소개를 마친 룩스가 착석한 순간, 맞은편에 앉아 있는 싱글렌이 거침없이 설명했다.

"지금은 하급 계층의 기룡사로 사용하는 장갑기룡은 《와이번》. 공격은 전혀 하지 않고 방어에만 특화된 전투 스타일 때문에 『무패의 최약』이라 불리고 있다. 또한— 엇차, 이쯤에서 끝내지 않으면 문제가 되겠지?"

"싱글렌 경."

룩스가 냉랭한 시선을 보내며 비난하는 어조로 말했지만, 그런 짓이 통할 상대가 아니었다.

"응? 왜 그러지? 감사 인사라면 필요 없다. 이 정도의 부연 설명은 『칠용기성』 부대장으로서의 배려다. 은혜를 베풀려고 하는 내 마음을 사양하지 말고 느끼도록."

"……가능하다면 제 부탁을 하나만 더 들어주시겠습니까? 내일은 계층 승격 시험을 치르는 날입니다. 밤이 깊어지기 전에 숙소로 돌아가고 싶군요."

긴 한숨을 내쉬고서 룩스는 대응을 바꾸기로 했다.

이 남자에게는 정면에서 말로 부딪쳐봐야 승산이 없었다.

그래서 룩스도 주위의 사정을 이용해 공략하기로 했다.

"오만한 남자로군. ……뭐 정 그렇다면, 내가 한 발 물러나겠다. 각국의 왕과 그 측근들에게는 이미 사자를 보내 전달한 내용이지만, 다시 한 번 직접 설명하도록 하겠다."

싱글렌은 한 번 말을 멈춘 다음, 엄숙하게 다시 입을 열었다.

"제군들은 『용비적(龍匪賊)』이라는 존재를 들은 적이 있는가?"

"……『용비적』이요?"

룩스가 되묻고 메르가 고개를 갸우뚱하자 싱글렌은 고개를 끄덕였다.

"그렇다. 최근 들어 그 세력을 확대 중인 전쟁에 미친 용병 조직이다. 뭐, 용병 기룡사 자체는 그리 드문 건 아니다만, 문제는 그 녀석들이 무엇을 하려고 하느냐다."

"서론이 너무 길다고, 아저씨. 그 용병 나부랭이들이 대체 뭘 꾸미고 있길래 그래?"

될 대로 되라는 식으로 그라이퍼가 물어보자—.

"우리가 섬기는 국가에 대한 반역이다."

싱글렌은 입을 초승달 모양으로 일그러뜨리며 답했다.

"반역이라니, 구체적으로 어떤 것인지 궁금한걸?"

메르는 딱히 놀라는 기색도 없이 순진하게 웃으며 그렇게 물었다.

"말 그대로다. 용병 조직인 『용비적』은 장갑기룡을 다루고 돈을 좇아 모든 싸움을 청부받는 전쟁광이다. 놈들을 고용하려는 패거리는 어디에나 있지. 부자, 권력자, 위정자. 그리고

— 그렇지, 각국에서 암약했다고 하는 무기 상인도 이용했다지."

"……."

싱글렌의 의미심장한 시선을 느끼고 룩스는 침묵했다.

헤이부르그의 군사로 활동했던 암상인 헤이즈.

유적과 깊은 관련이 있다고 생각되는 그 소녀도 『용비적』과 연루되어 있었던 걸까?

"하지만 묘한걸. 용병 자식들이 창궐하는 건 그렇다 치고, 어쩌다 그렇게 거창한 이야기로 번진 거야?"

"단적으로 말하자면 우리 때문이다, 그라이퍼. 아니, 흔한 이야기라고 하는 게 나을까? 처음에 장갑기룡이라는 보물이 잠들어 있는 유적이 발견되었고, 선구자들은 자신들이 그것을 교묘하게 독점할 수 있게끔 자신들에게 맞춘 규칙을 만들고 말았다. 전용전 따위의 시스템도 그렇지. 우리 블래큰드 왕국은 유적에서 멀다. 유적 조사권을 획득해도 쉽게 발굴할 수 없지. 그런 까닭에 타국에서 사들이고, 공동조사에 나서는 식으로 해결해왔다. 하지만 차이가 벌어지면 언제까지고 그런 방식을 고집할 수는 없지."

"그렇다면—."

"유적에 잠든 보물이나 장갑기룡을 원한다. 하지만 유적을 조사하면 환신수가 출몰하지. 환신수가 나오면 강력한 기룡사만이 대적할 수 있다. 게다가 그 유적 조사권조차 기룡사간의 경쟁을 통해 결정된다. 강한 자가 더욱 강해지고 약한

자는 항상 뒤쳐지는 형편이지."

룩스는 싱글렌이 하는 말의 의미를 룩스는 추측했다.

운 좋게 먼저 기룡을 손에 넣은 국가. 그것을 자신들이 우선해서 얻을 수 있도록 규칙을 세운 대국의 협정.

그리고 운 나쁘게 그 상황에서 자리를 차지하지 못한 나라와 사람.

유적이 없는 소국만이 아니라, 유적이 영내에 있는 대국 사이에서도 차이는 생길 수밖에 없다.

그 보이지 않는 골 사이에서 다툼이 발생하고, 수면 아래에서 불씨가 서서히 타오르기 시작하는 것이다.

"왜곡됐다는 생각이 들지 않는가? 하지만 뭐, 깊게 신경 쓰지 마라. 사람은 자신에게 좋게 돌아가는 왜곡은 깨닫지 못하니까. 실상은 깨닫지 못한 척할 뿐이지만."

"……."

"따라서 자리를 차지하지 못한 자산가와 권력자와 위정자들은 이 이상 자신의 힘을 잃는 것을 두려워했다. 군사력에 차이가 생기면 필연적으로 언젠가 자신들의 권력이나 재산마저 빼앗길 거라는 조바심에 시달릴 수밖에 없지. 그러니 용병 기룡사들에게 돈을 풀어서 굳어가는 균형을 무너뜨려달라고 의뢰한 거다. 유적에서 장갑기룡이나 보물을 도굴시켜서 말이지."

빈정거림이 섞인 미소를 머금은 채, 싱글렌은 문득 한숨을 쉬었다.

와인잔을 살짝 흔들고서 의자에 깊게 기댔던 등을 바르게 폈다.

"물론 귀공들도 알다시피 이 정도의 반란은 나라마다 몇 번씩 있었다. 허나 유적의 상태가 변화하고 위험이 증가한 지금은 그것조차 간과할 수 없는 상황이 되어가고 있지. 놈들 같은 좀도둑이 유적을 살짝 건드렸을 때 발생하는 피해도 이전과는 비교가 되지 않아. 우리 블래큰드 왕국에서 일어난『재화(災禍)』라는 사건이 그렇고, 환마인이라 불리는 신형 환신수의 존재도 그렇다."

블래큰드 왕국 대륙의 30퍼센트를 불살랐다고 하는『재화』.

과거에 왕가에서 추방당했던 싱글렌이 되돌아오는 계기가 된 사건이다.

그리고 아직 존재는 거의 확인되지 않았지만, 이제까지 출몰한 환신수와는 비교조차 할 수 없을 정도로 강한 신형—환마인의 이야기도 학원에서 들었다.

"그래서 드디어 우리『칠용기성』이 나설 차례가 됐다는 거네?"

메르가 싱긋, 거만하게 웃어 보이자 싱글렌도 고개를 끄덕였다.

유적의 위협과『용비적』들에게 대항하는 각국의 결속 및 전력 강화.

그것이『칠용기성』의 존재 의의와 목적인 듯했다.

하지만—.

"대외적으로는 확실히 그렇다. 허나, 한번 뒤집어서 잘 생각해봐라. 대체 누구의 말이 옳을까? 유적에서 발굴되는 이익을 평등하게 분배하지 않고, 다른 자들에게 빼앗기기 싫어서 독점을 꾀한 대국과 선구자인 왕후 귀족들일까? 아니면 유적에서 나온 보물을 저들이 독점하자, 용병을 부려서 독과점을 막으려고 하는 권력자들일까? 보기에 따라서는 우리 역시 정의라고 단언할 수 없다."

해학과 비꼼이 담긴 싱글렌의 웃음.

그의 대답을 끝까지 들은 그라이퍼는 어처구니없다는 것처럼 한숨을 푹 내뱉었다.

"하아— 그래서 뭐 어쩌라고? 우리는 일개 기룡사일 뿐이고, 높으신 분들이 떠들어대는 선악 따위엔 저언혀 흥미 없다고. ……무엇보다도 그런 부류의 판단은 위에서 할 일이 아니었나? 부대장 나리. 쓸데없이 시간만 빼앗을 생각이라면 이제 그만 돌아가게 해주지?"

한결같은 반응. 그라이퍼는 이런 남자인 것 같았다.

기본적으로 뒤틀려 있다고 할까, 한 걸음 물러서서 바라보는 냉정한 시각을 지니고 있었다.

"그래서 나라의 대표인 당신은 뭘 하고 싶은데? 설마 블래큰드 왕국에는 유적이 없으니까, 『용비적』 편이라도 되겠다는 소리야?"

계속해서 유미르 교국의 메르 기잘트가 조롱하듯 말했다.

그러자 싱글렌은 잔을 내려놓고 입가만을 활 모양으로 일그러뜨렸다.

"—아니, 나는 어느 쪽 편도 들어줄 생각이 없다."

고막을 살그머니 건드리는 어두운 목소리로 그렇게 중얼거렸다.

룩스를 포함한 세 명이 의아한 표정을 보인 순간, 싱글렌은 자신의 이마를 손가락으로 톡톡 두드렸다.

"생각해봐라. 이 전쟁은 확실하게 수렁으로 발전할 거다. 왜냐하면 유적이 발견된 이래 수십 년 동안 그에 관련된 교섭은 끝난 지 오래이니까. 그것이 잘 되지 않았기 때문에 이처럼 응어리가 남아 『용비적』 따위의 조직이 만들어지고 말았다."

그리고 마치 버릇없는 아이처럼 두 다리를 테이블에 올리고, 깊이 눌러 쓴 후드 밑에서 악마 같은 웃음을 보이며 나머지 세 사람을 힐끔 보았다.

"두 세력의 다툼은 이제 멈출 수 없다. 어느 한쪽이 섬멸되기 전까지, 아마도 백성들이 말려들 정도로 항쟁이 격화되겠지. 과거 나의 조국에서 일어났던 재화가 세계 각지에서 일어날 거다. 그렇기에— 이곳에서, 각국의 상층부가 전부 모이지 않은 지금, 나는 제안을 하나 하려고 한다."

철컥, 기공각검 칼집을 테이블 위에 내려놓으며 싱글렌은 흉포한 표정을 지어 보였다.

"유력한 기룡사들에 의한, 세계 통일 국가의 제정. 우리 『칠용기성』을 필두로 하는 새로운 군대야말로 이 전쟁에 종지부를 찍고 세계를 지배할 수 있다."

"뭣……?!"

그 선언에 룩스는 할 말을 잃고 말았다.

얼토당토않은 주장이었다.

싱글렌의 발언은 각국 집정원에 대한 명백한 배반 행위의 선동이었으니까.

"……당최 제정신으로는 보이지 않는걸. 당신은 뭘 생각하는 거지?"

방금 전까지만 해도 모르쇠로 일관하던 그라이퍼조차 그 사내를 경계심 어린 눈초리로 쏘아보았다.

"그렇게 놀랄 만한 일은 아니라고. 나는 나라를 구원하고 싶다. 방금 말한 수렁으로 향하는 항쟁이 격화되면 막대한 희생을 치르게 되겠지. 그렇게 되기 전에 우리 손으로 세계를 통치하여 구원하자는 게 전부일 뿐이다."

그러나 싱글렌은 담담하고 자신만만하게 말을 자아냈다.

먼저 유적 조사권을 얻어 많은 장갑기룡과 기룡사를 모은 선구자의 나라. 그리고 뒤쳐지게 된 영내에 유적이 없는 권력자들의 조직.

그것이 사실이라면 싱글렌의 생각도 반드시 엇나갔다고 할 수는 없었다.

"흐응. 훌륭한 생각이네. 그치만 왜 그걸 우리가 해야 하는 거야? 아니— 애초에 그런 게 가능하다는 확증은 있어?"

"백성들의 마음을 얻기 위해서는 대의가 필요하다. 교국의 정벌자여. 흉악한 외적인 환신수. 민중을 위협하는 그것을 토벌하는 영웅. 그 모습을 보여줄 수 있는 건 우리 상위 기룡사뿐이다. 사람을, 영지를, 나라를 구할 수 있는 존재이기 때문에 위정자의 역사나 고귀한 피 따위의 하잘것없는 개념을 뒤엎을 수 있다는 거다."

"……."

웅변 같은 어조로 말하는 싱글렌을 보며 메르는 어깨를 으쓱했다.

그의 뜻에 찬동하는 것 같지는 않았지만, 그렇다고 반론하는 모습을 보이는 것도 아니었다.

하지만 룩스는 경계를 늦추지 않았다.

'과연, 이 남자의 속마음은 대체 어디에 있는 거지……?'

도저히 싱글렌이 정당한 정의감으로 움직이는 것처럼 보이지는 않았다.

얼핏 들으면 기존의 권력을 대신하자는 유혹에 지나지 않았으니까.

—하지만 현실은 어떻지?

만약 싱글렌의 주장처럼 각국 사이에서 유적의 보물을 둘러싼 싸움이 진행되고 있다면 달리 전쟁을 피할 방법은 존재하는가?

"귀공들 세 명이, 우리 백령 기사단 휘하에 들어와 새 조직의 기둥이 되어주었으면 한다. 물론 블래큰드 왕국 직속 취급을 받게 되지는 않을 테니까 안심하도록. 나의 조국으로 망명하라고 할 마음도 없다. 제군들의 친족, 종자, 연고자들은 이쪽에서 거두어주지. 보수도 원하는 대로 지불할 생각이다."

하지만 담담하게 말하는 싱글렌을 향해 룩스는 갑자기 고개를 들어 올렸다.

"—그런 이론이라면, 장갑기룡을 잘 다루지 못하는 사람은 어떻게 되는 겁니까?"

"재능 있는 인종을 떠받칠 의무를 부여한다……고 할 수 있겠군. 당연히 그 실력에 따라 세부적으로 권력을 나눠야 할 것이고 면허 등으로도 결정되겠지. 지금 이 유적 도시에서 치를 예정인, 계층 승격 시험처럼—."

싱글렌은 태연하게 대답했다.

룩스는 심호흡을 한 차례 하고서 차가운 눈으로 싱글렌을 응시했다.

"그렇다면, 역시 이 이야기는 못 들은 것으로 하겠습니다."

"호오? 신경에 거슬렸나? 아니면— 약자를 내버려 둘 수 없다고 할 셈인가? 전 아카디아 제국의 황족답지 않은 반응이군."

"당신은 모순돼 있어. 서로 싸우는 양 진영을 어리석다고 단언하면서, 동시에 새로운 체제로 유력한 기룡사만을 우대하며 부당한 차별과 지배를 펼치려 하고 있지."

룩스는 그대로 자리에서 일어나 방 밖으로 천천히 걸어 나갔다.

그 사이에 싱글렌이 재빨리 말을 걸었다.

"어린애한테는 아직 이른 이야기였나? 평등 같은 것은 이

세상에 존재하지 않는다. 지금의 네 나라가 평등하다고 생각한다면, 그건 그저 네 눈이 흐려졌을 뿐이겠지. 그리고 우리는 지금 목숨을 걸고 싸우고 있음에도 불구하고, 언젠가는 쓰고 버려질 처지에 놓여있다. 넌 이상한 남자로군, 잡부. 네놈 자신이 전면에 나서서 상처를 입는 부당한 처지에 놓여 있으면서, 그것을 받아들이고 불평 한마디 하지 않지. 타고난 노예근성이 깊이 밴 것인지, 아니면—."

"……."

의미심장한 싱글렌의 질문에 룩스는 걸음을 멈췄다.

"하지만 말이다, 눈을 돌리지 마라. 네놈이 늘 올바른 선택을 하고 있다고 생각하지 마라. 너의 그 누군가를 구하려 하는 노력조차, 다른 누군가를 괴롭히고 있을 수도 있다. 네가 신왕국에서 유적 조사를 도와 라그나뢰크를 해치운 결과, 국내외의 녀석들이 두려워하며 위기감에 사로잡힌 것처럼. 아아, 알았다. 네가 그만한 무훈을 세우면서 어째서 어리석게도 죄인으로 남아 있으려고 하는지. 그건 즉—."

"크……?!"

심장을 바늘로 찌르는 듯한 통증에 룩스는 눈살을 찌푸렸다.

자기 자신조차 이해할 수 없는 충동에 무언가 반론을 펼치고자 입을 연 순간—.

데에에엥—!

둔하고 중후한 종소리가 이 건물을 포함한 유적 도시 중심가에 울려 퍼졌다.

경보와는 다른 분위기의 음색.
아마도 밤이 왔음을 알리는 것이리라.
"……긴 이야기가 되어버렸군. 다른 두 사람은 어떤가? 그라이퍼 네스트, 메르 기잘트여."
"내가 그런 구린내 나는 이야기에 눈곱만큼이라도 흥미를 보일거라 생각하나?"
싱글렌의 질문에 그라이퍼는 툭 내뱉듯이 대답했다.
"어~ 나는 꽤 재미있을 것 같은데?"
그와는 다르게 메르는 밝은 목소리로 대답했지만 그 음색은 도중에 어둡게 바뀌었다.
"다만— 뭐가 아쉬워서 당신 같은 것의 아래로 들어가야 하나 싶네. 나를 톱에 앉혀준다면 한 번쯤 생각해볼 수도 있지만~?"
어딘가 그늘진 위험해 보이는 시선으로 싱글렌을 마주 보았다.
예상대로의 반응이랄까. 각 나라를 대표하는 기룡사로 선발된 실력자라 그런지 누구든 만만한 상대는 아닌 것 같았다.
"이거야 원, 곤란한 녀석들이군. 자, 못다 한 이야기는 나중에 다시 하도록 하지. 긍정적인 대답을 기대하고 있겠다."
회중시계를 손에 든 싱글렌이 천천히 자리에서 일어나며 말했다.
"……실례하겠습니다."
그 말을 끝으로 문에서 가장 가까이에 있던 룩스부터 방을 나갔다.

뒤를 돌아보진 않았지만 어쩐지 뒤쪽이 신경 쓰였다.

"이야기 한번 길구만. 이런 시간에 돌아가면 코랄 자식이 한소리 할 텐데."

옆에서 걷던 그라이퍼는 불쑥 그렇게 투덜거렸다.

회의 내용을 언급하지 않은 건 그 나름대로의 배려였을지도 모른다. 하지만 룩스는 아무런 대답도 할 수 없었다.

싱글렌의 발언을 상층부에 이야기한다 해도 따지는 것은 불가능하리라.

각국 상층부에 『그들의 충성을 시험하게 될지도 모른다』라고 미리 이야기 해두었을 것이다.

'그보다, 나는 도대체—.'

조금 전 싱글렌이 꺼내려고 한, 룩스가 죄인으로 남아 있으려고 하는 이유.

왕도의 집정관들이 죄인의 굴레를 벗겨주겠다고 했음에도 룩스가 받아들이지 않은 것은 정말로 그들에게 이용당하는 것을 피하고 싶었기 때문이었을까?

긴 계단을 내려가 궁전의 상층부—『천개』에서 밖으로 나갔다.

개미지옥을 모방한 듯한 제2 유적 『미궁』의 입구로 가는 문이 눈 아래에 펼쳐져 있었다.

†

"……그러니까, 제가 머물 방이, 없다고요?"

곧장 군 숙소로 돌아와 저녁 식사를 마친 후.

내일 시험에 대비하여 오늘은 이곳의 숙박 시설에서 잠자리에 들 예정이었지만 작은 문제가 일어났다.

이번 승격 시험에 동석한 딜루이를 비롯한 신왕국 무관들에게 준비된 방과 학원 여학생들에게 준비된 다인실.

그것으로 방이 다 차는 바람에 룩스가 머물 곳이 남아 있지 않았다.

"미안해 룩스 군. 나는 피이랑 같은 방을 쓰면 된다고 생각했는데."

"다른 나라까지 와서 저희를 특별 취급하면 어떡합니까?!"

렐리는 룩스와 피르히를 같은 방에 넣을 생각이었던 것 같지만, 이곳에 와서 숙소 관리인이 지적하며 안 된다고 한 모양이었다.

"그럼 제 방에 비는 침대가 하나 있는데, 그걸 쓰는 건 어떨까요?"

숙소 1층에서 렐리와 상담하고 있는데 지나가던 코랄이 그런 제안을 꺼냈다.

뜻하지 않은 제안에 룩스는 고개를 끄덕이며 그의 방에서 묵기로 했다.

"고마워. 덕분에 살았어."

룩스는 두 팔로 짐을 안고서 코랄의 안내를 따라 숙소 복도를 걸었다.

"신경 쓰지 마. 그보다 아까 학원장님의 이야기 말야, 룩스 군은 신왕국 학원에서 여자애들이랑 같이 자기도 해?"

"그, 그럴 리가 없잖아?! 아무리 그래도 방은 혼자 쓴다고!"

얼마 전까지 피르히와 같은 방에서 잤다는 사실은 밝히지 않고 당황하며 대답하자 코랄은 쓴웃음을 지었다.

아무래도 우호적인 이 소년은 농담을 곧잘 하는 타입인 것 같았다.

"아하하. 그치만 룩스 군은 그녀들이랑 무척 사이가 좋아 보이거든. 전 제국의 왕자님인데도—."

"……."

코랄이 아무렇게나 꺼낸 한마디에 룩스는 입을 다물었다.

"아, 미안해. 내가 이상한 말을 했지?"

아차 싶었는지 코랄은 서둘러서 사과했다.

"아냐, 신경 쓰지 마. 잠깐 멍하니 있었을 뿐이니까."

룩스는 어색하게 웃으면서 그렇게 대답했다.

그러나 사실은 코랄의 한마디가 마음에 걸렸다.

아니, 원래는 구제국과 적대했던 이 반하임 공국에 온 뒤로, 정확히는 학원에서 그 남자— 싱글렌과 만난 다음부터 룩스는 무언가가 자꾸 마음에 걸렸다.

'나는, 정말로 이렇게 있어도 되는 걸까?'

룩스는 리샤를 비롯한 학원 소녀들과 만나 자신이 있을 새로운 장소를 얻었다.

신왕국의 새로운 기둥이 될 소녀들을 지키고 그 힘이 되어 주겠다.

그것이 현재 그의 삶의 보람이자 목적이었다.

그럴 터, 인데—.

“그럼, 나는 밀미에트 님께 인사드리고 올 테니까, 방에서 쉬고 있어.”

“아, 응. 고마워.”

생글거리면서 손을 흔들고 방에서 나가는 코랄을 배웅하며 룩스는 안도의 한숨을 쉬었다.

낯선 군 숙소에서 홀로 머무는 것은 꽤 긴장되었지만, 일단 아는 사이인 코랄과 같은 방이 돼서 안도했다.

“유적 위에 있는 도시라는 것도 어지간히 뒤숭숭하구나.”

나란히 있는 침대 중 하나에 앉으면서 홀로 중얼거렸다.

유적의 방위 거점인 성채 도시도 위험한 것은 마찬가지일 테지만 조금 신경 쓰였다.

그렇게 생각하면서 오랜만의 잡일 없는 휴식 시간을 즐기며 룩스는 힘을 뺐다.

양팔을 위로 쭉 뻗어 기지개를 켜니 양쪽 어깨에서 매끄러운 감촉이 느껴졌다.

“안심하시어요, 주인님. 설령 환신수나 반하임 공국의 적이 습격한다 해도 제가 지켜드리겠사와요.”

“……그렇게 말해주니 고맙지만, 분명 괜찮을 거야.”

너무 강하지도, 너무 약하지도 않도록 절묘하게 힘을 조절하며 누군가가 어깨를 주물러주었다.

그 기분 좋은 느낌에 힘을 쫙 빼고 룩스가 대답한 직후—.

"……응? 에에엑?!"

깜짝 놀란 룩스는 반사적으로 침대에서 벌떡 일어났다.

등 뒤에는 이국풍 의상을 몸에 두른 소녀— 키리히메 요루카가 앉아 있었다.

"잠깐?! 왜?! 어째서—?!"

이곳에 있을 리 없는 소녀가 등장하자 룩스의 머리는 한순간 새하얗게 변했다.

"어머나? 성채 도시에서부터의 긴 여행으로 분명 주인님의 어깨가 뭉쳤을 거라고 생각했습니다만?"

"그걸 묻는 게 아니잖아?! 내 어깨는 됐어! 그보다, 무슨 수로 네가 여기에—?"

요루카는 아직 정식으로 학원에 입학하지 않았다.

이 승격 시험을 치르는 것은 불가능하고 이 원정에도 참가할 수 없었을 것이다.

아니, 그뿐만이 아니었다. 애초에 반하임 공국에 입국할 때 여러 가지 절차가 필요했을 텐데—.

그렇게 생각한 룩스가 불안한 시선으로 요루카를 보자, 그녀는 주인을 안심시키려는 것처럼 밝은 미소를 활짝 지었다.

"안심하시어요, 그저 밀항을 했을 뿐이랍니다."

"최악의 대답이잖아?! 발각되면 어쩌려고 그래?!"

반하임 공국의 법률을 잘 아는 것은 아니었지만 투옥은 기본일 것이다.

데리고 온 신왕국 측에도 커다란 문제가 될 것이 뻔했다.

"주인님, 걱정하실 것 없답니다. 현재까진 아무에게도 들키지 않았을뿐더러, 만약 들킨다면 잠시 입을 막아두면 될 것이어요."

무서운 소리를 담담하게 하는 요루카를 보며 룩스는 가벼운 현기증을 느꼈다.

무턱대고 사람을 죽이지 않겠다는 약속을 하긴 했지만 그녀의 근본적인 사고방식은 암살자일 때 그대로였다.

솔직히 말해서 머리가 아팠으나 그렇다고 요루카를 내칠 수는 없었다.

그것이 그녀를 신하로 받아들인 자신에게 주어진 책임이니까.

"있잖아, 요루카……. 여기에 온 건 이제 어쩔 수 없으니까, 적어도 이곳에서는 아무한테도 들키지 않게 조심해줄 수 있겠어?"

"그렇게 하겠사와요. 그럼 그쪽의 벽장이나 침대 아래에 숨어 있도록 하지요."

"부탁이니까 이 방은 선택지에서 빼줘!"

"주인님께서는 신경질적이시군요? 하지만 이런 적지 한복판에서 종자의 사명을 다하려면 주인님 곁에 있어야 해요."

"아니, 여기는 일단 같이 세계 협정을 맺은 동맹국이니까……."

"그건— 제가 느낀 인상과 약간 다르군요."

"응……?"

요루카는 갑자기 목소리 톤을 낮추더니 의미심장하고 요사

한 미소를 지었다.

그리고 침대 옆에 걸터앉아 룩스 앞으로 고개를 슬쩍 내밀었다.

"이 나라에 온 뒤로, 주인님은 계속 무언가를 경계하고 계시는 것처럼 보였는걸요."

투명한 보라색 눈동자.

헤이즈에게서 『세례』를 받았다는 마성의 눈동자가 룩스의 얼굴을 비추었다.

이 암살자 소녀는 사람의 기척이나 호흡을 읽는 것이 무섭도록 뛰어나다.

아마도 그것이 룩스의 마음속에 있는 미묘한 사정을 꿰뚫어 본 것이리라.

"그냥, 별것 아냐. 그저 과거 이 나라에 무슨 일이 있었는지, 구제국이 무슨 짓을 했는지가 신경 쓰였을 뿐이니까……."

룩스가 솔직하게 속내를 털어놓자 요루카는 조용히 고개를 끄덕였다.

"……이곳은 십여 년도 전에 아카디아 제국의 황족이 쳐들어온 토지여요. 전쟁의 명분 자체는 단순한 영해 다툼이었습니다만, 그 진상은 모르겠사와요. 다만—."

한 번 말을 끊은 뒤, 요루카는 이어서 그 다음을 말했다.

"그라이퍼 네스트. 확실히 그의 아버지가 구제국에 정보를 팔아넘겼다는 이야기를 계기로 전쟁의 승패가 정해졌다고 하는군요. 물론, 구제국의 주장이랍니다."

"……."

구제국에 정보를 팔아넘긴 역적 아버지.

그것이 진실인지 거짓인지는 내버려 두고, 그것이 그라이퍼와 신왕국 사이의 악연이라는 것인가.

"제가 주워들은 것은 이 정도뿐이어요. 그럼, 눈에 띄지 않게 방에서 떨어지겠습니다만, 적어도 주인님의 목소리가 들리는 거리에 있는 건 허락받고 싶군요."

"그럼 그렇게 해줘. 하지만 이번에는 내가 말하기 전까지 그 누구에게도, 아무것도 간섭하지 말아줘."

"알겠사와요, 주인님."

친애의 정을 담아 미소를 짓고서 요루카는 조용히 문을 열고 어두컴컴한 복도로 사라졌다.

눈이 번쩍 뜨일 정도로 자연스러운 움직임에 놀랐지만, 아마도 그녀 자신의 특이한 감각을 통해 바깥에 기척이 없다는 걸 감지한 것이리라.

"후우……."

룩스는 이번에야말로 힘을 빼고서 침대 위로 쓰러졌다.

과거의 일은 신경 써본들 어쩔 수 없다.

룩스가 모르는 구제국의 악연까지 끊는 것은, 역시 무모하다.

'하지만—.'

어딘가 상태가 이상한 아이리.

도저히 기억나지 않는 한계돌파의 코드.

힘을 손에 넣고자 비밀리에 활동 중인 『용비적』이라는 전쟁광.

그리고 기룡사들에 의한 새로운 지배 체제를 만들려고 하는『칠용기성』 부대장, 싱글렌 쉘블릿.

기대로 가득한 계층 승격 시험이 실시되어야 할 이 나라에서, 안개 같은 불온한 낌새가 감돌고 있는 기분이 들었다.

Episode 3 계층(클래스) 승격 시험

그 세 사람은 하늘에서 지상을 내려다보고 있었다.

촛불처럼 희미한, 하지만 불꽃이 아닌 불빛이 밝혀주는 무기질적인 공간.

작은 창문처럼 생긴 무수한 빛의 형상이 벽 한 면을 가득 차지한 기이한 방.

그곳에는 서로 다른 모습의 네 남녀가 있었다.

"그렇습니까……. 헤이즈는 제가 깨어나기를 기다려주지 않은 거군요."

보석을 박은 것처럼 반짝이는 드레스를 입은 은발 소녀가 어둠 속에서 그렇게 중얼거렸다.

그녀 앞에는 투명하고 거대한 기둥이 있었고, 그 안에 담긴 창백하게 빛나는 물속에는 실오라기 하나 걸치지 않은 소녀가 떠 있었다.

같은 은발을 지닌 그 소녀의 눈은 감겨 있었으며 마치 죽은 것처럼 미동조차 하지 않았다.

드레스 차림의 소녀가 탄식을 흘리자 장신의 사내가 그 앞에서 무릎을 꿇었다.

"제3 황녀 전하를 지켜드리지 못한 제 잘못입니다. 어떤 처벌이든 달게 받겠나이다."

"경위는 미스시스에게 들었습니다. 당신의 죄가 아니에요. 예전부터 이 아이는, 한 번 결심하면 어떤 말도 듣지 않았으니까."

드레스 차림의 소녀는 조금도 낙심한 기색을 보이지 않으며 담담하게 중얼거렸다.

그러자 뒤쪽에 물러나 있던 푸른 머리카락의 시녀— 미스시스 뷔 엑스퍼가 고개를 들었다.

"제2 황녀 전하는 이미 모 국가의 측근으로 완전히 동화되어 있습니다. 리스테르카 님께서 깨어나시면 저를 통해 연락을 취해달라고 부탁하였습니다."

"그렇습니까. 뭐, 에이릴에게는 자신만의 생각이 있겠지요. 우리 중에서는 약간 별난 아이이지만, 기본적인 이념은 같을 테니까요."

거기까지 말하고 눈앞에 무릎을 꿇고 앉아 있는 남자 앞에 서서 살며시 손을 내밀었다.

그리고 바닥에 스칠 것만 같은 긴 머리카락을 흔들면서 평온한 목소리로 입을 열었다.

"고개를 드세요, 후길. 저는 헤이즈와는 다르게 당신의 힘을 빌리고 싶습니다. 신탁의 무녀인 저를 도와주시겠어요?"

"분부를 받들겠습니다, 왕녀 전하."

후길은 거침없는 미소를 떠올리면서 머리를 살짝 숙인 다음 소녀의 손을 붙잡았다.

그 모습을 사랑스럽다는 눈으로 바라보면서 리스테르카는 미소 지었다.

"고마워요. 그리고 함께 우리나라를 되찾읍시다. 우리 창조주들을 배신하고 봉인한 그 일족을 멸하고 어둠 속에서 구해준, 나의— 영웅."

그 한마디를 끝으로 실내에는 정적이 가득 차올랐다.

한동안 조용한 유적 구동음만이 그 자리에 들려왔다.

†

"으, 으음……."

작은 새가 지저귀는 소리가 룩스의 귀에 들려왔다.

방의 낡은 커튼을 뚫고 내리쬐는 따스한 햇살.

이국땅에서 맞는 아침은 평소보다 조금 따뜻했고 졸음을 불러왔지만, 그래도 옆에서 들려온 목소리가 룩스의 의식을 깨웠다.

"간밤에는 잘 잤어? 룩스 군. 잠자리는 안 불편했고?"

먼저 일어난 옆 침대의 코랄은 룩스처럼 기장이 짧은 내의를 입고 있었다. 어딘지 모르게 중성적인 용모와 선이 가느다란 코랄의 몸매를 보고 룩스는 순간 가슴이 두근거렸다.

"어, 어어. 덕분에 잘 잤어, 고마워."

자는 얼굴을 보였다고 생각하니 왠지 창피해져서 반사적으로 고개를 돌리며 대답했다.

"다행이네. 그건 그렇고 커피랑 홍차 중에 어느 쪽으로 할래?"

코랄은 친근한 말투로 대답하고는 미소를 머금고서 물어보았다.

룩스가 홍차라고 대답하자 탕비실로 가 두 사람 분의 컵을 가져왔다.

천천히 그것을 마시면서 룩스는 중얼거렸다.

"아침에 다른 사람이 차를 준비해주는 건 오랜만이야."

"그래? 역시 그— 룩스 군이 하는 일은 차를 준비해주는 쪽인 거야?"

날품팔이 왕자라는 별명을 피하려고 했는지 코랄은 약간 에둘러서 물어보았다.

그 세심한 배려에 쓴웃음을 지으면서 룩스는 고개를 끄덕였다.

"그렇게 자주 있는 일은 아니지만, 차를 끓여달라는 의뢰는 좋아해. 잘되면 어쩐지 기분이 좋아지니까."

"아 그거, 어떤 기분인지 나도 잘 알아. 미세한 차이지만, 맛과 향기에서 바로 드러나고—."

룩스와 코랄은 그런 소소한 생활 이야기를 꽃피웠다.

하지만 곧 기상을 알리는 종이 숙소에 울려서 아침 식사를 하러 식당에 가기로 했다.

"아, 미안해. 오늘은 시험을 봐야 하는데 준비할 시간을 빼앗아버렸네."

"아냐. 덕분에 긴장이 풀렸어."

그 자리에서 교복으로 갈아입으며 룩스는 부드럽게 대답했다.

어젯밤에는 요루카 문제로 어떻게 되는 게 아닐까 걱정했지만 그에게 신세를 진 것은 정답이었던 것 같다.

식당까지 안내를 받은 뒤, 코랄과는 일단 헤어지고 학원 일행들과 합류했다.

식단은 그럭저럭 충실한 편이었지만 왕립 사관 학원과 비교하면 역시 질이 좀 떨어졌다.

'어느새 나도 사치스러운 입맛으로 변했구나…….'

그런 생각을 하면서 식사를 마치니 트라이어드와 아이리가 룩스에게 다가왔다.

"루크찌, 좋은 아침! 어젯밤엔 혼자 있느라 쓸쓸하지 않았어? 놀러 와도 괜찮다구?"

"안녕, 티르파. 그, 마음만 받아둘게."

룩스가 어색하게 웃으며 대답하자 역시나 트라이어드의 일원인 샤리스가 웃었다.

"후후, 룩스 군도 여전하다— 고 말하고 싶은 참이었지만, 표정이 멍한 게 평소의 너답지 않은걸?"

"Yes. 역시 룩스 씨는 아이리를 걱정하신 것 같군요. 무사하다고 보고하러 갔어야 했습니다."

"저, 저하고는 관계없잖아요. 정말……."

갑자기 이야기의 방향이 자신에게로 향하자 아이리는 쑥스러웠는지 입술을 삐죽 내밀었다.

아무래도 시험이 코앞이니 긴장이야 했겠지만 평소와 크게 달라 보이지는 않았다.

"다들 나랑은 다르게 긴장하지 않은 것 같네."

"그렇게 보이나? 그렇다면 내 연기력도 많이 좋아졌나 보군."

룩스의 말에 샤리스가 훗 하고 웃으면서 팔짱을 꼈다.

무슨 말인가 싶어서 트라이어드 멤버를 유심히 살펴보니 티르파는 어쩐지 심란해 보였고, 녹트도 여느 때와 다를 게 없어 보였으나 표정이 다소 딱딱했다.

게다가 언뜻 여유로워 보이는 샤리스가 그렇게 말할 정도였으니, 다들 어지간히 긴장하고 있는 모양이었다.

"우리는 지금 중급 계층이니까, 여기서 위로 올라가는 건 꽤 어렵거든—."

"뭐, 『기사단』의 일원으로서 계속 네게 의지하는 것도 면목없으니 말이다. 오늘은 성과를 거둘 수 있도록— 노력할거야."

마지막으로 샤리스가 트라이어드의 리더답게 깔끔하게 끝맺었다.

"걱정하지 마세요. 여러분의 실력은 갈수록 늘어날 테니까."

세 사람을 안심시키려는 듯 룩스가 대답하자, 아이리가 어이없는 눈초리로 바라보며 한숨지었다.

"아직 하급 계층인 오빠가 무슨 소릴 하는 거예요? 실기야 문제없겠지만, 필기시험에서 떨어진다면 그런 꼴불견도 없을 걸요?"

"윽?!"

뼈아픈 일침을 맞고 멈칫하자 아이리는 그대로 룩스 쪽을 향해 천천히 다가왔다.

"거듭 말해두겠는데요. 너무 눈에 띄는 짓은 하지 말아주세요. 이곳은 구제국과의 갈등이 있는 지역이니까."

"응. 알고 있어."

"그리고 무조건 해달라는 건 아니지만…… 저기—."

아이리는 조용히 운을 떼고서 룩스의 귓가에 입을 가져다 대며 속삭였다.

"여유가 된다면, 조금씩만 다른 사람들을 신경 써주세요. 이국에서 치르는 승격 시험은 처음인 것 같으니까요. 그녀들도 좀 긴장하고 있을 거예요."

"응. 그럴게."

바로 그렇게 대답하면서 룩스는 생긋 미소를 지었다.

"그리고 아이리도 평소대로 돌아온 것 같아서…… 조금 마음이 놓이네."

"무, 무슨 말을 하는 건가요? 저는 오빠가 괜한 짓을 해서 눈에 띌까봐, 걱정을—."

"항상 걱정만 끼쳐서 미안해. 그리고, 고마워."

"그렇게 생각한다면 반성도 좀 해주세요……."

아이리는 작은 목소리로 그렇게 대답하고서 볼을 약간 발갛게 물들이며 고개를 숙였다.

그대로 트라이어드, 아이리와 헤어진 룩스는 바깥의 집합 장소로 이동했다.

"그럼, 지금부터 필기시험 회장으로 이동하겠다. 각자 준비는 다 됐겠지?"

라이글리 교관의 한마디에 전원이 복도로 집합했다.

룩스도 장갑기룡 지도서를 펼치고 마지막으로 확인해보았다.

현재 룩스는 하급 계층이었지만 중급 계층 승격 시험 문제는 그렇게 어렵지 않았다.

계층별로 난이도는 달랐으나 이번에 치르는 시험 프로그램은 전체적으로 이렇게 짜여 있었다.

제1 시험·필기, 장갑기룡 조작법, 기능, 관련법 등의 지식 시험.

제2 시험·기초 체력, 백병전, 검술 및 체술 시험.

제3 시험·동작 실기, 자신이 사용하는 범용기룡의 기본 동작 및 응용 동작 시험.

제4 시험·전투 실기, 모의 전투를 통한 환신수를 상대할 때의 예상 전력, 전술 시험.

그리고— 그 모든 시험 점수를 종합적으로 판단하여, 경우에 따라서는 추가 시험을 실시할 때도 있었다.

지금 룩스와 친한 지인들 중에서는 세리스가 상급. 리샤, 크루루시퍼, 피르히, 샤리스, 티르파, 녹트가 중급이었다.

유격 부대『기사단』소녀들을 제외하고 이번에 참가한 여학생들은 대부분 초급 계층이라는 가장 낮은 면허라서, 일단 하급 계층으로 승격하는 것이 목표였다.
첫 번째 시험— 필기시험은 크게 막히는 부분 없이 무사히 문제를 다 풀 수 있었다.
"후우……."
한숨 돌리며 일단 시험장에서 나간 룩스는—.
"하핫, 여유로워 보이니 다행이로군. 허나 오후에는 실기가 기다리고 있다. 동작 시험만이 아니라 실전 형식으로 치르는 것도 있지. 귀공들의 밑천이 언제 드러날지는 모르겠지만, 맞붙을 걸 생각하니 기대되는걸?"
밖으로 나온 순간, 어제 시비를 걸던 얼굴에 흉터가 있는 사내를 보았다.
반하임 공국의 무관— 버즈하임이라는 사내가 기분 나쁘게 웃으면서 그런 소리를 지껄였다.
속보이는 협박이었지만, 소녀들 몇 명이 그를 보고 떨고 있었다.
"크……."
룩스는 반론을 펼쳐야 할지 망설였지만 직전에 마음을 돌렸다.
신왕국 내에서 일어나는 분쟁만으로도 골치 아픈데, 지금은 타국의 영내다.
심기가 불편했지만 이 정도 도발에 넘어갈 수는 없었다.
"걱정하지 마. 그들도 공적(公的)인 입장이 있는 이상, 그렇게까지 노골적인 간섭은 할 수 없으니까."
어디선가 나타난 크루루시퍼가 쿨한 모습으로 머리카락을

쓸어 올리면서 룩스 옆에 나란히 섰다.

"하지만—."

룩스가 불안한 목소리를 냈지만 크루루시퍼의 표정은 진지했다.

"여기서부터는 그녀들의 노력에 달린 문제야. 네가 책임질 일은 아니지."

"그렇……겠지."

"하지만 도저히 신경 쓰여서 못 견디겠다면, 할 수 있는 일이 있기는 해."

"응……?"

"최약의— 원래대로라면 최강에 가까운 실력을 지닌 네가 하급 계층 시험을 보게 되었으니, 방법에 따라서는 그녀들에게 힘을 보태줄 수 있을 거야. 그럼, 나중에 보자구."

그 말만을 남기고 크루루시퍼는 천천히 떠났다.

엇갈리듯 시험관이 들어와 휴식 종료와 다음 시험 준비를 알려주었다.

크루루시퍼의 충고를 생각하면서 룩스는 반하임 공국의 무관들을 따라가 별실에서 장의로 갈아입었다.

가볍게 준비운동을 하고서 밖으로 나왔을 때, 금세 그 순간이 찾아왔다.

"—그러면 지금부터 기초 체력 및 백병전 실기 시험을 개시하겠다!"

시험관을 맡은 반하임 공국의 남자가 목청껏 선언했다.

기초 체력 시험은 지정된 거리를 주어진 시간 내에 완주하는 것이 목표였다.

이번 시험에서 달리게 될 코스는 유적 도시 외곽에 해당하는 가도였다.

과거 신왕국에서 시험을 치르면서 느꼈지만 소녀들에게는 어려운 시험이라고 생각했다.

"하아, 거리는 그럭저럭 괜찮지만, 왜 이렇게 길이 나쁜 거야—."

티르파처럼 이렇게 투덜댈 수 있다면 그나마 괜찮은 편이었다. 소녀들 대부분은 익숙하지 않은 유적 도시의 급경사에 고생하고 있었다.

"차마 눈뜨고 봐줄 수가 없군. 신왕국에 제대로 된 남자가 없으니까, 귀공들처럼 허약한 부녀자들이 생고생을 하는 거 아닌가."

"괜히 무리하지 말고 신왕국으로 돌아가는 게 어때? 아니면 엉덩이를 안고 업어주랴?"

그 와중에 세 남자가 가쁜 숨을 몰아쉬는 신왕국 소녀들과 나란히 달리면서 그녀들을 조롱했다.

세 남자는 전부 어제 본 얼굴이었고 멀리서 그 모습을 관찰하고 있는 남자도 본 적이 있었다.

이번 시험관임을 나타내는 명찰을 가슴에 붙인 흉터의 사내, 버즈하임의 지시이리라.

과거 구제국과의 사이에 있었던 부정적인 기억을 신왕국에 뒤집어씌워서 울분을 풀려 하고 있었다.

룩스가 표정을 다잡으며 그것을 저지하고자 이런저런 궁리를 하고 있을 때—.

"제법 여유로워 보이는군요, 당신들은."

"뭣……!"

빈틈을 찾을 수 없는 늠름한 표정과 타인을 압도하는 초연한 기척.

주변의 분위기조차 확 바꿔버리는 소녀의 존재감에 남자들은 헛숨을 들이켰다.

사대 귀족의 한 축을 차지하는 세리스가 남자들 사이에 비집고 끼어들었다.

"그렇게 자신이 있으시다면, 저와 한번 대결해보시겠습니까?"

차분한, 그러나 어딘가 위압적인 말투로 세 남자를 도발했다.

"무슨 소리를, 하는 거지? 이건 어디까지나 개인 시험인데? 불필요한 대결을 하는 게 목적이 아니라고."

반하임 공국에서도 세리스의 용명(勇名)은 자자한 것인지 남자들은 갑자기 태도를 바꿨다.

"그럼 당신들이 이 경쟁에서 저를 이긴다면, 귀국 전에 무엇이든 말하는 것을 들어 드리겠습니다만, 어떠십니까?"

"뭐라고……?!"

그러나 세리스가 꺼낸 조건에 남자들은 잠시 멈칫하고 서로의 얼굴을 바라보았다.

이어서 몸에 딱 달라붙는 장의를 입은 세리스의 얼굴이나 가슴— 그리고 허리로 훑듯이 시선을 내리고 목울대를 꿀꺽 울렸다.

"……그 발언, 신왕국의 귀족으로서 번복하진 않겠지?"

저열한 욕망을 숨기지도 않으며 남자들은 입맛을 다셨다.

"물론입니다. 어디까지나 저를 이길 경우의 이야기입니다만."

"하핫! 후회하지 말라고!"

그 말을 남기고 세 남자들은 갑자기 페이스를 올려 달려갔다.

지금까지는 소녀들을 조롱하려고 일부러 느리게 달린 것이리라.

특급 계층 승격 시험을 치르는 세리스는 다른 참가자보다 한참 뒤쪽에서 출발한 탓에 달린 거리가 길었다.

세리스는 어린 시절부터 라르그리스가의 후계자로서 가혹하다는 표현이 어울릴 정도로 자신을 단련해왔지만, 반드시 이길 수 있다는 보증은 없었다.

"세리스 선배……."

불안하게 생각한 룩스가 그녀를 부르자 세리스는 자신만만하게 웃었다.

"안심하세요, 룩스. 저는 그들에게 지지 않습니다."

전혀 무리하는 기색도 없이 그저 당연하다는 것처럼 대답했다.

"네. 그래도— 제가 조금만, 거들어 드려도 괜찮을까요?"

룩스는 그녀의 존재를 든든하다고 생각하는 동시에, 그것만이 아닌 **어떤 생각**을 떠올렸다.

그 버즈하임이라는 남자가 수작을 부릴 것이 틀림없다는 생각과 거기에 대항하기 위한 방법을…….

작은 목소리로 그 생각을 전하자 세리스는 바로 찬성했다.

"알겠습니다. 믿을게요, 룩스."

차분한 미소와 함께 세리스는 단숨에 페이스를 끌어올렸다.

곧바로 앞서서 달리던 세 남자들을 앞질렀고 삽시간에 그 모습은 보이지 않게 되었다.

"다들, 뒷일은 걱정하지 마."

룩스는 위협당하던 소녀들에게 그런 말을 해주고서 자신도 서서히 페이스를 올려 세리스와 남자들을 뒤쫓기 시작했다.

그리고— 작전을 개시하기로 했다.

"하하하, 순진해 빠진 아가씨인걸. 아니나 다를까, 분노에 휘둘려서 대항하러 왔구만."

소녀들을 괴롭히던 남자 무관 셋— 버즈하임의 지시로 움직이던 남자 중 한 명이 그렇게 주절거리며 저속한 웃음을 보였다.

저쪽에서 경쟁을 제안한 건 예상 밖이었지만, 하이페이스로 세리스가 달리기 시작한 것은 남자들에게 바람직한 오산이었다.

이번 시험에서 달려야 하는 유적 도시의 코스 상황을 그 세 사람은 잘 알고 있었다.

후반의 노면이 거친 돌바닥으로 된 급경사는 피로감을 두 배 증가시킨다.

아무리 단련된 사관후보생이라 해도 소녀라면 체력이 따라주질 않아서 나가떨어질 게 뻔했다.

하지만 남자들이 쉬지 않고 달려 긴 오르막길을 다 올라간 뒤에도 그 뒷모습은 전혀 따라잡힐 기미를 보이지 않았다.

“쳇, 너무 여유를 부렸나? 좀 서두르자고.”

예상을 벗어난 현상에 초조해진 남자들은 내리막길에서 단숨에 가속했다.

그러나 거리는 아주 조금밖에 줄어들지 않았다.

“뭐야, 왜 따라잡질 못하는 거지?! —윽, 네놈은?!”

헐떡거리면서 계속 달렸지만 세리스의 등은 멀기만 했다.

게다가 지친 것처럼 눈을 내리깐 룩스가 옆에서 나란히 달리는 모습을 보며 남자들은 안색을 바꿨다.

“—큭! 얕보지 마라! 우리는 매일 이 길을 달렸단 말이다!”

날카로운 기합을 내지르며 남자들은 다시 페이스를 올렸다.

그 순간, 이 대결의 결과는 완전히 결정되었다.

“크, 하아, 하아…… 으, 아…….”

경쟁 상대인 남자들은 씩씩 어깨로 숨을 몰아쉬며 길 위에 힘없이 주저앉아 있었다.

당연히 그들은 세리스와 『경쟁』해서 이기지 못했으며, 오히려 자신들의 페이스를 잃고 자멸하여 최하위에 가까운 순위로 시험을 마쳤다.

결국 그들의 잔머리 따위는 세리스에게 통하지 않았고, 거꾸로 그녀가 판 함정에 빠지고 말았다.

세리스는 평소에 기본적으로 하는 훈련 외에 별도로 개인 훈련 삼아 비포장도로를 달리고 있었다.

그래서 익숙하지 않은 불안정한 길에서도 거의 고생을 하지 않았다.

게다가 파김치가 된 것처럼 보이는 룩스가 세 남자들과 나란히 달린 것도 함정이었다.

피폐해 보이는 룩스가 옆에서 함께 달리자, 남자들은 조바심을 느껴 페이스를 더욱 올리고 말았다.

"도와줘서 고마워요, 룩스. 역시 웨이드 선생님의 손자로군요."

"아닙니다. 저는 그저 세리스 선배의 작전에 끼어들었을 뿐인걸요."

숨 하나 흐트러지지 않은 모습으로 말하는 세리스에 비할 정도는 아니었지만, 결국 상위권으로 들어왔으니 자신도 그럭저럭 잘 달렸다고 룩스는 생각했다.

룩스가 그 자리에서 땀을 닦고 휴식을 취하면서 안도의 한숨을 내쉬었을 때—.

"소문으로 듣긴 했습니다만— 두 분은 대단하시군요."

"—네?"

불현듯 그때까지 팽팽하게 긴장돼 있던 분위기가 부드럽게 풀렸다.

그 시험과는 전혀 어울리지 않는 차림의 소녀가 바로 등 뒤에 서 있었다.

순백의, 그리고 다채로운 빛깔의 꽃잎을 포갠 장식으로 치장한 화려한 드레스.

일부를 리본으로 정리한, 갈색이 섞인 금발 위에는 작은 황금색 티아라를 쓰고 있었다.

아름다운 얼굴에는 온화한 미소를 가득 머금고 있었다.

"아, 소개가 늦어서 죄송합니다. 저는 밀미에트 클로델. 이 반하임 공국의 공녀입니다."

그녀가 이름을 댄 직후 세리스와 룩스는 거의 동시에 무릎을 꿇었다.

한 박자 늦게 시험장 주변에 있었던 무관들도 서둘러서 경례 자세를 취했다.

"공녀 전하께서 내방하셨음을 깨닫지 못하다니, 큰 무례를 범하고 말았군요."

조금 떨어진 위치에 있던 라이글리도 인사를 했지만 밀미에트는 온화한 미소를 지우지 않고서 살짝 고개를 저었다.

"부디 편히들 계세요. 여러분은 이 땅까지 어려운 걸음을 해주신 맹우이십니다. 저는 그저 흥미가 동하여 이곳에 갑자기 찾아온 불청객일 뿐이에요."

미소 띤 얼굴로 밀미에트가 그렇게 말하자 그 자리의 전원이 조용히 일어섰다.

그러자 공녀는 다시 룩스와 세리스에게 말을 건넸다.

"오늘은 이 유적 도시에서 계층 승격 시험이 개최되어 저도 견학하고 있었습니다만, 두 분의 실력을 보고 크게 놀랐답니다. 신왕국 여러분께 자극을 받아 우리나라의 무관들도 훈련에 더욱 매진하기를 바라는 바입니다."

"그렇게 칭찬해주시니 영광입니다."

세리스의 대답에 이끌리는 것처럼 룩스도 가볍게 고개를 숙였다.

약간 떨어진 자리에 서 있던 버즈하임은 그 광경을 보고서 입술을 깨물었다.

그렇게 된 것인가…….

그제야 룩스는 반하임 측 일부 무관들과 버즈하임이라는 남자 시험관이 흥분한 이유를 파악할 수 있었다.

자국의 공주가 시찰하러 오기만 해도 힘이 들어가는데, 원래는 원수였던 나라와 경쟁하는 형태가 되었으니 그 노골적인 반응도 이해가 되었다.

다만 버즈하임의 태도는 공녀의 기대에 부응하려는 것보다는, 오히려 신왕국과 협력하기를 바라는 공녀의 의사에 반발하는 것처럼 보일 정도였다.

"그럼 저는 제 기사를 만나러 다녀오려 하니, 잠시 실례하겠습니다. 신왕국 여러분의 무운을 빕니다."

그리고 공녀는 우아한 발걸음으로 그 자리에서 떠났다.

그리고 뒤늦게 따라온 호위와 시종이 헐레벌떡 그 뒤를 쫓아갔다.

"분위기가 꽤 독특한 분이신 것 같군요."

기척이 완전히 사라진 뒤, 세리스가 미소를 지으며 중얼거렸다.

룩스도 그 생각에는 동감이었다.

반하임 공국의 왕족이라면 영락없이 신왕국에도 나쁜 인상을 품고 있을 거라고 생각했는데, 뜻밖에도 그렇지 않은 모양이었다.

'어쩌면 공녀님께 찬동하는 세력과 버즈하임을 지지하는 사람들로 나뉘어 있는 걸지도 모르겠어.'

룩스가 그런 생각을 하고 있는데 갑자기 뒤쪽에서 누군가가 그의 등을 때렸다.

"꽤 재미있어 보이는 일을 하더구나, 룩스."

"아, 리샤 님, 수고하셨습니다. 다른 사람들도."

공녀가 떠난 뒤, 다른 장소에서 대기하고 있던 리샤, 크루루시퍼, 피르히 세 사람도 룩스와 세리스 앞으로 찾아왔다.

"갑자기 주목받게 됐구나. 뭐, 너 같은 입장에 놓인 사람이라면 그렇지 않은 쪽이 이상하다고 해야 하겠지만."

"둘이 같이 달리다니, 치사해. 나도 루우랑 달리고 싶었는데."

"아하하……."

크루루시퍼와 피르히의 말에 룩스는 쓴웃음을 지었다.

신장기룡 사용자가 한데 모여 이목을 끄는 것도 좀 아닌 것 같아서 일부러 그녀들과 거리를 두고 있었지만, 결국 세리스와 함께하고 말았다.

"죄송합니다. 제 탓입니다. 또 당신을 의지하고 말다니, 제 불찰입니다."

그렇게 약간 무안한 것처럼 중얼거리는 세리스를 보며 룩스는 황급히 도리질을 쳤다.

"아니에요. 세리스 선배 덕분에 그녀들을 도와줄 수 있었고, 게다가 정말 멋있었는걸요."

솔직한 마음을 말하자 세리스의 볼이 화악, 붉게 달아올랐다.

"다, 당신이 그렇게 말해주니, 한결 부담이 덜하군요. 저 혼자서는 제가 정말로 옳은 행동을 했는지, 그, 자신할 수 없었으니까……."

부끄러운 것처럼 그녀는 얼굴을 살짝 돌린 채 말했다.

그 모습을 보며 룩스가 흐뭇하게 웃자—.

"이봐, 너희 두 사람. 이런 곳에서 노닥거리지 말라고!"

리샤가 허둥지둥 끼어들었다.

"시, 실례했습니다. 아직 시험 도중이니, 여기서 긴장을 늦춰서는 안 되겠지요."

"네, 확실히 그렇겠네요. 그들도 우리에 대한 대항 의식이 더욱 강해진 것처럼 보이니까."

크루루시퍼의 말을 듣고 룩스 일행은 주위를 쭉 둘러보았다.

멀찌감치 서서 자신들을 살펴보고 있던 버즈하임이 어느 틈에 코앞으로 다가와 있었다.

짐승과도 같은 그의 날카로운 눈에는 신왕국을 향한 적의

가 타오르고 있었다.

"꽤 여유로워 보이는군? 아니, 자만심이 너무 강하다고 하는 편이 옳을까."

그는 룩스 일행을 향해 코웃음을 치면서 그대로 지나가려고 했다.

스쳐 지나가는 순간 잠시 멈춰 선 버즈하임은 고개만을 틀어 룩스를 보며 씨익 웃었다.

"기초 체력 시험 정도로 우쭐대지 마라. 네놈들은 기껏해야 구제국 잔당에 지나지 않으니까."

그렇게 내뱉고서 버즈하임은 측근들과 함께 다음 시험장으로 이동했다.

예상하긴 했지만 이 정도로 물러날 생각은 없는 것 같았다.

다음은 제2 시험. 두 번째는 체술 및 검술 시험을 이어서 치러야 했다.

체술이나 검술 실력은 어느 나라든 남자 쪽이 뛰어난 경향이 있다는 이야기를 라이글리에게 들은 적이 있었다.

"다음 시험, 다들 괜찮으려나……?"

"아무리 불리한 싸움이라고 해도 이기는 걸 포기하기는 아직 이르다구?"

크루루시퍼는 의미심장한 표정을 보이며 룩스의 혼잣말에 대답해주었다.

그리고 그 말의 의미는 겨우 십여 분 만에 밝혀졌다.

†

"그러면, 계속해서 제2 시험인 검술 및 체술 시험을 개시하겠다. 호명한 순서대로 대열을 만들도록!"

두 번째 시험에서는 반하임 공국의 무관들이 기염을 토하였으며, 반대로 학원 소녀들은 고전을 면치 못하고 있었다.

부상을 피하기 위해 기본적으로는 정해진 형식을 따라서 공방을 나누는 시험이었지만, 아무래도 순수한 완력 면에서 차이가 있다 보니 밀릴 수밖에 없었다.

기룡사에게는 그다지 중요한 항목이 아니었지만 전체적으로 신왕국이 밀리고 있었다.

"어디 그럼, 나도 『기사단』의 일원으로서 분발해볼까."

트라이어드 샤리스의 차례가 되자 다부지게 생긴 남자 상대가 기다리고 있었다.

보통은 비슷한 체격이나 성별의 상대를 붙여주기 마련일 텐데 아무래도 버즈하임의 사주인 것 같았다.

"명백하게 잘못된 상대라는 생각이 들지만, 이럴 때 여자라는 점을 어필할 수 없는 건 뼈아프군."

샤리스가 땀을 흘리며 쓴웃음을 짓는 것과 거의 동시에 거한이 용서 없이 달려들었다.

기공각검 대신에 목검과 체술로 어떻게 상대를 제압하는지 평가하는 시험이지만 부상을 방지하기 위해 직접 공격은 최대한 피하는 특수한 규정이 적용되어 있었다.

"먹고 뒈져라, 이 애송아아아아아!"

어깨를 노린 거한의 일격을 피하고 샤리스는 상대의 다리를 후렸다.

"평소 세리스한테 호되게 당해온 경험이 약이 되었다고 해야 하나? 힘만 내세워서는 나를 쓰러뜨릴 수 없다고."

남자를 나자빠지게 한 직후, 재빨리 목검 끝을 턱밑에 가져다 댔다.

그 구도만으로도 규정으로 정해진 종료 조건은 충족했을 터였다. 그러나—.

"어설프구만, 아가씨."

"뭐……?!"

그 순간 바닥에 쓰러져 있던 남자가 다리를 움직여서 승리 조건을 충족한 샤리스의 다리를— 걷어찼다.

기우뚱 쓰러질 뻔한 샤리스의 손목을 붙잡으며 거한이 일어섰다.

"잠깐?! 뭘 하려는 거냐?! 이미 종료 조건은 달성했을 텐데—?!"

"시험관이 신호를 보내지 않았잖아? 안됐구나!"

시험관 버즈하임의 의도적인 묵인.

샤리스의 얼굴이 파랗게 질린 순간, 남자의 손가락이 장의의 이음매에 걸렸다.

"앗, 그만……?!"

"어이쿠, 이상한 곳에 손가락이 걸려버렸구만. 이거 어쩔 수— 커억?!"

장의의 이음매가 살짝 부서지려 하는 순간, 남자가 비명을 터뜨리며 몸을 수그렸다.

거기에 휘말려서 쓰러지려는 샤리스를 룩스가 팔로 단단히 끌어안았다.

"샤리스 씨, 괜찮으세요?"

"어…… 아, 괜찮아……."

남자 쪽을 보니, 그는 옆구리를 부여잡고 혼절해 있었다.

룩스가 목검 자루를 남자의 옆구리에 깊숙이 꽂아 넣은 결과였다.

"거기 신왕국 수험자! 타 시합의 방해 행위로 간주하여 실격으로 처리하겠다!"

"……알겠습니다."

버즈하임이 부아가 치미는 것처럼 선고했지만 룩스는 침착한 태도로 받아들였다.

그러나 대전 상대와 시합 도중에 비틀거리다가 우연히 충돌한 것처럼 움직였기 때문에 다른 시험관들이 선고를 보류하고 의논한 결과, 샤리스와 함께 감점당하는 선에서 매듭지어졌다.

"미안하다, 룩스 군……."

"저야말로 죄송합니다. 괜히 샤리스 씨까지 감점을……."

곤란한 듯 쓴웃음을 짓는 룩스 앞에서 샤리스는 고개를 숙였다.

버즈하임은 질리지도 않고 조금 전의 거한에게 다른 시합을 치르게 했다.

아마도 또 같은 수법을 쓰려는 속셈 같았지만 그 계획은 순식간에 수포로 돌아갔다.

"이럴 수가?! 이, 이런 계집한테, 내가아아악?!"

그 거한은 룩스의 소꿉친구인 피르히의 손에 철두철미하게 깨지고 말았다.

결국 두 번째 시험은 평균 성적으로 반하임이 다소 앞섰으나, 최고 성적은 세리스를 비롯한 신왕국 멤버들이 차지하는 결과로 종료되었다.

"저 녀석들, 진짜 사관후보생인거 맞아……?!"

"신왕국 내에서도 특별한 녀석들이겠지? 그, 그렇지 않고서는 설명이—."

처음에는 단순히 신왕국을 이기겠다는 생각으로 분발하던 그들은 서서히 놀라기 시작하더니, 오히려 경외하는 시선마저 보내게 되었다.

하지만 그럼에도 버즈하임과 그 측근들은 포기하지 않고 제 3 시합에서도 끈질기게 방해를 해 왔다.

"우왓?! 부딪치겠어—?!"

기룡 기본 동작 실기를 치르던 티르파가 느닷없이 접근해 온 다른《와이번》에 놀라 도중에 정지했다.

"어이쿠, 이거 미안한걸. 궤도가 살짝 어긋난 모양이야. 이쪽 시험장이 좀 좁아야 말이지. 면목없게 됐군."

"윽……."

태도는 정중했지만 명확한 거짓말이 실린 그 목소리에 티르파는 얼굴을 찌푸렸다.

"32번, 경고다. 다음에 코스를 벗어나면 실격으로 처리하겠다."

시험관은 역시나 버즈하임이었다.

주행이나 비행 등, 기룡별 기초조작으로 시간 내에 지정된 루트를 주파하는 시험.

룩스가 보기에도 동시에 옆에서 시험을 치르던 남자가 티르파를 방해한 것이 확실했지만, 그 사실을 증명하기는 어려웠다.

"우으……."

티르파는 난처한 듯 신음했다.

버즈하임이 자신을 괴롭힌다는 것은 알고 있었다. 하지만 처음으로 다른 나라에서 보는 시험이라는 긴장감과, 방해받을지도 모른다는 스트레스까지 더해져서 생각 이상으로 조작에 난항을 겪었다.

그 활주를 보고 웃은 남자 무관이 다시 그녀를 위협하려고 가까이 다가갔다.

"또 왼쪽으로 기울어졌다. 조심하라고!"

일부러 코스에서 살짝 벗어나게 비행하던 남자 무관이 고의적으로 외치면서 아슬아슬한 수준까지 접근하려고 했을 때—.

"당신의 목표 깃발은 저쪽에 있잖아요?"

"뭐—?!"

마찬가지로 실기 시험을 치르느라 《와이번》으로 비행 중이던 룩스가 티르파에게 위협을 가하려던 무관의 진로 방향을 스치듯 지나쳤다.

티르파에게 접근하려던 남자의 진로에 룩스가 먼저 날아든 것이다.

거기에 당황해서 조종을 잘못했는지, 무관은 이탈한 궤도를 원위치로 돌려놓지 못한 채 그대로 지상을 향해 추락했다.

"위험해?!"

주위에 있던 기룡사들이 다급하게 소리쳤고— 《와이번》으로 급강하한 룩스는 위협적으로 굴던 남자 무관의 《와이번》이 지면 위로 곤두박질치기 직전에 붙잡았다.

"크…… 으."

"조심하세요. 분사구 각도를 신경 쓰지 않으면 바로 낙하하니까요."

룩스가 담담하게 말하자 방해를 펼치던 남자 무관은 씁쓸한 표정으로 아무 대꾸도 하지 않았다.

"저 상황에서 강하를 시도해서 제때 붙잡을 줄이야……."

"과연, 신왕국도 꽤 하는걸?"

룩스가 태연하게 선보인 기술에 반하임 공국의 무관들이 감탄했고 버즈하임과 그 부하들은 심기가 불편한 듯 표정을 팍 구겼다.

위협적으로 행동하던 무관은 실패했다. 거기에 그치지 않고 궁지에 빠진 순간에 도움까지 받았으니 이는 더할 나위 없는 굴욕이었다.

한편 룩스의 장갑기룡 조작 기술을 보고 일부 무관들은 솔직하게 감탄했다.

"어이, 귀공들에게 타국의 무관을 걱정할 여유는 없는 거 아냐?"

심지어 신왕국을 응원하는 목소리조차 들렸다.

외압에 굴복하지 않는 룩스 일행의 자세와 실력, 그리고 버즈하임의 비열한 수법을 보며 회장의 분위기조차 변하고 있었다.

이것이 룩스가 꾀한 것이었다.

반하임 공국에는 신왕국에 호의적인 밀미에트 공주를 지지하는 무관들과 버즈하임처럼 꿋꿋하게 신왕국을 적대하는 무리들이 있었다.

그 대항하는 분위기를 한쪽으로 쏠리게 하려고 노골적으로 방해하게 유도한 다음 그것을 격파한 것이다.

"역시 내 기사로군, 잘 하고 있잖아."

"응, 그러네. 하지만— 그에게만 저 족속들과의 싸움을 떠넘길 수는 없지."

약간 거리를 두고서 그 광경을 지켜보던 리샤와 크루루시퍼는 어쩐지 즐거운 듯 그렇게 말했다.

"그럼, 우리도 가보자."

피르히도 표정은 여전히 진지했지만 룩스의 행동에 자극받은 것처럼 시험을 치르는 줄에 나란히 섰다.

결국 그 뒤에도 방해 공작은 효과를 보지 못했으며, 그라이퍼와 코랄을 제외하면 상위 성적자 열 명 중에 절반을 신왕국 멤버가 차지했다.

†

"그러면 지금부터 오늘의 최종 시험인 제4 시험— 격투 실기 테스트를 개시하겠다!"

그리고 오후가 되어 마지막 시험이 시작되었다.

이것이 끝나면 시험관들의 심사를 거쳐 각 시험의 총점을 토대로 합격 여부가 결정된다.

그러나 각 시험에서 신왕국을 방해한 남자 시험관— 버즈하임이 마침내 직접 행동에 나섰다.

"룩스 아카디아, 녹트 리플렛. 이 두 사람은 연습장 북동쪽 구획에서 시험관과의 모의전을 진행하겠다. 준비를 마치고 대기하라."

시간 절약을 위해서, 그리고 기룡사에게는 필수 요소인 연계를 심사하기 위해서 페어를 이뤄 한 명의 시험관에게 도전하는 형식의 모의전이 치러진다.

룩스는 녹트와 페어를 짜게 되었고 두 사람은 외벽 높은 곳에 위치한 관중석에 나란히 앉았다.

"잘 부탁해, 녹트."

"Yes. 룩스 씨의 발목을 붙잡지 않도록 전력을 다하려고 합니다."

그녀는 여느 때처럼 냉정했지만 목소리가 다소 딱딱했고 약간 긴장하고 있는 것처럼 보였다.

"아이리는 좀 괜찮아 보여?"

가벼운 잡담이나 하려는 의도로 룩스가 묻자 녹트는 드물게도 어물거리는 모습을 보였다.

"—Yes. 겉보기엔…… 그렇습니다만."

"겉보기엔……?"

"제 개인적인 생각입니다만, 아이리는 얼마 전부터 뭔가 고민하는 것 같았습니다. 하지만 정작 그 고민의 대상이 무엇인지는 모르겠습니다."

담담하게 대답한 녹트는 이윽고 조용히 탄식을 흘렸다.

"저는 나름대로 평소의 대화를 통해 알아내려고 해보았습니다만 끝내 실패했습니다. 도움이 되지 못해 죄송합니다."

조용한 목소리로 사과하며 녹트는 작게 고개를 숙였다.

그 모습을 보고서 룩스는 서둘러 고개를 가로저었다.

"녹트가 사과할 일은 아니야. 동생의 속내를 파악하지 못하는 시점에서 나도 오빠 실격이나 마찬가지니까. 그렇게까지 신경 써줬다는 사실만으로도 고마워."

"그렇, 습니까?"

"응. 그리고 아이리는 평소에 다른 사람 앞에서 나를 거의 놀리지 않아. 그러니까 친구인 녹트에게는 아이리도 마음을 허락하고 있는 걸 테니까—."

드물게 낙담한 것처럼 보이는 녹트에게 룩스는 밝게 대답해 주었다.

"배려해주셔서 감사합니다. 덕분에 마음이 좀 편안해졌습니다. 그러면 시험관과의 모의전에서는 제가 후방에서 사격할 테니, 돌격은 믿고 맡기겠습니다."

"느닷없이 무자비한 작전을 짜고 그래?!"

너무나도 급격한 화제 전환에 룩스가 무심코 소리를 질렀다.

"그렇습니까. 그럼 룩스 씨는 후배인 제게 《드레이크》로 전위에 나서라고 하시는 거군요."

"아니 하지만, 나는 《와이번》을 사용할 때는 공격에 적합하지 않으니까……."

이번 시험의 목적은 기룡사로서의 순수한 실력을 심사하는 것이라 개조한 무장이나 신장기룡의 사용이 허가되지 않았다.

그래서 리샤가 개발한 장벽아검은 사용할 수 없었고, 일반 기룡아검(블레이드)과 기룡조인(대거), 기룡식총(브레스 건), 용미강선(와이어 테일) 등의 기본 무장만으로 싸워야 했다.

"우연히 지금 막 생각났습니다만, 룩스 씨는 엊그제 연습장 2층에서 모두의 속옷 차림을 엿보고 있었지요? 제 것까지도—."

"……제발 하게 해주세요. 부탁드립니다."

고의적으로 억양 없이 말하는 녹트를 보며 룩스는 딱딱한 표정으로 고개를 끄덕일 수밖에 없었다.

"Yes. 고맙습니다. 하오나 제 속옷 차림을 말똥말똥 보고 있었다는 부분은 부정하지 않으셨으므로, 약간 꺼림칙한 기분이 듭니다만."

"부정이고 자시고, 그렇게 자세히 본 적 없거든?! 아니 그, 녹트의 속옷 차림은 처음이라 무심코 넋 놓고 보긴 했지만 딱히 처음부터 엿볼 생각이 있었던 건—.”

“…….”

룩스가 다급하게 그런 변명을 하자 녹트는 입을 딱 다물어 버렸다.

‘아차, 망했다……! 나도 모르게 사실대로……!’

그렇게 허둥대면서도 어떻게든 용서받기를 바라며 룩스가 조심스럽게 그녀의 얼굴을 살펴봤더니—.

“하아, 룩스 씨는 난감한 사람이군요.”

어쩐지 부끄러워하는 듯 녹트의 뺨은 발갛게 달아올라 있었고 시선을 피하면서 반쯤 눈을 감고 중얼거렸다.

항상 과묵하고 냉정한 표정을 고수하는 녹트의 신기한 반응 앞에서 룩스의 가슴도 크게 뛰었다.

두 사람이 그런 대화를 주거니 받거니 하고 있는데 시험관의 목소리가 들려왔다.

“다음, 룩스 아카디아와 녹트 리플렛. 이 두 사람은 3번 구획에서 시험을 실시할 예정이니 지정된 위치에서 준비하도록!”

그 알림을 듣고서 룩스는 표정을 바꾸었고 녹트도 평소의 표정을 되찾았다.

“가볼까. 틀림없이 버즈하임의 목적은 현재로선 우리일 거야.”

“Yes. 보람찬 싸움이 될 것 같습니다.”

룩스의 말에 녹트가 맞장구치면서 벤치에서 일어섰다.

통로를 지나 네 개로 구분된 연습장 링 중 하나에 올라섰다.

아니나 다를까, 거기에는 도발적으로 웃고 있는 버즈하임이 기다리고 있었다.

"목이 빠지도록 기다리고 기다렸다. 내 손으로 직접 너를 상대할 수 있는— 이 순간을 말이지."

룩스가 링 중앙으로 나아가자 장의를 입은 버즈하임이 기공각검을 뽑았다.

입 밖으로 내지는 않았지만 그의 눈에는 충분한 적의가 스멀스멀 묻어나오고 있었다.

"시험 시간은 총 10분. 실전 형식으로, 페어를 이뤘을 때의 전투기술과 연계를 평가할 것이다. 기본적인 규칙은 공식 모의전을 따른다. 준비는 됐나?"

"—오라, 힘을 상징하는 문장의 익룡. 나의 검을 따라 비상하라, 《와이번》."

"—오라, 근원에 도달하는 환상의 용. 켜켜이 반짝이며 모습을 이루어라, 《드레이크》."

룩스와 녹트가 거의 동시에 기공각검을 뽑아 칼자루의 방아쇠를 누르며 나지막하게 영창부(패스 코드)를 외웠다.

눈앞에서 집속하는 밝은 인광(燐光)이 형태를 구성하면서 두 기의 장갑기룡이 소환되었다.

"접속 개시(커넥트 온)."

두 사람이 그것을 장착하자, 그 직후 버즈하임도 똑같이 기룡을 전개하며 장착했다.

보기엔 《와이번》과 닮았지만 그것의 장갑은 통상 기룡보다 한 단계 강력한 것이었다.

"《엑스 와이번》……입니까. 평범한 시험에서 쓰기에는 강력한 기룡을 꺼내시는군요."

철저하게 동요를 숨기면서 녹트가 지적했다.

특급의 범용기룡은 기본적으로 상급 계층 이상의 사람들에게만 주어진다.

그것은 이 남자가 지위만이 아니라 실력 또한 상위에 속한다는 것을 나타내고 있었다.

"어쨌거나 나는 두 사람을 상대해야 하는 상황이니까. 그리고 신왕국의 기룡사는 우수하다는 이야기도 들었고 이 정도는 돼야 너희를 상대할 수 있지 않겠나."

지금까지 좋은 성적을 기록한 신왕국을 비꼬는 것인지 버즈하임이 부자연스러울 정도로 환하게 웃었다.

룩스는 이것이 단순한 실기 시험이 아님을 다시금 느꼈다.

"장갑기룡의 장착을 확인. 지금부터 전투 실기 시험을 개시하겠다……."

심판을 맡은 무관의 목소리가 링 위에 울려 퍼지자 팽팽하게 긴장된 분위기가 주위를 가득 뒤덮었다.

그것이 최대치까지 높아진 순간, 버즈하임의 팔이 살짝 움직였다.

"—모의전(배틀 스타트) 개시!"

심판의 구호가 울려 퍼진 직후, 버즈하임의 《엑스 와이번》

의 등날개가 빛나더니 뒤쪽에서 소용돌이가 일어났다.

"핫!"

어마어마한 빛을 분출하면서 단숨에 최고 속도로 가속해 곧장 돌격해 왔다.

"크—?!"

고작 몇 초일뿐이었지만 시합 개시 전부터 기룡을 조작해서 허를 찔렀다.

심판이 버즈하임의 입김이 닿는 사람이며 그의 위반을 묵인해준 사실을 알아차렸지만— 이미 늦은 후였다.

적은 벌써 룩스의 코앞까지 달려들어 중형 블레이드를 높이 쳐들고 있었다.

"……크!"

시험이라고는 생각할 수 없는 의표를 찌르는 버즈하임의 강습.

가속을 통해 기룡의 중량을 실은 대검의 일격이 날카로운 궤도를 그리며 떨어져 내렸다.

장벽을 강화해서 블레이드를 방패 삼아 받아넘기려고 자세를 잡은 그 순간— 룩스는 그것을 눈치챘다.

"—?!"

룩스는 찰나의 타이밍에 공격을 받아내기 위해 들어 올린 블레이드를 재빨리 옆으로 휘둘렀다. 그것으로 룩스를 노리는 것처럼 보이고서 녹트를 공격하려던 버즈하임의 참격 궤도를 가까스로 빗나가게 할 수 있었다.

"으, 아……!"

—그러나 블레이드에 최대의 에너지를 담은 그 일격을 완전히 방어하지 못하고 《드레이크》 장벽이 깎여 나가며 어깨 장갑의 일부가 파손되었다.

버티지 못한 녹트는 후방으로 도약하여 버즈하임의 간격에서 벗어났다.

룩스는 그 틈에 브레스 건으로 탄막을 펼쳐 추격의 흐름을 끊었다.

"호오…… 생각보다 제법이잖아. 이거야 원, 본의 아니게 내 부하들에게 몹쓸 짓을 저지른 것 같군……. 그 바보들 능력으로는 감당할 수 없을 만해."

장벽으로 탄막을 버텨내며 버즈하임은 히죽 웃었다.

역시 강화형 범용기룡인 《엑스 와이번》의 출력을 순정 《와이번》으로 상대하는 것은 다소 불리했다.

그것을 잘 알기 때문에 버즈하임은 여유로웠다.

스케일 블레이드를 사용한 카운터 기술, 극격을 쓸 수 없는 이상 평범한 수단으로 적을 파괴하기란 극도로 어려운 일이었다.

유일한 돌파구는 상대가 기룡 적성이 뒤떨어지는 남자라는 점을 노려 기력이 다하기를 기다리는 것이었다. 그러나 이번에는 시험이라서 시합 시간이 짧기 때문에 그것도 기대할 수 없었다.

룩스 혼자라면 문제없이 계속 막아낼 수 있었다.

'하지만 녹트를 계속 노리면 어떡하지?'

승패 자체는 시험의 합격, 불합격과는 직결하지 않을 테지만 그녀를 다치게 놔둘 수는 없다.

"어떻게 된 거지? 그렇게 지키기만 해서 무슨 시험이 되겠나. 어서 너희의 실력을 보여달란 말이다."

"……."

몇 초의 망설임 끝에, 사전에 녹트와 협의한 대로 룩스는 자진해서 앞으로 나섰다.

『조심하세요, 룩스 씨! 이 남자는— 진심입니다!』

일부 장갑이 부서진 녹트가 후방에서 용성으로 충고해주었다.

『저는 신경 쓰지 마십시오! 룩스 씨 쪽에서 선불리 공격하면 성능 차이 때문에 밀릴 수밖에 없습니다. 만에 하나 룩스 씨가 다치기라도 한다면 저는 아이리를 볼 낯이 없습니다.』

녹트의 예상은 틀림없었다. —하지만.

『아니야, 녹트.』

룩스는 긴장도 불안도 느껴지지 않는 온화한 목소리로 뒤로 빠져 있는 녹트에게 말했다.

『이 이상 네가 다친다면, 그때야말로 내가 아이리 앞에서 고개를 들 수 없게 돼.』

『룩스, 씨…….』

『함께 싸우자. 우리 둘이 힘을 합치면— 분명 이길 수 있을 거야.』

『……Yes. 그럼— 지시를 부탁드려도 되겠습니까?』

"안 올 셈인가? 그럼 하는 수 없지. 남은 시간을 전부 투자해서— 철저하게 뭉개주마!"

흉포한 표정을 드러낸 버즈하임이 재차 녹트를 노리고 날아올랐다.

남은 전투 시간은 약 7분.

그 사이에 매듭을 짓기 위하여 적의 기룡이 하늘을 날았다.

†

"……여기 계셨습니까, 싱글렌 경."

연습장 링 외벽의 바깥, 고지대에 설치된 철제 의자.

시설을 사용하는 무관을 위한 것이 아니라, 중요한 손님을 위해 마련된 그 관중석 위에서 『푸른 폭군』— 싱글렌 쉘불릿은 다리를 꼰 채 드러누워 있었다.

사이즈보다 길게 남은 소매 끝을 팔랑팔랑 흔들어 그 몸짓만으로 부하의 목소리에 대답했다.

그 기묘한 디자인의 외투는 블래큰드 왕국 백령 기사단 내에서도 특별한 물건.

장의와 기룡의 장갑을 조합해서 특수 개발한 장개(裝鎧)라 불리는 물건이었다.

말을 건 남자의 얼굴 절반은 하얀 투구에 가려져 있었고 틈에서 엿보이는 잿빛 장발은 초로를 지난 남자의 것이었다.

소년처럼 몸집이 작은 싱글렌과는 대조적으로 약 2메르는 될 법한 장신이었다.

"이런 곳에 계시다간 감기 걸립니다. 애초에 이런 계층 승격 시험 따위는 당신께서 새삼 볼 만한 것도 아닐 텐데요."

조용하고 예의 바른 어조.

그러나 노기사의 목소리에는 정돈된 태도로는 숨길 수 없는 감정이 내포되어 있었다.

약자들에 대한 모멸과 질색, 그리고 짜증과 비슷한 것.

노기사는 강함과 임무를 수행하는 것만을 옳다고 여기며 수천 번 사선을 넘나든 군인이 갖는 특유의 분위기를 풍기고 있었다.

"그렇게 깎아내리기만 할 것도 아니라고. 놀이에는 놀이대로 즐기는 방법이 있는 법이지. 고지식한 그대도 약간 힘을 빼보는 게 어떤가? 츠바이베르크여."

붉은 액체가 담긴 와인잔을 가볍게 흔들면서 싱글렌은 웃었다.

그렇게 구슬렸음에도 주인의 말에는 찬동할 수 없었던 것인지, 츠바이베르크라 불린 노기사는 입을 다물었다.

"나는 말이지, 츠바이. 너하곤 다르게 잔챙이들의 피비린내 나는 싸움을 즐기지 못하는 부류는 아니야. 정말로 볼 가치가 없는 것은 겉으로만 그렇게 꾸며대는 싸움이다. 나는 그런 것을 촌극이라고 부르지. 아무리 내가 인내심이 강하고 관대하다 해도, 그따위 광경이 눈앞에서 펼쳐지면 참을 수 없어. 그리고 저런 잔챙이는 『검은 영웅』을 잴 잣대가 될 자격이 없다. 보고 있는 것 자체가 시간 낭비로군."

"그럼, 주인이시여—."

"그래, 이 술은 알아서 처리해라. 나는 녀석의 **본성**을 확인하러 가봐야겠다."

마시다 남은 잔을 노기사에게 떠넘기며 싱글렌은 신속하게 검대에서 칼을 뽑았다.

눈만큼은 전혀 웃지 않는 기묘한 미소를 떠올리는 동시에, 날카로운 눈빛을 아래로 향했다.

†

"언제까지 도망 다니려는 거냐? 신왕국의 긍지를 보여달란 말이다!"

버즈하임은 껄껄 웃으면서 집요하게 녹트를 붙잡기 위해 쉬지 않고 비행했다.

룩스는 그를 막고자 궤도 상에 수시로 파고들어 참격을 검으로 받아냈다.

후방 지원이나 첩보에 특화된 범용기룡인 《드레이크》로는 성능 차이가 나는 버즈하임을 제대로 상대하기란 불가능에 가까웠다.

그래서 녹트를 감싸기 위해 방어 일변도로 나설 수밖에 없었다.

"네가 알랑방귀를 뀌는 영애들의 원수는 갚았다 이거냐? 아니면 두려움을 깨달은 거냐?"

버즈하임은 자신을 조준하지 못하게끔 고속으로 하늘을 선

회하면서 오만하게 웃었다.

회피에 전념하는 녹트와 그런 그녀를 지키는 룩스를 보며 살살 꼬드겼다.

하지만 그건 버즈하임의 덫이었다.

공격으로 전환하는 찰나의 무방비한 순간을 맞받아칠 생각인 것이다.

'하지만— 기회야.'

버즈하임이 일부러 공격을 중단하고 여유를 보인 순간, 그것을 꿰뚫어 본 룩스가 움직였다.

"핫! 걸렸구나, 멍청한 자식! —《기룡포효(하울링 로어)》!"

버즈하임은 대기를 뒤흔드는 충격파의 소용돌이를 장갑의 머리 부분에서 발사했다.

하지만 그 수를 미리 읽은 룩스는 에너지를 전도(傳導)시킨 블레이드를 방패로 내세워 충격의 벽을 돌파했다.

"……아닛?!"

고작 몇 분의 싸움으로 상대방의 공격 패턴을 간파하기는 어렵다.

그러나 기동력이 높은 《와이번》을 상대로 선택할 수 있는 수단. 그리고 버즈하임이 기룡의 성능 차이를 활용한 공격을 주로 펼치고 있다는 점.

룩스는 그 두 가지를 중심으로, 셀 수 없을 정도의 실전 경험을 떠올려 해답을 이끌어냈다.

"크으윽?!"

하지만 역시 《엑스 와이번》을 가진 특급 계층의 실력자여서 그런지, 버즈하임은 순간적으로 궤도를 틀어 그대로 파고 들어온 룩스의 참격을 피했다.

그리고 공격이 빗나가 빈틈이 드러난 룩스의 《와이번》을 노리고 힘차게 블레이드를 들어 올렸다.

"뒈져라, 구제국의 개자식! ……헉?!"

버즈하임은 노골적으로 흉포함을 드러내며 검을 휘두르려는 찰나, 룩스의 냉정한 눈빛을 눈치챘다.

그 시선이 향하는 곳은 버즈하임이 아니라 그 뒤쪽이었다.

반사적으로 링 위를 보았더니 녹트의 모습이 사라져 있었다.

《드레이크》의 특수 기능 중 하나인 『광학 위장』 능력.

주변 풍경과 동화하여 모습을 감추는 은폐 능력이었지만 공격에 나설 때는 모습이 드러나는 약점이 있었다.

"내 눈을 속여 기습할 셈이었나?! 그 수법은— 낡아빠졌어!"

버즈하임은 룩스를 베려는 듯하다가, 원을 그리면서 뒤로 돌아 번개처럼 검을 휘둘렀다.

그러나— 버즈하임의 확신과 함께 그 블레이드는 허공을 갈랐다.

"—Yes. 낡았다는 선입관에 빠져 상대를 얕본 것이 당신의 패인입니다."

"뭐……라고?!"

버즈하임의 뒤에 녹트는 없었다.

비상형 기룡을 다루는 기룡사 입장에서 무방비하며 추진 장치가 존재하는 배후를 잡히는 것은 가장 경계해야 할 상황.

기본 성능이 한두 단계 떨어지는 《드레이크》가 활약하는 상황이라면 이 순간밖에 없었다.

따라서 버즈하임은 룩스의 노림수를 간파하고 『광학 위장』으로 자취를 감춘 《드레이크》가 뒤쪽에서 공격할 것이라 판단했다.

그렇게 확신한 이유는 자신과 마주 보고 있는 룩스의 시선이 자신이 아니라 그 뒤쪽을 응시하고 있었기 때문이었다.

하지만 녹트가 서 있던 자리는 그 바로 옆.

반원을 그리며 휘둘러진 블레이드의 범위 밖, 그리고 버즈하임의 무방비한 신체가 눈앞에 오는 위치다.

"설마, 네놈들—?!"

"Yes. 다치지 않도록, 조심하십시오."

녹트는 곧바로 에너지를 충전한 캐논의 방아쇠를 당겼다.

"크, 어어억……?!"

《엑스 와이번》은 지근거리에서 발사된 충격파의 격류에 휩쓸려 날아갔다.

환창기핵(포스 코어)에서 공급되는 에너지를 참격에 투자한 까닭에 견고한 장벽을 펼치지 못해서 무장이 파괴되었다.

"커, 허어어……!"

멀리 뒤쪽에 있는 석벽에 충돌한 버즈하임은 그대로 기절했다.

그것으로 일단 결판은 난 것 같았다.

"작전 지시, 감사합니다. 룩스 씨."

여느 때처럼 담담한 녹트의 말투에 룩스는 그녀답다고 생각했다.

"아니, 녹트 덕분이야. 위치 선정이랑 반응도 무척 좋았고—."

룩스가 웃는 얼굴로 그렇게 대답하자 녹트는 살짝 놀란 것 같았다.

"No. 제게는 과분한 평가입니다. 전략이든 전술이든, 룩스 씨의 지시를 따라 실행했을 뿐입니다. 시키는 대로 움직이는 정도로는 어엿한 종자라고 할 수 없는 법입니다."

"그, 그래……?"

체면치레로 한 말이라고 받아들인 걸까? 그렇게 생각하며 어색하게 웃었다.

하지만—.

"Yes. 하지만 그것은 저 자신에 대한 경각심이기도 합니다. 당신에게 당연한 일을 칭찬받은 것만으로, 만족할 것 같다는 생각이 들었거든요."

녹트는 룩스를 바라보며 보일 듯 말 듯한 미소를 입가에 띄우고서 그렇게 중얼거렸다.

룩스의 칭찬을 결코 나쁘게 생각하는 건 아니다. 그렇게 해명하는 것처럼—.

"그럼, 이런 식으로 말하면 괜찮을까? 앞으로도 기대할게, 녹트."

"Yes. 잘 부탁드립니다, 룩스 씨."

기룡을 장착한 채 녹트는 머리를 살짝 숙였다.

그녀에게 미소로 답하려고 한 순간, 룩스의 등줄기를 따라 싸늘한 전율이 훑고 지나갔다.

"놀고들 자빠졌구나! 아직 시험은— 끝나지 않았다아아!"

장외의 벽에 처박힌 채 작동이 정지돼 있던 《엑스 와이번》.

어느 틈에 자세를 가다듬은 그것이, 에너지를 두른 대검을 들고 쏜살같은 속도로 초저공을 날아 돌격해 왔다.

"—룩스 씨?!"

분노와 굴욕으로 뒤틀린 형상을 향해 녹트는 재빨리 블레이드를 들어 올렸다.

그러나 룩스가 공포를 느낀 살기는 그것이 아니었다.

사나운 돌풍과도 같은 버즈하임의 돌격(차지).

잔상과 함께 직선을 그리던 《엑스 와이번》의 팔이 굉음을 내며 잘려나갔다.

"—허억?!"

아무 전조도 없이 그 몸을 엄습한 파괴와 충격에 균형을 잃고 지면에 격돌했다.

"윽—?!"

룩스와 녹트뿐만이 아니라, 시험을 치르던 다른 기룡사들의 움직임까지 일제히 멈췄다.

"큭, 카아아아악……!"

탁한 절규가 사방에 울려 퍼지고 피범벅이 된 버즈하임이 기룡과 함께 바닥을 굴러갔다.

그대로 반대편 석벽에 격돌한 그는 이번에는 미동조차 하지 않았다.

"—."

삽시간에 벌어진 참사에 그 자리에 있던 전원이 꿀 먹은 벙어리로 변했다.

몇 초 가량 이어진 정적을 찢어낸 것은 어떤 남자의 목소리였다.

"이런, 손이 살짝 미끄러진 모양이야. 아주 미안하게 됐군."

악의 따위는 눈곱만큼도 없었다는 것처럼 머리를 긁적이며 푸른 외투 차림의 작은 인물이 나타났다.

『푸른 폭군』 싱글렌 쉘불릿이 특장형 범용기룡 《드레이크》를 장착한 상태로 관중석 높은 곳에서 내려다보고 있었다.

"……방금 그 블레이드는, 당신이—?"

경계심이 느껴지는 목소리로 룩스가 질문을 던졌다.

"고맙다는 말 한마디조차 하지 않는 건가? 요즘 젊은 것들은 영 돼먹지 못했군."

그 질문에 싱글렌은 거만하게 웃으며 《드레이크》와 함께 흙으로 된 링에 내려섰다.

"이, 이건 대체…… 무슨 일이십니까?! 싱글렌 경?!"

그 광경을 본 근처의 시험관들이 헐레벌떡 달려오자, 싱글렌은 어쩔 수 없다는 것처럼 어깨를 으쓱 들어 올리는 몸짓을 보였다.

"나는 이 시합의 총감독을 의뢰받았다. 저기 처박혀서 잠든 멍청이의 시험관 면허를 박탈해라. 원래는 장외까지 날아간 시점에서 다시 시작해야 하건만, 저 녀석은 규칙을 깨고 기습을 시도했지. ……아직도 내게 시험 규정을 설명하게 할 셈인가?"

"으, 아……. 네, 넵……! 그렇게 하겠습니다!"

싱글렌이 한 번 노려보자 질문을 꺼낸 시험관들은 황급히 물러났다.

기절한 버즈하임이 들것에 실려 나간 뒤, 싱글렌은 룩스와 녹트를 보며 미소 지었다.

"자, 시시한 방해를 받았구나, 잡부. 불운하게도 시험관이 사라져버린 것 같지만 시간은 아직 4분정도 남아 있지. 시험관을 대신하여 감독인 내가 친히 그대들을 상대해주마."

"……."

—위험하다. 룩스의 머릿속에 경보가 울렸다.

이 남자는 고속으로 비행하는 장갑기룡에 블레이드를 던져서 그 장갑 팔을 일격에 절단해버렸다. 마치 하늘을 날아다니는 날벌레에 바늘을 꽂는 수준으로 엄청난 짓을…….

심상치 않았다. 범용기룡으로 그런 신기를 선보인 것이. 그리고 안색 하나 바꾸지 않고 버즈하임을 죽이려고 한 그 냉혹함이…….

하지만 이것은 어디까지나 시험일 뿐이었다. 그렇다면—.

"녹트, 아직 할 수 있겠어?"

"Yes. 남은 4분 동안이라면 가능합니다."

"……그럼, 결정됐군. 이대로 시작하겠다. 어이, 거기."

싱글렌의 시선을 받은 무관이 재촉하는 듯 소리쳤다.

"모의전(배틀 리스타트) 재개!"

선고와 동시에 특장형 범용기룡인 《드레이크》를 구동하며 싱글렌은 블레이드를 가볍게 겨냥했다.

"당신도 《드레이크》를 사용하시는 겁니까. 범용기룡 세 종류 중에서도 기본 성능이 가장 뒤처지는 것입니다만, 괜찮으시겠습니까?"

약간 눈살을 찌푸리면서 녹트가 지적했다.

룩스에게도 싱글렌의 선택은 의외였다.

물론 특장형인 《드레이크》라 해도 어떻게 싸우느냐에 따라 달라지긴 했지만, 이번처럼 탁 트인 링 위에서 두 사람을 상대하기에는 불리한 타입의 장갑기룡이라는 것은 확실했다.

아무리 『칠용기성』의 일원이라 해도 그 실력은 사용하는 신장기룡에 기대는 부분도 무시할 수 없을 터.

게다가 눈앞에 보이는 《드레이크》에는 특별한 개조를 가한 흔적도 없었다.

그런데 무슨 이유에서 그런 장갑기룡을 선택한 것일까.

"핸디캡이 부족한가? 그럼 무장을 몇 개 더 버려줄까?"

코웃음을 치는 싱글렌을 보고 녹트는 침묵했다.

대신에 룩스가 그녀의 의사를 대변했다.

"그대로도 괜찮습니다. 그럼— 가겠습니다."

수십 메르가량 떨어진 위치에서 룩스와 녹트는 무장을 들어 올렸다.

용성으로 가볍게 작전을 세운 후 이야기는 정리되었다.

"남은 4분 동안 날 공격해도 좋고, 줄행랑— 아차, 말실수를 했군. 아무튼 이 악물고 버티는 것도 너희의 자유다."

여전히 도발이 담긴 말투였다.

그러나 조금 전 이상으로 방심할 수 없었다.

『녹트, 두 방향으로 갈라져서 견제하면서 중거리 전투로 가자. 위험할 것 같으면 내가 앞으로 나설게.』

『Yes. 알겠습니다.』

《드레이크》 자체는 공격력이 크게 높지는 않을 테지만, 무리한 공격이든 철저한 방어든 위험하다고 판단한 룩스는 그렇게 지시했다.

서로 상대방의 지원에 나설 수 있게끔, 그리고 싱글렌이 한쪽을 공격하면 그 빈틈을 찌를 수 있게끔 거리를 두고서 두 갈래로 갈라졌다.

"크크크크크, 하고많은 것 중에 최악의 선택지를 골랐군……."

싱글렌은 그 모습을 보고 우뚝 선 채 실소했다.

움직임을 멈췄다고 판단한 룩스가 브레스 건으로 싱글렌의 장갑 다리를 노렸다.

《드레이크》에는 비행 기능이 없어서 다리 쪽에 탄막을 펼치면 움직임을 제한할 수 있었다.

그 의도를 내다본 것처럼 싱글렌의 《드레이크》가 신속하게 옆으로 몸을 날렸다.

기룡의 발바닥에서 빛과 바람을 분사해서 단 한 걸음만 도약과 고속 이동을 시도하는 도약(스텝). 그러나 그가 움직인 그 순간을 녹트는 기다리고 있었다.

"—Yes. 의도대로 움직이셨군요."

광학 위장 기능을 발동한 채 숨어 있던 녹트가 공격하기 위해 모습을 드러냈다.

블레이드에 에너지를 주입하여 강화— 최단 동작으로 어깻죽지를 노렸다.

먹혔다— 고 룩스도 확신했다.

스텝을 시도한 직후인 싱글렌의 《드레이크》로는 피할 수 없는 공격이었다.

이 일격으로 쓰러뜨리지 못한다 해도 몰아붙이는 정도는 가능할 것이다.

"그래, 확실히 의도대로 움직였군. —내 의도지만 말이다."

하지만 녹트가 휘두른 블레이드가 싱글렌의 《드레이크》에 닿으려는 찰나, 그 참격은 간단히 장벽에 튕기며 흘려보내지고 말았다.

"앗……?!"

무슨 일이 일어났는지 모르겠다는 얼굴로 녹트가 당황했다.

그 직후 룩스가 반응하는 것보다 빠르게, 싱글렌은 블레이드를 들고 반원을 그리며 회전했다.

매서운 참격이 그녀의 등에 꽂혀 장외까지 날려버렸다.

녹트가 가장자리 벽에 격돌하며 흙먼지가 요란하게 피어 올랐다.

"크, 윽……?!"

"녹트?!"

"—Yes. 저는, 괜찮, 으므로……."

고통을 숨기지 못하는 표정으로 녹트는 간신히 그렇게 대답했다.

허를 찔린 탓인지, 아니면 환창기핵을 정확하게 가격당한 결과인지 같은 《드레이크》가 휘두른 일격으로 행동 불능에 빠지고 말았다.

'……뭐야, 지금 이건—?!'

확실하게 끝낼 수 있는 타이밍이었다.

스텝을 사용한 직후 무기조차 들어 올리지 않았던 싱글렌이 할 수 있는 일은 기껏해야 장벽을 펼쳐서 대미지를 줄이는 정도였다.

그런데— 어째서 녹트가 거꾸로 당하고 말았는지 그 이유를 알 수 없었다.

범용기룡인 《드레이크》인 이상 신장일 가능성도 없을 텐데.

"슬슬 이런 촌극은 그만두는 게 어떤가? 저 음침한 잔챙이를 감싸고 점수를 쌓으려는 잔재주를 부리니까 그런 꼴을 당하는 거다."

"……윽?! 그, 빛은—?!"

싱글렌의 도발에 반응한 순간 룩스는 눈치챘다.

눈앞의 사내가 두른 범용기룡 주위에 빛의 형상이 셀 수 없이 떠 있었다.

고대 언어의 나열, 기호와 도형이 표시되어 있는 직사각형의 빛.

기룡의 시스템을 조작할 때 자주 보는 조율 모드였다.

하지만 그건 어디까지나 비전투 상황에서 사용하는 기능이라고, 룩스는 생각하고 있었다.

"뭘 그리 놀라나? 일부 출력 설정을 해제하고 살짝 건드렸을 뿐이다. 아직 별 대단한 짓은 하지 않았다고?"

히죽, 호전적인 웃음을 떠올리며 싱글렌은 블레이드를 겨눴다.

남은 시간은 약 2분.

이대로 피해 다니면 생존 확률은 높아질 테지만 가만히 있을 수는 없었다.

'그렇다면—.'

룩스는 캐논을 조준하고 재빨리 에너지를 충전해서 발사했다.

상대의 기술을 가늠해보기 위한 견제. 그리고 탐색을 겸한 일격이었지만 싱글렌은 예상치 못한 행동에 나섰다.

"—헉?!"

사선(射線)에서 물러나는 것도, 피하는 것도 아닌 앞을 향한 도약.

제정신으로는 할 수 없을 그 선택에 룩스가 눈을 부릅뜬 직후— 그것이 보였다.

'전방에 장벽을— 펼치지 않았어?!'

상대의 공격에 대비하여 장벽을 강화하는 것은 당연— 그렇지 않더라도 장벽은 자동으로 펼쳐질 터였다.

그러나 싱글렌의 《드레이크》에는 그것이 없었다.

늦었다. 맨몸으로 직격당하면 죽음— 룩스가 두려움에 사로잡힌 순간, 믿을 수 없는 광경이 펼쳐졌다.

"—전진(戰陣)·유전(流轉)."

입꼬리를 비틀며 싱글렌이 중얼거린 직후, 캐논에서 발사된 충격과 열기의 격류가 파지직 소리를 내며 옆으로 튕겨 나갔다.

장벽으로 방어하지도, 심지어 피하지도 않고 그 일격을 정면으로 받아넘겼다.

"……헉?!"

"이 나를 상대로, 아직도 그런 여유를 부릴 수 있는가?"

날카롭게 네 다리의 장갑을 구동해서 단숨에 룩스의 품으로 파고들었다.

싱글렌의 《드레이크》가 고속으로 찌르기를 구사하는 순간, 룩스는 그 자리에서 재빨리 뛰어 뒤로 물러났다.

추격의 흐름을 끊기 위해 브레스 건을 마구 난사했다.

"훗……."

싱글렌은 측면으로 날아 그것을 피한 후 다시 블레이드를 들어 올렸다.

"그런가! 하지만 그건— 설마."

그 사실을 이해하는 동시에 룩스는 경탄했다.

공격을 받아넘긴 싱글렌의 『기술』— 그 가공할 만한 정체를…….

"장벽 그 자체를 튕겨내는 움직임으로 형성한 건가?!"

"알아주니 기쁘군. 몇 번이나 보여준 보람이 있어."

싱글렌은 작게 코웃음을 치며 걸음을 멈췄다.

그러나 룩스는 간파했기 때문에 더욱 동요를 숨길 수 없었다.

보통 기룡의 장벽은 사용자의 위기에 반응해서 자동으로 발동하며, 또한 사용자의 조작을 통해 강약을 조절하는 것이 기본이다.

하지만 싱글렌은 구태여 기룡이 자동으로 시행하는 장벽의 발생을 멈췄다. 그리고 상대의 공격이 명중하기 직전에 역장을 발생하게 하여 그 기세로 공격을 튕겨낸 것이다.

오른쪽에서 왼쪽으로, 혹은 아래에서 위로. 공격을 받아내는 것이 아니라, 받아서 넘긴다.

이론적으로는 분명 가능했다. 하지만—.

'조금이라도 실수하면, 공격에 정통으로 얻어맞고 대파…… 아니, 맨몸으로 맞으면 즉사할 수도 있어. 그런 기술을 이 남자는—.'

흠잡을 데 없는 신기. 죽음의 공포마저 초월하지 않은 이상 사용할 수 없는 고등 기술.

그런 것을 가뿐하게 해낸 이 남자에게 룩스는 전율을 느꼈다.

"왜 그러지? 오지 않겠다면 내 쪽에서 가겠다."

《드레이크》의 네 다리 중 하나가 링을 박차고 한달음에 룩스를 향해 돌진했다.

후려갈기는 블레이드의 일격을 룩스는 간발의 차이로 막았고, 그 칼끝에서 전달된 충격에 몇 메르 정도 떠밀렸다.

"크……!"

—무거웠다. 개조한 것도 아닌 범용기룡의 일격을 막았을 뿐인데 장갑 너머의 팔이 저릴 정도였다.

모든 부분을 유동적으로 구동하여 참격을 휘둘렀고, 게다가 스텝을 이용한 추진력까지 더했다.

평범한 《드레이크》라고는 생각할 수 없는 그 공격력에 밀려 몸을 지키는 것만으로도 버거웠다.

"룩스, 씨……."

장외에서 장갑을 해제하고 실려 나가는 녹트의 목소리가 멀리서 들려왔다.

하지만 이대로 당하고만 있을 수는 없었다.

남은 시간은 앞으로 수십 초. 그 사이에 하다못해 일격이라도 돌려줘야—.

"핫, 잔챙이를 위로해줄 방법이라도 생각하고 있는 건가? 내게 일격이라도 돌려줘서 녀석의 속을 후련하게 풀어주고 싶다고."

"……읏?!"

룩스의 생각을 내다본 것처럼 싱글렌이 웃었다.

"참으로 경멸스러운 남자로군. 너는 그렇게 『누군가를 위해서』라는 핑계로 자신을 속이며, 타인의 마음대로 이용당하는 삶에 만족하는 거냐."

"—닥쳐!"

싱글렌이 구사하는 고속 연격을 뿌리치면서 룩스는 소리쳤다.

"몇 번이나 놈들을 궁지에서 구해준 주제에 여전히 죄인을 상징하는 개목걸이를 차고 있다니. 신왕국에도 저열한 놈들이 모여 있다고 생각되는군."

"……아니, 죄인의 개목걸이는, 나 자신이 원한 것이다!"

거리를 벌리기 위해 룩스는 상공으로 날아오르려고 했다. 그러나 싱글렌은 그것조차 꿰뚫어 보았는지, 약간의 추진력을 모으는 순간을 놓치지 않고 도약하며 습격해 왔다.

"—."

허를 찌르는 듯 머리 위에서 떨어져 내리는 일격.

그러나 룩스는 그 공격을 기다리고 있었다.

정신 조작과 육체 조작의 완전 동조를 통해 휘두르는 초고속 일격, 신속제어(퀵 드로우).

전신의 프레임을 가동해서 역수로 쥔 블레이드를 올려치듯 휘둘렀다.

목표는 장갑기룡의 급소, 《드레이크》의 환창기핵이 존재하는 어깻죽지.

일단 도약이 끝난 《드레이크》는 공중에서 궤도를 변경할 수 없을 테지만—.

"……시시하군."

파지직! 다시 명중하기 직전에 장벽이 펼쳐지며 룩스의 블레이드를 흘려 넘겼다.

"크……?!"

확실하게 명중할 거라고 생각한 일격을 회피당한 데다가 오히려 틈까지 내주고 말았다.

'어째서?! 내가 신속제어를 시전하리라는 것까지, 읽은 건가……?'

불가능한 반응. 하지만 그렇게 생각할 수밖에 없었다.

그 즉시 싱글렌이 휘두른 일격은 《와이번》의 장벽을 가르고 저 멀리 뒤쪽으로 날려버렸다.

역으로 어깻죽지의 장갑이 깨져 나간 《와이번》의 출력이 저하되었다.

아슬아슬하게 장갑이 해제되지는 않았지만 룩스의 방어는 완벽하게 파괴되고 말았다.

"—한 번 더 말하마. 못써먹을 잔챙이 놈들을 지켜주겠다는 생각을 버려라. 네 힘을 쓸모없게 만들 뿐이다."

연민에 찬 눈으로 내려다보는 싱글렌을 향해 룩스는 말없이 블레이드를 겨눴다.

남은 시간은 십여 초. 마지막 승부에 도전할 수밖에 없었다.

"아하, 알았다. 너는 두려워하고 있는 것이로군? 자신이 일찍이 옳다고 믿으며 실천해온 행동이, 잘못된 것이었을지도 모른다는 현실을."

"……."

그 말을 들은 순간, 룩스의 머릿속이 급속도로 차가워졌다.

동시에 끓어오르는 듯한 뜨거운 충동이 치밀어올라 거기에 동조하는 듯 블레이드를 쳐들었다.

"하하하하하, 참으로 약해빠진 남자로구나. 예전의 너는 자신의 의지와 힘으로 행동하며 『민중을 위해서』 싸우기로 했다. 허나 그 선택은 부조리하게 실패하여 최악의 결말을 맞이하였지. 그래서 지금은 타인의 의뢰를— 그 소원을 직접 들어줌으로써 속죄하는 기분에 젖어 있다는 것이냐."

두근. 룩스의 심장이 예리한 통증과 함께 뛰었다.

어째서 이 남자는 그 아카디아 제국에서 있었던 일의 전말을— 모든 사정을 아는 것처럼 이야기하는 것인가?

그런 의문조차 멀리 치워버린 채 룩스의 감정이 고조되었다.

"하지만 말이다, 그것은 의뢰인— 저 학원이라는 곳에 있는 놈들에게도 아무 도움이 되지 않는 행동이다. 너는 자신의 열망을 주변 인물들을 돌봐주는 것으로 대신 해소하고 있는 것에 지나지 않아. 놈들은 네게 의지하고 응석을 부리며 네가 있는 전력이 보통이라고, 너를 이용해서 얻을 수 있는 성과가 당연하다고 생각하고 있다. 어떤가, 룩스여. 나를 따라와라. 너는 너의 진정한 능력과 가치를 활용할 수 있는 자리에 서야만 한다."

"—닥쳐!"

등날개에서 빛을 터뜨려 돌풍을 일으킨 룩스의 《와이번》이 날아올랐다.

이 반쯤 부서진 기룡으로는 삼대 오의를 쓸 수 없었다.

그럼에도 룩스는 스스로 움직여서 에너지를 주입한 블레이

© 2013 Ayumu Kasuga

드를 거세게 휘둘렀다.

"타인의 마음대로 이용당하는 삶을 스스로 원하는 거냐? 국가와 백성 모두에게 버림받고 자신의 대의마저 잃은 네가 생각할 법한 일이로구나."

싱글렌은 룩스의 모든 참격을 전진·유전으로 받아넘기고 끊임없이 피했다.

반격은 하지 않았다.

오로지 되풀이되는 공격을 쉬지 않고 피할 뿐이었다.

마치 룩스의 이명인 『무패의 최약』보다 탁월한 방어를 보여주려는 것처럼…….

그러나 룩스는 결코 공격을 멈추지 않았다.

싱글렌의 입을 막고자, 적어도 입을 열 여유를 주지 않고자 미친 듯이 검을 휘둘렀다.

고작 몇 초 사이에 수십 차례의 참격이 허공을 갈랐다.

"말귀를 못 알아듣는 남자로다. ―그렇다면 하는 수 없지. 이 자리에서 따끔한 맛을 보여주마."

그 와중에도 여유를 보이던 싱글렌은 전진·유전으로 회피, 동시에 기룡이 반전하는 기세를 블레이드에 실어 룩스의 등을 노리고 휘둘렀다.

"룩스?!"

시험을 끝마치고 관중석에서 지켜보고 있던 리샤가 소리쳤다.

하지만.

"《기룡포효》!"

"—음?"

공격에 실패해 틈을 보였던 룩스는 기룡의 머리에서 발생한 충격파를 지면을 향해 쏘아 그 반발력으로 등을 노린 싱글렌의 일격을 피했다.

당연히 눈앞에 없는 적에게 《하울링 로어》는 맞지 않았지만 처음으로 적의 계산을 어긋나게 할 수 있었다.

'지금이다, 이 순간이라면—!'

완벽하게 허를 찔렀다.

그렇게 확신한 룩스가 검을 회수하며 반격을 시도한 직후—.

"크크크……."

1초도 채 되지 않는 찰나의 시간에 싱글렌이 확실하게 비웃은 것처럼 보였다.

콰직! 룩스가 휘두른 《와이번》의 블레이드가 순식간에 박살 나며 눈앞에서 무수한 파편이 흩날렸다.

"블레이드로 막았어……?! 하지만, 어째서?!"

싱글렌의 대처는 전광석화처럼 기본 무장인 블레이드를 맞댄 것이 전부였다.

범용기룡 《와이번》이 무장에 주입할 수 있는 에너지 출력은 《드레이크》를 웃돈다.

따라서 방어한다 해도 이쪽이 밀릴 일은 없었다.

그런데— 어째서?

싱글렌을 보았더니 그의 장갑 주위에는 빛의 형상이 또다시 무수히 떠 있었다.

정신 조작에 의한 조율. 그것이 의미하는 바는, 다시 말해—.

"헉……?! 설마—."

"—전진(戰陣)·겁화(劫火)."

"—."

격렬한 빛을 머금은 싱글렌의 블레이드가 룩스를 덮쳤다.

반파된 블레이드, 그리고 자동으로 펼쳐진 장벽의 방어가 돌파당하며 장갑의 일부가 부서져 나갔다.

"으, 아……?!"

충격이 장의를 관통하는 것을 느끼며 한참을 밀려 나갔다.

장갑 팔로 지면을 붙잡아 가까스로 멈췄다.

간발의 차이로 전투 구역을 벗어나지는 않았다.

"이 위력은, 대체……!"

"……전진·겁화. 조율을 이용한 또 하나의 기술이다."

곤혹스러워하는 룩스를 보며 싱글렌은 말했다.

"조율……?! 이 공격은 설마, 무장에 주입하는 에너지 출력을—?!"

"그렇다. 평소에는 다른 곳에 쓰이는 환창기핵의 에너지를 차단해서 무장 쪽에 집중했지. 하지만 그만큼 다른 동작 기능이나 방어력이 떨어지니, 어설프게 사용하면 자폭이나 마찬가지다."

"크……?!"

어떻게든 저항하려고 대거를 들었지만 환창기핵에 충격을 받은 《와이번》은 제대로 움직이지 않았다.

코앞까지 달려들어 블레이드를 치켜든 싱글렌의 일격을 피할 수 없었다.

"『무패의 최약』, 네 이명도 오늘부로 끝이다. 상대가 나빴군."

싱글렌의 한마디와 함께 승패가 결정되려는 바로 그 순간—.

"—모의전 종료! 전투를 중단하고 즉시 장갑을 해제하라!"

날카로운 종소리와 함께 심판을 맡은 무관이 종료를 선언했다.

룩스의 장갑에 닿기 직전에 싱글렌의 블레이드가 멈췄다.

"크크크, 아깝구나. 정말 아까워. 참으로 유감스럽군. 단 1초만 더 있었어도 너를 끝장낼 수 있었을 텐데."

"……왜 공격을 멈춘 거지?"

룩스는 《와이번》의 장갑을 해제하면서 싸늘한 말투로 반문했다.

싱글렌의 실력이라면 종료가 선언되기 전에 얼마든지 검을 내리칠 수 있었을 것이다.

아니— 애초에 이 남자는 남은 시간을 완전히 파악하면서 싸우고 있었다.

장갑을 해제한 싱글렌은 천천히 걸어서 링 바깥으로 향하다가 도중에 멈춰 섰다.

"이기적인 녀석이로군. 어젯밤 내가 한 이야기는 못 들은 셈 치겠다고 한 주제에 말이지. 정말이지 멋대로 구는 잡부야."

고개만을 움직여 룩스를 돌아보고 특유의 웃음을 지으며 이어서 말했다.

"내게 같은 말을 몇 번이나 하게 할 셈이냐? 실력도 재능도 없는, 그저 네 강함에 매달릴 줄밖에 모르는 약자는 그만 지켜라. 그런 자세로는 넌 영원히 네 형 곁에 도달할 수 없다. 아니, 그 정도는 약과겠군. 언젠가 그 약자들에게 발목을 붙잡혀 무언가를 잃게 될 것이다."

"……."

룩스는 기공각검을 힘껏 움켜쥐었지만 시험이 끝난 이상 손댈 수는 없었다.

"그런 건—."

"이야기는 다음 기회에 들어야겠군. 여기에 있으면 다음 시험에 방해가 되니까 말이야. ……좋은 결과가 나오기를 기원하마, 미래의 동포여."

그렇게 딱 잘라 말한 싱글렌은 상대해줄 생각도 없다는 듯 등을 돌렸다.

그 모습을 말없이 지켜본 후, 룩스도 물러서기로 했다.

푸른 폭군.

『칠용기성』 중에서도 손꼽히는 실력자와의 접촉은 그것으로 한 차례 막을 내렸다.

†

"후우……."

그 뒤로 의무실에서 진료를 받은 후, 숙소로 돌아간 룩스는 사복으로 갈아입고서 휴식을 취하고 있었다.

간소한 가구가 놓인 살풍경한 방.

하나만 있는 테이블 앞에 앉아 조용히 휴식 시간을 가졌다.

그 실전 형식의 시험을 끝으로 계층 승격 시험은 종료되었다.

싱글렌이 난입한 탓에 결과는 무승부가 되었지만, 버즈하임에게는 이겼으니 시험 자체의 합격 여부는 아직 알 수 없었다.

장외로 날아간 녹트도 특별히 다치진 않은 것 같았다.

같은 범용기룡으로 붙어서 패배 직전까지 몰렸다는 점은 신경 쓰이지 않았다.

하지만— 마음이 어수선했다.

싸우는 도중에 싱글렌이 꺼낸 말이 도발이라는 사실은 알고 있었다.

그런데도 무슨 이유에서인지 진작 떨쳐버렸을 과거의 광경이 룩스의 뇌리 속에서 되살아났다.

'나는 왜— 5년이나 날품팔이 생활을 계속해온 걸까?'

룩스를 배신한, 어쩌면 처음부터 그를 속여서 혁명 계획을 무너뜨린 후길의 행방을 쫓기 위해서…….

그리고 자신의 책임에서 시작된 국가의 상황을 둘러보는 것 외에 룩스가 선택할 수 있는 길은 없었으니까.

하지만 룩스는 리샤를 비롯한 소녀들과 만나 신왕국의 주춧돌이 될 그녀들의 힘이 되어주고 싶다고 생각했다.

자신이 시작한 싸움이 끝난 지금, 그것이 현재 자신의 소망이라고…….

"그런데, 어째서—. ……어라?"

멍하니 중얼거리던 룩스는 문득 방 밖에서 기척을 느꼈다.

의아하게 생각하여 귀를 기울여보니 문 너머에서 작은 목소리가 들려왔다.

"그나저나 난감하군. 나는 남을 위로하거나 격려해주는 건 영 취약이니까……."

어딘가 안타까움이 섞인 목소리의 주인이 리샤임을 알아차렸다.

하지만 이상하게도 노크를 하지 않았다.

조용히 문을 열어보니 방을 등진 채 우물쭈물하는 리샤가 보였다.

"어떻게 해야 룩스에게 기운을 불어넣을 수 있을까? 그, 손이라도 잡아주는 게……."

"거기서 뭐 하고 계세요? 리샤 님."

"—헉?! 우와아아악……?!"

룩스가 말을 걸자 리샤가 허둥지둥 돌아섰다.

그녀는 새빨갛게 달아오른 얼굴로 당황해서 룩스를 바라보았다.

"가, 갑자기 놀라게 하지 말란 말이다?! 나는 그게— 네 상태가, 좀 마음에 걸려서…… 말이다."

"일단 방으로 들어와서 이야기하실래요?"

룩스는 쓴웃음을 지으면서 빨갛게 익은 얼굴로 머뭇거리는 리샤를 방으로 초대했다.

"식당에서 차를 준비해 올 테니까, 잠시만 기다리고 계세요."

"그, 그럴 것 없다. 나는 딱히, 네게 뭔가를 시키려고 온 것도 아니니까……."

침대 위에 나란히 걸터앉자 리샤가 불쑥 말을 꺼냈다.

그녀는 다소 긴장한 표정으로 살며시 눈을 흡뜨며 룩스를 바라보았다.

"왜 그러세요?"

"……아니, 의외로 크게 낙심한 것 같진 않다고 생각했을 뿐이다. 그, 조금 전의 시합을, 마음에 담아두고 있을 거라고 생각했다만……."

"조금 전 시합이요……?"

"그래. 시합 상 승패가 확실히 갈리진 않았지만, 네가 그렇게까지 몰리는 모습은 처음 봤으니까……."

"아……."

룩스는 그 한마디로 리샤의 의도를 겨우 알아차렸다.

싱글렌 앞에서 속수무책으로 당한 자신을 걱정해서 이곳에 와줬다는 것을…….

"죄송합니다. 저는 리샤 님의 기사인데, 그런 흉한 모습을 보여드리다니……."

룩스가 면목 없다는 듯 씁쓸하게 웃자 리샤는 황급히 고개를 가로저었다.

"그, 그렇지 않아! 네 강함은 다른 누구도 아닌 내가 제일 잘 알고 있으니까. 아무튼 그 이야기가 아니고……."

재차 말꼬리를 흐린 리샤는 시선을 옆으로 돌리면서 나지막하게 말했다.

"네게는 항상 도움을 받으니까, 나도 그렇게 해주고 싶었을 뿐이다. 그, 어떻게 해야 네게 기운을 북돋워줄 수 있을지 생각하면서, 여기서 우왕좌왕하다가 발견당했지만……."

부끄러운 것처럼 고개를 숙이는 리샤를 보자 룩스는 갑자기 가슴 안쪽이 따뜻해졌다.

"감사합니다……. 리샤 님의 얼굴을 본 것만으로도, 무척 기운이 나는걸요?"

룩스는 웃으면서 그렇게 말하고 옆에 있는 리샤의 손을 붙잡았다.

"헛……?!"

룩스가 바로 앞에서 감사의 마음을 전하자 리샤의 얼굴이 잘 익은 토마토처럼 빨개졌다.

"리샤 님은 늘 밝고 긍정적이고 노력가이시니까, 보고만 있어도 힘이 샘솟아요. 그러니까— 이렇게 와주신 것만으로도 저는 기쁩니다."

"으, 아우……."

신음을 흘리며 귀까지 새빨갛게 변한 리샤가 멍한 표정으로 흐느적거렸다.

몸에서 힘이 빠져나간 것이 룩스가 쥐고 있는 손을 통해 느껴졌다.

"리샤 님? 왜 그러세요?"

"아, 아니, 아무것도 아니다. 그보다 저기— 그, 그렇다면 좀 더 기운을 주는 주문 같은 것을 좀, 걸어줘도 괜찮겠느냐?"

"네……?"

"자, 잠시만 눈을 감아다오. 그러면 분명, 할 수 있으니……."

"알겠, 습니다."

어딘가 이상하다고 생각하면서도 룩스는 순순히 눈을 감았다.

무엇을 하려고 그러는 걸까? 머릿속으로 생각한 직후…….

말캉— 룩스의 두 팔에 부드러운 무언가가 닿았다.

"윽……?!"

그 감촉에 놀라 무심결에 눈을 뜬 순간, 생각지도 못한 광경이 눈에 파고들었다.

"—."

리샤가 눈을 꽉 감은 채, 입술을 수줍게 삐죽 내밀고서 룩스 쪽으로 몸을 향하고 있었다.

그대로 룩스에게 얼굴을 가져다 대려고 한 탓에 두 팔에 가슴이 닿은 것이다.

자그마한 체구에 비해서 큰 편인 리샤의 가슴.

그 달콤한 부드러움과 탄력에 룩스는 가슴이 크게 뛰는 것을 느끼며 다급하게 물어보았다.

"왜, 왜 그러세요? 리샤 님."

"……헉?! 우와앗?! 뭐, 뭘 하는 거냐?! 눈을 뜨지 말라고—."

"죄, 죄송합니다. 하, 하지만 그, 가슴이 닿아서—."

"으, 아……."

룩스가 지적해서 눈치챘는지 리샤는 얼굴에서 불을 뿜으며 후퇴했다.

"무, 무슨 생각을 하는 거냐, 이 밝힘증 환자가?! 조, 조금만 더 하면, 네 볼에, 키스를—."

"네……?"

"아, 아무것도 아니다?! 그, 그보다 뭐냐, 달리 뭔가 해줬으면 하는 것이 있느냐?!"

뭔가를 덮으려는 것처럼 급하게 말하는 리샤를 보고 잠시 생각해보았다.

짤막하게 몇 초가량 망설인 다음, 룩스는 뜻을 굳히고서 물어보았다.

"그럼, 조금만이라도 알려주셨으면 합니다. 싱글렌이 사용하던, 장갑기룡의 조율에 관해서—."

†

"다녀왔어, 룩스 군. 오늘 시합, 고생 많았어."

리샤에게서 조율의 상세한 정보를 듣고 헤어진 후, 코랄이 방으로 돌아왔다.

© 2013 Ayumu Kasuga

중성적인 이목구비를 지닌 소년의 얼굴이 생각에 잠겨 있던 룩스의 의식을 현실로 되돌렸다.

룩스가 대답다운 대답을 하지 않자 코랄은 그 옆에 앉으며 물어보았다.

"웬일로 멍해 보이네. 시험 결과가 걱정돼?"

"그런 건, 아니지만……."

장갑기룡에 관한 것은 리샤와 이야기를 나누며 얼추 답을 정리했다.

다만 이번 시험에서 트라이어드가 버즈하임 일당의 방해를 받는 통에 평가가 낮아진 것이 고민이었다.

코랄은 그런 룩스를 의미심장한 표정으로 바라보다가 이윽고 나지막하게 입을 열었다.

"……저기, 룩스 군. 지금부터 놀러 나가지 않을래?"

"엥……?"

느닷없는 코랄의 제안에 룩스는 당황했다.

"지금부터라니……. 이미 밤인 데다가 외출은 금지되어 있는 게—."

룩스는 이 소년에게 우호적이면서 어딘가 진지한 인상을 느꼈지만, 지금의 코랄은 어쩐지 어린아이처럼 장난기가 느껴지는 미소를 떠올리고 있었다.

"아니, 『불필요한 외출』은 안 된다고 들었을 뿐이야. 그치만 이런 시간에 빠져나가는 게 쉬운 건 아니니까, 준비 좀 해 올게."

반대를 허락하지 않는 웃음을 보이며 그렇게 말하고서 코랄은 바쁘게 뛰어나갔다.

잘못 들은 게 아닌지 난처해하는 룩스를 제쳐두고, 바로 그 기회는 찾아왔다.

†

"—그래서, 왜 나까지 너희랑 같이 나가야만 하는 거냐?"

수십 분 뒤. 유적 도시 시가지의 작은 술집에서 그라이퍼가 인상을 팍 찌푸리고 물어보았다.

세월이 느껴지는 어둑어둑한 목조 술집 안에는 하루를 끝마친 남자들이 발 디딜 틈 없이 북적대고 있었다.

룩스는 다른 나라의 술집에 처음 와봤지만 기본적인 분위기는 다르지 않았다.

다만 주변에 보이는 남자들의 상처와 문신에서는 그야말로 무법자의 냄새가 풍겼다.

"그야 그라이퍼가 노는 것 하나는 잘하잖아. 만에 하나 무슨 문제가 일어나더라도 『칠용기성』이니까 죄도 가벼워질 것 같고."

"……돌아가도 되냐? 아니, 나 진짜 갈 거다?"

벌떡 일어나 가려고 하는 그라이퍼의 손을 재빨리 누르며 코랄이 미소를 지었다.

"조금만 더 있어도 되잖아? 지난번 일도 밀미에트 님께는 입도 뻥긋 안 했는데.”

“하이고, 어째서 이런 놈이 내 보좌관이 된 거냐고. 마스터, 여기 술. 웬만하면 센 놈으로 갖다 줘.”

한숨을 내쉬며 그라이퍼가 다시 앉자 코랄이 룩스의 술을 주문했다.

막연한 상상이었지만, 두 사람의 분위기를 보면 이렇게 술집에 자주 오는 것 같다는 기분이 들었다.

“……그보다 우리, 여기에 있어도 돼? 들키면 위험한 거 아냐?”

눈앞에 서빙 된 에일 맥주를 두고 룩스가 어색하게 웃으며 머뭇거리자—.

“괜찮다니까. 여긴 안면 없는 손님은 받지 않는 숨겨진 명소 같은 곳이거든. 자자, 한 모금이라도 마셔봐.”

코랄이 재촉하는 통에 룩스는 맥주잔을 기울였다.

약간 씁쓸했다.

빵을 액체로 만든 듯한 독특한 풍미와 향기가 코를 통과하고, 목 안쪽에서 열기가 솟아올랐다.

술은 어렸을 때부터 연회석에서 접하긴 했지만 학원에 온 뒤로는 거의 마실 기회가 없었다.

부실한 편이었던 숙소의 저녁 식사는 이미 뱃속에서 빠져나갔는지 잔이 바닥을 보이기도 전에 순식간에 취기가 돌았다.

“야, 그라이퍼. 빨리 물어보라니까.”

“……당최 뭔 소린지 모르겠다만? 뭘 물어보라는 거야?”

코랄의 요구에 그라이퍼는 의아한 얼굴로 되물었다.

"룩스 군이 고민이 좀 있는 것 같거든. 알겠지?"

"직접 물어봐! 그걸 굳이 나를 거쳐서 물어볼 필요가 있냐?!"

"그라이퍼도 참 매정하네. 지난번에 룩스 군에게 졌다고 튕기다니, 남자답지 않은걸?"

"……."

진심으로 싫다는 표정으로 입을 다문 그라이퍼를 보고 룩스는 쓴웃음을 짓고 말았다.

이렇게 또래 남자들이 거리낌 없이 대화하는 모습은 신선했다.

결국 말하려 하지 않는 그라이퍼를 보고 코랄은 약간 마음상한 표정으로 안주로 나온 치즈를 입에 넣었다.

"하아, 알았다구……. 그러면 룩스 군, 내가 다시 한 번 말할게. —오늘은 고마웠어."

"……엑?"

코랄이 불쑥 그런 말을 꺼냈다.

의도를 파악하지 못한 룩스가 당황하자, 옆쪽 의자에 앉아 몸을 쭉 내밀듯 그 귀여운 얼굴을 가까이 가져왔다.

중성적인 소년의 얼굴이 취기 탓에 약간 상기돼 있어서 한순간 가슴이 두근거렸다.

"버즈하임 말이야. 미안해, 몇 번이나 너희를 방해하게 놔둬서. 그리고 기분 나쁘게 해서. 그래 봬도 그 녀석은 반하임 공국 높으신 분의 아들이거든. 그래서 우리도 함부로 손을 못대고 있었어."

코랄은 조금 전까지의 미소를 지우고 울적한 표정으로 중얼거렸다.

그 모습을 본 룩스는 쓴웃음을 지으면서 말했다.

"신경 안 써. 구제국이 타국에 해온 일은 나도 들었고, 그렇게 패인 골은 금방 사라지는 게 아니니까."

"그렇게 말해주니 마음이 좀 편안하지만— 역시, 관계없는 일에 원한을 끌어들이는 건 안 좋은 행동이라고 생각해. 그렇지? 그라이퍼."

"이봐, 코랄. ……너는 날 괴롭히려고 이곳에 끌고 왔냐?"

코랄이 장난스럽게 웃자 그라이퍼가 혀를 찼다.

예전에는 방약무인한 그라이퍼를 고지식한 코랄이 지탱하고 있다는 인상을 받았지만, 아무래도 이 두 사람은 이런 관계로 균형을 유지하는 것 같았다.

"그게, 만약 과거 문제로 고민하는 거라면 그라이퍼에게 물어보는 게 좋을 것 같다는 기분이 들었거든. 그도 지금은 『칠용기성』이 되었지만 옛날에는 여러모로 힘들었으니까."

"힘들었다니……?"

룩스가 흥미를 느끼고 물어보자 그라이퍼는 작게 탄식했다.

"그럼, 나는 잠시 자리를 비켜줄 테니까 둘이서 사이좋게 얘기해봐."

코랄은 룩스와 그라이퍼에게 손을 흔들고 그대로 술집에서 나가 밤거리로 사라졌다.

"……."

몇 초의 침묵.

두 사람 사이에서 흐르기 시작한 서먹서먹한 분위기에 룩스는 뭔가 말을 꺼내려고 했지만—.

"미리 말해두겠다만, 나는 딱히 할 얘기 없다. 타국 녀석들이랑 친해질 생각도 없고 말이지."

쌀쌀맞은 거부 의사가 돌아와 룩스는 고개를 숙였다.

'난 역시 미움받고 있는 걸까…….'

내심 울적해 하면서 조용히 맥주잔을 기울였다.

더욱 취기가 심해져서 멍하니 있는데 수염이 텁수룩한 마스터가 카운터에서 말을 건넸다.

"이봐 형씨. 안주라도 좀 시키지그래? 술만 마시면 금방 취한다고."

"어, 그럼, 뭔가 추천할 만한 건—."

"이건 어때? 속이 아주 든든해질걸?"

마스터는 히죽 웃으면서 손가락으로 한 메뉴를 가리켰다.

"그럼, 그걸로 부탁— 어어?"

룩스가 추천 메뉴를 주문하려는 순간, 그라이퍼의 팔이 그의 눈앞을 휙 가로질렀다.

지금까지 고개를 돌린 채 무시하던 소년의 움직임에 룩스는 깜짝 놀라 굳어버렸다.

"마스터, 방금 주문은 캔슬. 대신에 내가 늘 먹는 거나 내줘."

"뭐?! 어이! 주문은 이 형씨에게 물어봤는데—."

"아, 저는 그거면 됐어요!"

싸움이 일어날 것 같아서 그라이퍼의 말을 따르기로 했다.

마스터는 못마땅해 하며 고집을 꺾고 주문을 변경해주었다.

"저기, 방금 내가 시키려고 한 요리에 문제라도 있어?"

"너, 생긴 거랑 다르게 많이 먹는 타입이냐?"

룩스가 묻자 그라이퍼는 시선을 돌린 채 무뚝뚝하게 대답했다.

"아니, 그런 건 아닌데……."

"그럼 포기하라고. 그 요리는 비계가 많은 통구이다. 향신료도 엄청 들어가지. 시험을 끝내고 지친 몸으로 먹을 만한 음식이 아니라고. 저 마스터는 돈밖에 모르니까 비싼 메뉴를 주문하게 하려고 했을 뿐이야."

"……그, 그렇구나."

그럭저럭 대화를 주고받는 사이에 그라이퍼가 주문한 요리가 나왔다.

빵과 채소를 뭉근하게 끓인 걸쭉한 수프였다.

"아, 맛있다. 입맛에 딱 맞는걸—."

소박한 수프의 맛은 피곤한 몸을 부드럽게 달래주었다.

'설마, 나를 배려해준 건가?'

태도는 여전히 무뚝뚝했으나 역시 남을 잘 돌보는 소년인 것 같았다.

전용전 때는 몰랐지만 성격도 제법 재미있어 보였다.

"그럼, 나는 질펀하게 즐겨봐야겠구만. 이봐 아저씨, 술 좀 더 가져와. 센 놈으로."

"엑?! 너무 과음하면 안 된다고?! 우린 아직 성인도 아니잖아—!"

"어엉? 알 게 뭐람. 그건 그것대로, 완전히 고주망태가 되어서 어떻게 자기 방까지 돌아가는가— 하는 도전으로 보면 된다고."

"……그거, 도전이라기보다는 그냥 무모한 행동 아냐?"

"뭐어— 부정은 안 하겠다만, 그게 내 천성인 걸 어쩌겠냐."

그라이퍼는 취기에 젖은 눈을 허공으로 돌리며 작은 탄식을 흘렸다.

"나는 원래 귀족 도련님이었지만 무관인 아버지가 구제국에게 붙잡혔을 때— 공국의 배신자라고 고발당했다. 그걸 반하임 공국군의 상관들도 곧이곧대로 받아들였고, 우리 가문은 몰락해서 가족들은 모조리 흩어지고 말았어. 나도 코흘리개 시절부터 뒷골목을 전전했지. 돈을 벌 때든, 밥을 먹을 때든 무모함이 몸에 배어 있지 않으면 살아갈 수 없는 환경이었다고."

"—."

"장갑기룡도 똑같아. 처음에는 적성이고 재능이고 없다는 소릴 들었다만 하루가 멀다고 정신을 잃든, 피를 한 바가지 토하든 악착같이 사용했지. 그랬는데 어느 시점부터 갑자기 제대로 사용할 수 있게 돼서 우리 공주님 눈에 들게 되었다 이

거야."

그의 모토인『무모한 도전』은 늘 도박을 하는 것처럼 무모하게 행동하지 않으면 살아남을 수 없다는 의미인 듯했다.

그 원인이 구제국에 있다는 것에 룩스는 복잡한 기분이 들었다.

"뭐, 네게 직접적인 원한은 없다만, 아버지 문제는 내 안에서 응어리로 남아 있어. 하다못해 한 번은, 결판을 내고 싶었던 걸지도 모르겠군."

"결판……?"

룩스가 앵무새처럼 말을 반복하자 그라이퍼는 문득 해학을 담은 미소를 지어 보였다.

"……그래. 뭐가 됐든 어중간한 상태로는 끝낼 수 없었거든. 실패하든 성공하든— 지금까지의 내 기분과 생각을 정리하고 싶었어. 틀림없이 그저 그것만이, 내가 원하는 전부였을 거야."

"……."

"뭐, 그것도 실패해버렸지만, 일단 납득은 하고 있다고. 여튼— 다음에 네게 도전할 땐 확실히 이길 수 있는 실력을 갖춰놓을 거다."

씨익, 당당하게 웃으면서 그라이퍼는 그렇게 중얼거렸다.

룩스는 곤란한 듯 쓴웃음을 짓긴 했지만 나쁜 기분은 들지 않았다.

'자신의 소망과 생각에 대한 결판, 인가……'

연한 램프 빛에 감싸인, 어쩐지 현실미가 느껴지지 않는 밤의 떠들썩함.

옆자리의 그라이퍼가 털어놓은 속내가 가슴속에 스며들었다.

†

—같은 시간.

유적 도시의 시가지에 있는 다른 술집에서 신왕국군의 기룡사들은 홧술을 들이키고 있었다.

"……나 참, 성적 한번 지독하군. 이래서 낯선 외국에서는 시험 따위 치르고 싶지 않았다고."

"내 말이. 게다가 학원 아가씨들도 꽤 분발했으니까. 만약 그녀들만 승격되면 우리는 아주 좋은 웃음거리가 될 거야."

넓지 않은 술집 구석에 있는 건 몇 명의 남자들.

이번 시험에 동행한 군 소속 남자 무관— 그중 몇 명인 그들은 신통치 않은 승격 시험 결과에 실망해서 푸념하며 울분을 풀고 있었다.

그 안에는 예전에 연습에서 세리스에게 깨지고, 그 원한을 해소하기 위해 학원에 시비를 걸러 온 귀족 무관들도 포함돼 있었다.

"애초에 기룡 적성이 낮은 우리는 훈련 시간도 제한되어 있으니까 말이지. 어떻게 해도 불리할 수밖에 없다고. 아아—

졌다, 졌어."

한 남자가 술잔을 단숨에 비우고 요란하게 한숨을 쉬었다.

그들 주위에는 퇴폐적이고 해이한 분위기가 가득했다.

그 광경을 조용히 바라보면서, 이번에 인솔자를 맡은 딜루이는 술을 마시고 있었다.

"……."

본디 고지식한 성격의 그라면 말릴 만한 밤놀이였지만 청년은 굳이 끼어들었다.

어딘가 공허한 색이 감도는 그 눈동자에는 승격 시험을 제대로 치르지 못했다는 실망도, 이 타락한 무관 패거리에 대한 모멸도 떠 있지 않았다.

그저 술이 남아 있는 잔을 붙잡은 오른손 손목.

그곳에 남은 깊은 흉터에 자꾸만 시선이 고정되었다.

구제국 내에서도 타고난 강자로 이름을 떨쳤고 한때는 특급계층까지 넘보는 실력을 자랑하던 딜루이의 팔은, 어떤 사고로 인한 부상 탓에 제대로 움직일 수 없게 되었다.

"뜻대로 되지 않는군……."

딜루이는 기사 가문에서 태어났지만 검의 재능만을 보면 평범했다.

비록 체격과 체력은 타고나지 못했으나 그는 세상에 모습을 보이기 시작한 장갑기룡의 힘을 얻고 기사로서의 왕도를 거침없이 달려 나갔다.

블래큰드 왕국, 그 땅에서 이 상처를 입기 전까지는—.

그리고 때때로 이 상처가 쑤실 때면 그것을 잊고자 이렇게 술에 의지했다.

"……대장님, 딜루이 대장님?"

"응, 아아……. 계산인가?"

그에게 말을 건 사람은 이제 막 군 학교를 졸업한 젊은 무관이었다.

"아뇨, 그냥 잡담이나 하려고요. 이 나라— 아니, 최근에는 많은 나라에서 소문이 도는 것 같던데, 대장님은 알고 계십니까?『엘릭시르』라 불리는 유적에서 발견된 비약이요."

"—미안하지만 약학 쪽은 잘 몰라서 말이지. 유적에도 한동안 다가가지 않았고."

"저도 몰랐습니다만, 놀랍게도 기룡 적성이 올라가는 약이라고 하는군요."

"……그래? 그건 흥미로운걸. 꼭 한번 보고 싶어졌어."

탄식을 숨기지 못하고 딜루이는 건성으로 대답했다.

그런 수상쩍은『비약』부류의 이야기는 유적과 장갑기룡이 발견된 이래로 셀 수 없이 들어보았다.

실력 부족을 기룡 적성이 낮은 탓으로 돌리는 남자 무관들이 좋아할 법한 화제였지만, 딜루이는 도통 어울릴 수 없었다.

"그렇죠? 만약 유적에서 발굴되었다는 비약이 진짜라면 제발 좀 나눠받고 싶은 심정입니다. 그러고 보니 이 근처 뒷골목에서 그걸 파는 녀석을 본 사람이 있다고 하더군요."

"……묘하군. 미천한 것들이 그리 쉽게 얻을 수 있는 물건이 아닐 텐데."

"대장님, 왜 그러십니까?"

갑자기 딜루이의 기척이 험악해진 것을 깨닫고 신병 젊은이는 살짝 취기가 가셨다.

"아니, 아무것도 아니다. 급한 일이 생각나서 먼저 가봐야겠어. 여기 계산은 내가 하지. 오늘 밤은 느긋하게들 즐겨라."

그리고 딜루이는 대답도 기다리지 않고 술집에서 나갔다.

그대로 곧장 뒷골목으로 들어가자 어둑한 곳에 사람 그림자가 있었다.

"그래서— 우리에게 무슨 용건인가?"

딜루이는 조용하게 미소 지으며 허리춤의 기공각검에 손을 걸쳤다.

이렇게 좁고 막다른 골목에서 장갑기룡을 소환하기는 극도로 어려웠다.

그래서 딜루이는 앞에 서 있는 로브 차림의 사내를 경계하면서 견제하듯 말을 걸었다.

"신왕국에서도 소문은 들었다. 『용비적』— 최근에 드러난 전쟁에 미친 기룡사들이 각지에서 암약하고 있다더군. 너도 혹시 그 부류인가?"

"……."

딜루이가 질문했지만 로브 사내는 꿈쩍도 하지 않았다.

그 입가에는 그저 조용한 미소만이 떠올라 있었다.

"넌 이 가게에 들어오기 전부터 우리를 미행하고 있었지?

뭐가 목적인지는 모르겠다만, 끝까지 대답하지 않겠다면— 붙잡을 수밖에 없겠군."

딜루이는 문답 무용으로 기공각검을 빼 들었다.

그리고 번개처럼 달려들어 검을 내찌르고자 발가락에 힘을 준 순간—.

"관두시지, 그 다친 오른팔로 검을 휘두를 셈이냐?"

허를 찌르는 말에 딜루이가 굳은 순간, 남자의 모습이 눈앞에서 사라졌다.

"윽……?!"

눈앞의 골목은 완전히 막힌 데다가 숨을 수 있을 만한 그림자조차 없는데도…….

"—움직이지 마라. 그리고 시시한 연기는 그만둬라. 네 몸을 지키기 위한 연기일 테지만."

온화한 목소리는 딜루이의 배후, 귓가에서 들려왔다.

뽑아 든 검을 들어 올린 채, 딜루이는 움직이지 못하고 굳어버렸다.

"……."

그 딜루이의 등 뒤에서 로브 차림 사내의 숨소리가 들려왔다.

"—좋은 기공각검이로군. 손질이 잘 되어 있어. 네가 오른팔의 자유를 잃은지 몇 년이 지났지만 그 장갑기룡에 얼마나 마음을 기울였는지 알겠다. 하지만 지금 너는 절망에 가득 차 있다. 패배하고, 잃었다. 그럼에도 희망을 버리지 못하고 발버둥치고 있어. 자신의 긍지를 팔아넘겨서라도—."

"……무슨 말을, 하는 거지?"

남자에게 등을 내준 채, 딜루이는 간신히 그것만을 대답했다.

"크크크, 허세는 집어치워라. 녀석들보다 먼저 네 소망을 이루어주마. 지금의 너를 구해줄 수 있는 건, 신장기룡 같은 것이 아니다. 네가 예전에 지녔던 힘. 그것을 되찾을 수 있는 유일한 수단을 내가 선사해주마."

달콤한, 두개골에 직접 스며드는 것 같은 목소리.

현실과 꿈의 경계가 녹아 섞이고 텅 비어버린 순간, 로브 사내가 나이프를 뽑았다.

"뭐, 냐— 그건?"

기묘한 나이프였다.

흔하디흔한 형상이었지만 칼자루는 끝없이 덧칠한 듯한 칠흑.

그리고 도신에 떠오른 불가사의한 파문은 일곱 색의 기묘한 빛을 방출하고 있었다.

언뜻 보고 기공각검의 일종이라고 생각했지만 뭔가가 달랐다.

"이게 뭔지 궁금한가? 이건 말이다— 오래 전 분쟁의 씨앗이다."

"……뭐?"

"먼 옛날— 아니 우리에게는 한순간과도 같은 시간이지만, 사람은 사람을 몇 가지 종족으로 나누었다."

허공을 응시하면서 로브 사내는 담담하게 중얼거렸다.

"그러던 중 세계를 통치할 힘을 얻은 권력자 일족은 사람을 초월할 수 있는 비약을 만들었고, 그 일부를 이식하는 행위를 『세례』라고 불렀다. 『세례』를 받은 자는 인간 본연의 숨겨진 능력을 얻어 높은 곳으로 올라갔고, 지배자로 군림했지.”

“…….”

“그러나 억압당하던 자들은 마침내 불합리한 지배가 존재하지 않는 세계를 바라게 되어 긴 세월에 걸친 전쟁이 시작되었다. ―그것이 모든 것의 시초다. 이 무한하게 이어지는 지옥과도 같은 연환 세계의.”

“무슨 소리를 하는 거냐―? 너는, 도대체…….”

“안심해라. 네 소망은 이루어질 것이다…… 라는 이야기다.”

써걱.

딜루이의 오른쪽 손목에 날카로운 통증이 지나가고 열기가 분출되었다.

로브 사내의 나이프가 일곱 색의 기묘한 빛을 방출하며 딜루이의 피를 빨아들였다.

“으― 그아아아악?!”

뇌가 불타는 것 같았다.

격통과 동시에 일어난 전신의 피가 한꺼번에 끓어오르는 감각에 딜루이는 신음했다.

숨조차 쉴 수 없는, 영원처럼 느껴지는 몇 초가 지나갔을 때 손목의 통증은 사라져 있었다.

“―또 보자고, 영웅을 바란 패배자여. 네게는 아직, 그 자격이 있으니까 말이다.”

딜루이가 이성을 되찾았을 때 로브 사내는 사라지고 없었다.

구름 사이로 엿보이는 창백한 달빛이 뒷골목을 조용히 비추었다.

선혈에 젖은 돌바닥과 일곱 색의 빛을 발하는 나이프만이 그저 거기에 남아 있었다.

†

"하아……."

계층 승격 시험이 종료된 뒤, 아이리는 트라이어드 멤버와 함께 목욕을 마치고 그녀에게 배정된 방에서 홀로 천장을 올려다보고 있었다.

한 차례 파란이 일었던 시험에서도 다들 무사하긴 했다. 하지만 샤리스와 티르파는 버즈하임에게 방해받았고, 게다가 녹트까지 싱글렌에게 당하고 말았다.

세 사람 모두 꿋꿋하게 행동하고 있었지만 어딘가 낙심한 기색은 숨기지 못했다.

그 사실을 알고 있음에도 그녀들을 위로해줄 수 없는 자신 또한 싫었다.

"그녀들의 힘이 되어주고 싶어요. 하지만……."

지금은 아이리 본인에게도 여유가 없었다.

유적 최심부에서 가져온 고문서의 일부.

구제국과 유적에 존재했을 거라고 여겨지는 『창조주』라 불리는 인종. 그들과의 연결 고리를 보여주는 그 증거가 알려지지 않도록, 친구인 녹트에게조차 거리를 두고 대하고 있었다.

그러나 언젠가 사람들의 눈에 띄게 된다면 아이리는 어떻게 대처해야 할까.

아무리 생각해도 대답은 나오지 않았다.

"오빠, 우리는……."

몇 번째인지 모를 한숨을 흘렸을 때 똑똑, 문을 두드리는 소리가 들렸다.

"……아, 어서 와요— 녹트."

물론 고문서를 숨기는 것은 잊지 않았다.

하지만 급하게 숨기는 것에 정신이 팔려 누구인지 제대로 확인해보지도 않고 문을 열어버렸다.

"윽……?!"

너무나도 뜻밖의 인물이었기에 아이리는 목소리가 나오지 않았다.

몇 시간 전, 계층 승격 시험에서 오빠인 룩스를 몰아붙인 상대—『푸른 폭군』 싱글렌 쉘불릿이 문 앞에 서 있었다.

소매가 긴 푸른 외투— 장개라는 이름의 플레이트가 부착된 장의를 입고, 후드 밑에서 입만으로 웃는 기묘한 미소를 짓고 있었다.

"왜, 왜 당신이……?!"

"좋은 밤이다, 레이디. 네게 하고 싶은 얘기가 좀 있는데— 괜찮은가?"

담담하게 꺼낸 말을 듣고 아이리는 당황한 모습으로 후퇴하고 말았다.

“괘, 괜찮을 리가 없잖아요?! 당신은 대체 이곳을 어디라고 생각하는 겁니까!”

얼어붙은 사고와 굳어버린 표정으로는 그렇게 대답하는 정도가 고작이었다.

“소리를 치면 쓰나. 예의범절을 모르는 아가씨로군. 그 오라비에 그 동생, 이라고나 할까. 이거야 원.”

하지만 싱글렌은 나쁜 뜻은 전혀 없는 표정으로 어깨를 으쓱 추켜올렸다.

“실례하겠습니다만, 싱글렌 경이야말로 사려가 부족하시군요! 이곳은 여성 전용 숙소입니다. 이렇게 밤늦은 시간에 대체 무슨 일이시죠?”

아이리는 일부러 필요 이상으로 크게 화를 내고 있었다.

이 『푸른 폭군』의 페이스에 말려들지 않도록 자기 자신을 고무하기 위해서 그렇게 하고 있었다.

“시험에서 상대한 네 오라비가 무사한지 걱정돼서 말이지. 몸 상태를 물어보려고 왔을 뿐이니 고맙게 생각해라.”

“그런데 왜 동생인 제 쪽으로 오신 거죠……? ―잠깐, 멋대로 들어오지 마세요!”

“군 숙소답게 살풍경하군. 차별이 없는 것은 좋아.”

성큼성큼 안으로 들어온 싱글렌은 의자에 털썩 앉았다.

아이리는 곤혹스러워하면서도 그를 쫓아가 책상 앞에 섰다.

“……사람을 부르겠어요.”

"거짓말이 서투르구나, 전 왕녀. 불러서 곤란한 건 네가 아닌가?"

"—."

아주 잠깐 아이리의 표정이 얼어붙는 것을 싱글렌은 놓치지 않았다.

"사람은 궁지에 내몰리면 가장 지키고 싶은 것 앞을 막아서지. 네 또래의 아녀자들은 말이다, 대개 침대나 옷장 앞으로 가기 마련이다. 그것들이 전부 코앞에 있는데 뭐하러 가장 안쪽에 있는 책상 앞으로 가나?"

"……."

정곡을 찔렸다.

동요가 겉으로 드러나지 않게 평정을 가장하는 것이, 지금 아이리가 할 수 있는 최대한의 노력이었다.

책상 서랍에 깔린 판 사이에는 아이리가 늘 몸에 지니고 다니는 문제의 고문서 일부가 일기 커버 안에 숨겨져 있었으니까.

"네 소문은 들었다, 죄인인 전 왕녀여. 놀랍게도 몇 번 안 되는 유적 조사에 어떻게든 구실을 붙여서 동행한 것 같더군. 장갑기룡도 다루지 못해서 걸림돌인 인간이, 어째서 그런 짓을 하는 거지?"

……어째서 거기까지 알고 있는 건가요?

그 한마디를 아이리는 입 밖으로 꺼내지 못했다.

언급하는 순간, 더욱 집요하게 파고들 거라는 기분이 들었다.

"너도 그 구제국의 생존자라고 들었다만, 그 밖에도 비밀이 있는 것 같군."

아이리가 막아선 책상 앞으로 싱글렌이 다가왔다.

반사적으로 몸이 굳은 순간, 그의 다리가 딱 멈췄다.

"본론으로 들어갈까. 나는 충고하러 왔다. 『용비적』이라는 무리들 전쟁에 미친 기룡사들이 각지에서 암약하기 시작했다. 유적 보물의 탈취와 국가 붕괴에 목숨을 건 용병 집단이지."

"그것이, 저와 무슨 관계가 있다는 거죠……?"

"놈들은 각국에 스파이를 보내두었다. 네가 유적의 비밀을 숨기고 있다는 사실이 알려지면 위험하지. 그러니 경계하라는 말을 해주고 싶었다."

할 말을 끝낸 싱글렌은 발걸음을 돌려 방에서 나가려고 했다.

"……걱정하실 필요 없습니다. 그런 비밀은 모르니까요."

아이리가 의연하게 대답하자 싱글렌은 미미하게 어깨를 들썩였다.

"너를 노리는 무리는 『용비적』 하나만이 아니다. 내 충고를 기억해둬라."

등을 돌린 채 말을 남긴 싱글렌은 방에서 떠났다.

기척이 사라지자마자 아이리는 곧장 문을 닫고 자물쇠를 걸었다.

침대에 천천히 주저앉는 순간 이마에서 땀이 왈칵 샘솟았다.

"괜찮아요……. 아직 아무한테도, 들키지 않았, 으니까……."

책상 서랍에서 일기장을 꺼내 가죽 커버를 벗기고 안쪽을 봤다.

아이리가 해독한 고문서의 원문은 여전히 거기에 끼워져 있었다.

싱글렌의 말처럼 끝까지 숨겨둘 수 있는 것이 아닐지도 모른다.

자신들의— 5년 전에 멸망한 구제국의 기원이 유적의 창조주들과 이어져 있다 해도, 겨우 그것밖에 되지 않는 내용으로는 아직 아무것도 알 수 없었다.

그렇다면 자신은 무엇을 그렇게 두려워하는 걸까? 아이리는 자문했다.

룩스나 아이리 자신이 죄인의 신분으로 더욱 죄를 범하게 되는 것이 두려운 걸까?

유적의 수수께끼와 함께 숨겨져 있던 책임을 져야 한다는 것이 두려운 걸까?

"아니— 내가 두려워하는 건, 분명……."

룩스가 이 사실을 알게 되는 것.

이제는 자그마한 행복을 손에 넣은 오빠. 그 오빠와 함께하는 지금 이 순간에 격변이 일어나, 정체를 알 수 없는 운명의 장난으로 오빠가 자신의 손이 닿지 않는 곳까지 가버리는 것.

가장 사랑하는 가족인 룩스를 잃는 것이 무엇보다도 두려웠다.

"오빠. 저는, 대체 어떻게……."

누구에게도 들리지 않게 중얼거린 목소리는 문 밖에 멈춰 선 한 남자의 귀에 닿았다.

Episode 4 제2 유적『미궁』

이튿날 이른 아침.

해가 뜨기 전에 일찍 일어난 룩스는 군 부지 내에 있는 연습장으로 향했다.

같은 방을 쓰는 코랄에게 사용해도 된다는 확인을 받긴 했지만, 시험이 끝난 직후라서 그런지 예상대로 아무도 없었다.

"자, 그럼……."

장의로 갈아입은 다음 《와이번》을 장착하고 준비운동 삼아 기본 동작을 실시했다.

그리고 리샤가 가르쳐준 조율의 제어를 해방했다.

"윽……?!"

고대 문자나 기호, 도형을 비추는 빛의 형상 몇 개가 주위에 떠올랐다.

원래는 문자 그대로 장갑기룡의 출력이나 무장 등을 조정하기 위한 기능으로, 전투 상황에서는 사용하지 않았지만 일부러 그걸 사용한 채로 기동했다.

'역시 조율 상태로 기룡을 조작하는 건, 제법 어렵구나……'

정보나 선택지 같은 것은 어느 정도 제한되어 있을 때 집중하기 편했다.

안 그래도 복잡한 데다가 해야 할 게 많은 장갑기룡을 조작하면서, 그 출력의 수치까지 전투 도중에 건드리는 것은 무모함에 가까운 난이도였다.

“하지만…… 조금만 더.”

한 차례 심호흡을 하며 기합을 넣고서 그 상태를 유지한 채 기본 동작 몇 개를 반복했다.

사이사이에 짧게 휴식을 취하면서 한 시간 정도 지났을 때, 마침내 체력이 바닥나 지면에 무릎을 꿇었다.

“—허억, 허억…….”

씨근씨근 어깨로 숨을 쉬면서 그 자리에 쭈그려 있는데 갑자기 등 뒤에서 발소리가 들려왔다.

룩스가 돌아보려고 일어선 순간, 그의 머리에 수건이 푹 씌워졌다.

“……으앗?!”

시야가 어둠에 가려져서 룩스는 당황했다.

부드러운 하얀 수건을 치웠더니 눈앞에는 익숙한 얼굴이 있었다.

“안녕, 루우.”

“아…….”

멍한 무표정, 어딘가 어린 티가 남아 있는 사랑스러운 얼굴.

장의를 입은 피르히가 거기에 서 있었다.

평소와는 다르게 짧은 포니테일로 머리카락을 정리해둔 모습이 묘하게 신선해서 놀랐다.

"피, 피이. 왜 여기에—?"

"나도 아침 연습, 항상 하니까. 그랬는데, 루우의 목소리가, 들려서."

피르히는 담담한 말투로 그렇게 대답하고서 수건을 빼앗아 갔다.

"앗, 피이, 뭐 하는 거야?!"

"땀을 제대로 닦지 않으면, 감기, 걸린다구."

진지한 표정으로, 약간은 타이르는 목소리로 말하며 피르히는 룩스의 땀을 수건으로 닦아주었다.

하지만 소꿉친구 소녀가 그렇게까지 해주는 것이 쑥스러워서 룩스는 허둥댔다.

"아, 안 그래도 되는데?! 그, 그 정도는 혼자서 하면 되니까—!"

주위에 보는 눈이 있는 게 아닌지 고개를 좌우로 돌려 확인하고 말았다.

"괜찮아, 다 됐어."

그러는 사이에 끝나버려서 피르히는 수건을 룩스의 어깨에 올렸다.

그대로 잠시 동안 티 없이 맑은 눈동자로 룩스를 빤히 쳐다보았다.

"윽……?!"

연습을 하고 난 뒤라서 그런지 피부와 얼굴에는 약하게 홍조가 떠올라 있었고, 은은하게 나는 땀 냄새에 심장이 요동쳤다.

어렸을 때에 비해 여자다운 체형으로 성장한 가슴이나 허벅지 등도 대단하지만 자세히 보니 생김새도 꽤 귀엽다고, 그녀의 얼굴을 가까이에서 보고 새삼 생각했다.

"왜, 왜 그래? 내 얼굴에 뭐라도 묻—."

"에잇."

"와악?!"

가볍게 팔을 움직였을 뿐인데 룩스의 몸이 반 바퀴 돌았다.

순식간에 등을 돌리고 서게 된 룩스는 다시 당황했다.

"피, 피이, 뭐 하는 거야?! 이제 땀은—."

쩔쩔매는 룩스의 등허리에 몸을 딱 밀착하면서 피르히는 담담하게 속삭였다.

"잠깐 확인 중. 몸, 아픈 데는 없는지."

"괘, 괜찮대도 그러네. 진짜로 안 피곤하다니까! —으악?!"

솔직히 말해서, 피르히의 커다란 가슴이 등에 닿은 탓에 정신이 하나도 없었다.

몸을 비틀어 뿌리치려고 하다가 다리가 엉켜서 함께 넘어지고 말았다.

"아……."

넘어진 룩스가 신음을 흘렸다.

무심결에 손을 짚고 일어나려고 했더니 함께 쓰러진 피르히의 몸이 바로 밑에 있었다.

"미, 미안해……!"

똑바로 누워 있는데도 형태를 유지하고 있는 커다란 가슴이 시야에 들어와 룩스의 머리는 순식간에 끓어올랐다.

여전히 변화 없는 표정으로 룩스를 바라보던 피르히는 불현듯 입술을 움직였다.

"참지 않아도, 괜찮아."

그녀가 여느 때의 진지한 표정으로 꺼낸 한마디에 룩스는 굳어버렸다.

밀착한 피르히에게서 느껴지는 체온, 부드러운 신체.

그것을 의식한 룩스의 심장이 펄떡펄떡 두방망이질을 쳤고 머릿속이 한순간 새하얗게 변했다.

"루우. 뭔가 깊이 고민하고 있는 것 같으니까."

"—어?"

갑자기 날아온 한마디에 룩스가 짧게 반응하자 피르히는 희미한 웃음을 보여주었다.

"옛날부터 루우는, 걸핏하면 참았으니까. 진짜 마음을, 숨겼으니까."

"……."

어딘가 그리워하는 듯한…….

그러면서도 어쩐지 쓸쓸함이 느껴지는 목소리로 피르히는 천천히 말했다.

"우리를 위해서 힘내주는 건, 기쁘지만—. 좀 더 자신의 감정에 솔직해져도, 괜찮다구?"

"……그런, 거."

그런 게 아니라고. 어째선지 피르히의 올곧은 눈동자를 보니 그렇게 대답할 수가 없었다.

데에엥—. 갑자기 시간을 알리는 큰 종소리가 주위에 울려 퍼졌다.

"아…… 슬슬 방으로 돌아가야—."

"응. 나중에 봐, 루우."

일어서서 그 말만을 나눈 뒤, 룩스와 피르히는 헤어져서 각자의 방으로 돌아갔다.

소꿉친구 소녀의 솔직한 말은 룩스의 내면에 불가사의한 감정을 싹트게 했다.

†

긴급 소집명령이 내려와 승격 시험 수험자들인 무관 및 사관후보생들 대부분이 유적 도시의 중앙 상부인『천개』에 모였다.

정렬한 기룡사들 앞에 있는 단상에는 공국의 공녀인 밀미에트와 유적 도시의 남자 시장이 나란히 서 있었다.

"여러분— 먼저 이번 계층 승격 시험을 치르느라 수고하셨습니다. 이번에 처음으로 실시한 아티스마타 신왕국과의 공동 시험이 무사히 끝나, 더욱 좋은 발전을 기대할 수 있는 결과가 나왔다고 생각합니다."

먼저 꽃 같은 웃음을 보였던 밀미에트는 형식적인 인사를 했다.

그러나 말하는 내용과는 다르게 느슨한 분위기는 조금도 느껴지지 않았다.

"원래 일정대로라면 이것으로 해산해야 하겠습니다만 아티스타마 신왕국 여러분도 아시다시피, 최근 유적에서는 환신수가 출현하는 빈도가 잦아졌으며 그 흉포함도 더욱 심해졌지요. 이곳 유적 도시 지하에 존재하는 제2 유적 『미궁』도 예외는 아닙니다."

그 말을 듣고 모여 있던 기룡사들은 서로 얼굴을 마주 보며 술렁였다.

"본디 『미궁』에 출현하는 환신수의 수는 일정합니다만, 오랫동안 방치하면 그 수용량 이상으로 불어나 도시 하부의 문을 통해 올라옵니다. 지금까지 이런 상황은 몇 개월에 한 번씩 일어났습니다만, 저희 측에서 토벌 횟수를 늘렸음에도 불구하고 환신수가 넘쳐나는 실정입니다."

"……?!"

학원에서 온 여학생들과 군 소속 무관들이 숨을 죽이며 침을 꿀꺽 삼켰다.

"여기까지 들으셨으니 어느 정도 짐작하셨을 거라고 생각합니다만, 『미궁』 내에서 지나치게 불어난 이 환신수들을 소탕하는 작전에 신왕국 여러분의 힘을 빌려주셨으면 합니다."

거기까지 말하자 시장이 단상에 서서 작전의 개요를 설명했다.

유적 도시 지하에 존재하는 『미궁』.

총 5층으로 구분된 지하로 내려가 대량의 환신수를 최대한 해치워서 수를 줄인다는 임무.

단 이번 작전에서는 2층까지만 들어가기로 되어 있었다.

낮은 층에서는 강력한 환신수가 출현한 사례가 적다는 이유에서였다.

"물론 아티스마타 신왕국 여러분께는 아무런 득이 될 것이 없는 이야기이므로 당연히 합당한 대가를 치를 것입니다만, 거기에 보상 하나를 더 드리고자 합니다."

콧수염을 기른 백발 시장이 물러나자 다시 밀미에트가 이야기를 이어갔다.

"이 제압 작전에서 여러분이 거둔 성과는 이번 계층 승격 시험의 특별 추가 시험으로 취급하여, 평가에 가산점을 부여할 것입니다."

"……오옷?!"

눈부신 밀미에트의 미소와 말에 의기소침해 있던 무관들이 고개를 들었다.

"물론 각 무관들과 협력하여 안전하게 많은 환신수를 쓰러뜨렸을 때 더욱 높이 평가할 것입니다. 공을 세우는 데 급급하여 연계를 소홀히 하면 실전에서도 문제가 생기니까요. 『유적』 내에서는 시험관을 맡은 우리나라의 기룡사들이 선도할 것이므로, 여력이 있으신 분들은 모쪼록 협력해주신다면 감사하겠습니다."

말을 마친 밀미에트가 가볍게 머리를 숙이자 환성과도 비슷한 소란이 일어났다.

“후—. 이 동네 공주님도 멋진 제안을 해주는걸.”

우연히 옆에 있던 티르파가 그 소리를 듣고 살짝 웃었다.

이번 시험에서는 중간에 방해까지 받아 자신이 없었기 때문에 내심 안심한 것이리라.

토벌은 서너 명이 팀을 짜서 실시하며 기본적으로 3층 밑으로는 침입 금지.

『미궁』은 넓고 깊지만 통로 자체는 그리 넓은 편이 아니었으니, 많은 인원으로 팀을 편성하면 행동하는 데 걸리적거릴 거라고 생각해서 결정한 듯했다.

이 제압 작전을 실행하는 시간은 약 세 시간.

물론 기룡의 연속가동은 불가능한 까닭에 『미궁』 내부나 밖에서 휴식을 취해야 했다.

동료를 모아서 준비하고 안내소에서 팀으로 참가를 신청. 그 다음 『천개』의 아래— 지하의 문으로 이어지는 나선 회랑 앞에 집합하여 허가를 받은 사람부터 들어가는 순서였다.

“아무래도 이번 추가 시험은 연계가 주체인 우리에게 유리한 내용으로 보이는군.”

때마침 가까운 곳에서 이야기를 듣고 있던 트라이어드의 샤리스가 자신의 동료인 티르파와 녹트에게 그렇게 말을 건넸다.

그 순간, 마침 그 자리에 있던 녹트와 룩스의 눈이 맞았다.

“아…….”

어제는 아무 말도 하지 못한 채 헤어졌기 때문에 무슨 말을 꺼내야 좋을지 룩스는 갈팡질팡하고 있었다.

'뭐라고 해야 그녀를 안심시킬 수 있을까……?'

그런 생각을 하며 그녀 앞에서 머뭇거리고 있으려니—.

"안녕하세요, 룩스 씨. 어제 시험을 치르며 다치진 않으셨습니까?"

"아, 괘, 괜찮아. 나는 전혀—."

꺼내기 거북할 거라고 생각했던 시험 이야기를 주제로, 오히려 녹트가 먼저 말을 건넸다.

"그렇습니까. 저는 약간 걱정했습니다."

"응……?"

고개를 갸웃하는 룩스에게 녹트는 평소처럼 냉정한 표정으로 말했다.

"Yes. 룩스 씨는 여자아이에게 상냥하시니 분명 풀죽었을지도 모르는 저를 위로해주려고 온갖 방법을 궁리하셨을 거라고 생각하였으므로, 혹시나 잠을 설치지나 않았을까 했거든요."

"아, 아니, 딱히 그 정도까지는—."

정곡을 찔린 룩스가 빨갛게 달아올라 반론했다.

"그렇습니까. 그건 유감스럽네요. 기껏해야 여동생의 룸메이트일 뿐이긴 합니다만, 어쨌거나 제 걱정은 하지 않으셨다는 말씀이군요."

"그, 그럴 리가 없잖아. 그, 트라이어드 모두를— 걱정하고 있었어."

많은 감정이 담긴 말투로 대답하자 녹트는 도끼눈을 뜨며 룩스를 바라보았다.

"Yes. 역시 그런 생각을 하고 계셨군요. 틀림없이 우리의 신체를 건드려서 위로해줄 방법을—."

"녹트는 날 뭐라고 생각하는 거야?!"

룩스가 다급하게 태클을 걸자 녹트는 금방 표정을 풀었다.

"다행입니다. 어제 시험에서 저를 도와주지 못했다면서 룩스 씨가 고민하고 계시는 게 아닐까 생각했습니다만."

"걱정해주다가 도리어 걱정받기 시작했어?!"

"Yes. 주위 사람들에 대한 배려는 종자 가계인 리플렛 가문의 본분입니다. 아직 룩스 씨에게는 질 수 없지요."

허탈해하는 룩스를 향해 후배 소녀는 살짝 웃으며 말했다.

"자자— 그럼 우리도 준비하고 와야겠네. 루크찌, 유적에서 보자~."

분위기가 누그러지자 티르파가 사이에 끼어들었다.

"아, 그보다는 저기— 나도 같이, 트라이어드 팀에 들어가도 될까?"

"……."

트라이어드 멤버들은 그 말을 듣자 한순간 눈을 동그랗게 뜨고서 멀뚱히 그를 바라보았다.

"어, 얼레……? 아, 안 되나……?"

그 반응에 룩스가 난처한 표정을 보인 순간, 샤리스가 그의 머리를 붙잡아 자기 겨드랑이에 끼웠다.

"와악……?!"

샤리스의 가슴에 뺨이 살짝 닿는 자세라서 룩스의 얼굴은 순식간에 달아올랐다.

탄탄한 몸, 자신을 밀어붙이는 부드러운 가슴의 감촉.

게다가 그녀의 트레이드마크인 장미향이 은은하게 감돌아서 룩스의 콧속을 고혹적으로 간질였다.

"호오, 그렇게 순진하기만 하던 룩스 군도 꽤 행동적으로 변했는데? 우리 세 사람을 동시에 공략하려고 하다니, 아주 제법이야?"

장난기 어린 미소를 지으며 샤리스가 그런 말을 꺼냈다.

"우와— 루크찌도 차암, 대담하긴~. 역시 남자애는 다르구나—."

"Yes. 룩스 씨도 드디어 이성에 대해 큰 흥미를 느끼기 시작하셨군요. 이것은 아이리에게 보고할 의무가 있다고 판단됩니다."

"그, 그런 거 아니거든요?! 이상한 꿍꿍이가 있는 게 아니라, 저는 그저—."

티르파와 녹트까지 흐름에 올라타고 놀려대자 룩스는 더욱 당황했고—.

"알고 있어. 신경 써줘서 고마워."

샤리스는 룩스를 풀어주고서 집게손가락을 살며시 룩스의 가슴께에 두었다.

"하지만 이번만큼은 우리끼리 시험해보고 싶은 것이 있거든. 그러니 다음 기회에 부탁할게. 이번에는 너를 기다리는 다른 아이들이 있는 곳으로 가봐."

"……네. 그럼 여러분, 조심하세요."

주저하는 표정으로 그렇게 대답한 후 룩스는 천천히 그 자리를 떠났다.

리샤 일행과 그 이야기를 한 다음, 아이리의 얼굴을 본 뒤에 숙소로 돌아가기로 했다.

†

"훗, 어떻게든 잘 넘긴 것 같군. 예정대로 했는데, 후회하는 거 아니지? 티르파, 녹트."

룩스의 뒷모습을 배웅하면서 두 명의 동료에게 샤리스가 물어보았다.

"Yes. 저희는 이 이상 룩스 씨의 짐이 되고 싶지 않으니까요."

"사실은 지인~짜 기뻤지만 말야……. 우리도, 빼먹지 않고 신경 써줘서……."

기쁨과 아쉬움이 섞인 표정으로 티르파가 탄식했다.

전날 밤 아이리가 홀로 숙소의 방에 있을 때, 트라이어드 멤버들은 미리 이야기를 맞춰두었다.

앞으로 세 사람은 룩스를 위해서 일부러 거리를 두자고…….

버즈하임의 간계와 우연이 겹쳐졌다곤 하나, 계층 승격 시험에서는 결과적으로 룩스의 발목을 붙잡는 처지가 되고 말았다.

신장기룡도, 그것을 제대로 다룰 수 있는 실력도 없는 자신들이 가까이에 있으면 걸림돌 신세밖에 되지 않는다.

어제 시험에서 싱글렌이 한 말은 트라이어드의 가슴에 깊이 박혔다.

그래서 자신들의 힘을 다시 확인하고자 룩스의 도움을 받지 않고 세 사람의 실력만으로 싸울 것을 결심했다.

"다만 티르파에게는 약간 몹쓸 짓을 한 걸지도 모르겠어. 그와 함께할 수 있는 시간을 빼앗게 되었으니."

어쩐지 놀리는 듯한 말투로 샤리스가 말하자.

"엑……?! 샤리스야말로 좀 전에 루크찌한테 가슴을 밀어붙인 주제에—!"

"Yes. 샤리스치고는 대담한 행동이었다고 생각합니다. …… 실은 룩스 씨를 좋아하시는 겁니까?"

"—훗. 내 나름대로 감사의 마음을 담아, 살짝 좋은 추억을 남겨주고 싶었을 뿐이라고. 아니 뭐, 그가 마음에 들었다는 건 틀림없는 사실이긴 하지만."

"진짜인가 몰라……? 샤리스는 언니인 척하는 주제에 순진하니까, 의외로 정면으로 다가오는 거에 약할 것 같지만—. ……연하를 좋아하기도 하고."

"Yes. 어렸을 때부터 알고 지내왔습니다만, 남성을 상대로

© 2013 Ayumu Kasuga

저런 행동을 하는 모습은 처음 봤습니다."

"……그, 그럼, 슬슬 본론으로 돌아가 보자고."

장난스럽게 웃는 티르파와 도끼눈을 뜬 녹트가 놀려대자, 샤리스는 살짝 빨개진 얼굴로 부자연스럽게 헛기침을 했다.

"우리의 목표는 우리가 가진 힘만으로 이 제압 작전을 완수하는 거라고. —자, 가볼까. 우리 나름대로의 전력을 다하러."

샤리스가 거듭해서 말하자 두 사람도 고개를 끄덕였다.

유적 도시에서 빌려준 기룡 격납고를 향해 세 사람은 걸음을 내디뎠다.

†

"아이리? 안에 있어?"

똑똑, 가볍게 방문을 두드린 다음, 「들어오세요」라는 대답을 듣고 나서 안으로 들어갔다.

왠지 모르게 평소보다 무뚝뚝한 아이리는 작은 테이블 앞에 앉아 책을 읽고 있었다.

"무슨 일이에요? 유적 제압 작전에 참가하는 거 아니었나요? 빨리 준비하는 게 좋지 않겠어요?"

"아하하……. 아니 그게, 상황이 좀 곤란해졌거든."

룩스는 트라이어드에게 동행을 거절당한 후, 리샤 일행에게 갔을 때 있었던 일을 이야기해주었다.

룩스는 같은 『기사단』 내에서 사이가 좋은 리샤, 크루루시퍼, 피르히, 세리스 등과 팀을 짜려고 생각했지만, 그 자리에 있던 라이글리 교관에게서 동행 금지 통보를 받았다.

그녀의 주장은 이러했다.

『이것은 겉으로는 환신수 토벌 임무이지만, 동시에 팀으로서 환신수를 상대로 어떻게 대처하는지 판단하는 추가 시험 측면도 있다. 너희 신장기룡 사용자는 뭉치지 말고 흩어져서 다른 학생들의 지원에 전념해라.』

듣고 보니 당연한 판단이었다.

리샤를 비롯한 네 사람은 애초에 특급 계층에 가까운 실력자였고, 계층 승격 시험에서도 합격할 가능성이 높았으니 무리해서 성과를 올릴 필요가 없었다.

게다가 제2 유적『미궁』은 넓고 깊었다.

유적에 들어가 본 경험이 있는『기사단』멤버는 될 수 있는 한 다른 팀으로 쪼개져서 기타 사관후보생들을 보조해주는 역할을 맡는 쪽이 좋다.

그런 이야기를 들었다.

“기껏 새로 만든 장갑기룡으로 룩스를 서포트해주려고 생각했더니…….”

그 이야기를 듣고 리샤는 아쉬워했고—.

“정론이네. 이론적으로는 납득했어. 감정적인 면으로는 불만이 약간 남지만, 말이지.”

어딘가 의미심장한 미소를 보이며 크루루시퍼가 동의했다.

"아쉽네……. 루우 몫까지, 과자를 들고 가려고 했는데."

"……아, 응. 그건 나중에 부탁할게. 이번에는 피이가 다 먹어도 돼."

여느 때처럼 무표정하게 말하는 소꿉친구를 룩스가 쓴웃음을 지으며 달래주자—.

"오렌지 껍질도 벗겨서 먹여주고 싶었는데."

"그건 제발 좀 참아줘! 그렇게까지 해주면 창피하다니까?!"

허둥지둥 그렇게 소리치자 세리스가 옆으로 다가왔다.

"하는 수 없군요. 룩스에게는 이번에 신세 진 보답을 하고 싶었습니다만— 아니, 단순히 동행하고 싶었던 건 결코 아니라고요."

"다음 기회에 부탁드릴게요. 오늘은 다른 사람들의 힘이 되어주세요."

그렇게 그녀들과 헤어지고서 룩스는 숙소로 돌아온 것이다.

"하아, 오빠는 인기가 많군요. 하지만 재학 중에 학원에서 다른 사람과 달라붙어 다니는 건 그만둬 주세요. 제 입지가 좁아지니까요."

"무, 무슨 소릴 하는 거야, 정말?! 다들 그냥 내게 잘 대해줄 뿐이라니까."

아이리가 지적하자 룩스는 얼굴을 빨갛게 물들이며 해명했다.

하지만 아이리는 한숨을 내쉬며 룩스를 외면한 채 작은 목소리로 중얼거렸다.

“……오빠의 둔감함은 심각하네요. 역시 옛날 일을 질질 끌고 있는 게 원인인가요.”

“응……?”

“아무것도 아니에요. 딱히 난봉꾼 오빠를 보고 싶은 건 아니니까.”

아이리는 질린 것처럼 말하고서 창밖을 바라보았다.

“저는 유적 안내소에서 대기할 예정이에요. 『칠용기성』 여러 분들도 계신다는 것 같으니까, 제 걱정은 하지 마세요.”

“응, 알았어.”

룩스는 웃으면서 고개를 끄덕였다.

“그나저나 아이리, 최근에 뭔가 이상한 일은 없었어?”

“……아뇨.”

살짝 망설이는 모습을 보이며 아이리가 대답하자 룩스는 쓴웃음을 떠올렸다.

“그렇구나. 하지만 무슨 일이 있으면 언제든지 말해줘. 다소 못 미더울지도 모르지만, 그래도 명색이 아이리의 오빠잖아.”

“읏……?!”

그 말에 아이리는 한순간 몸을 떨었다.

하지만 곧바로 평소의 차분한 표정으로 돌아와 미소를 떠올렸다.

“그럴게요. 그럼 좋은 결과를 빌게요, 오빠.”

“……응.”

그 말을 마지막으로 룩스는 아이리에게 미소를 보내준 다음 방에서 떠났다.

몇 초 후, 그제야 무리해서 만든 표정을 무너뜨리고 아이리는 침대 위로 쓰러졌다.

"교복에, 주름이 지겠죠……."

그런 생각이 머릿속을 스쳐 지나갔지만 도저히 버틸 수가 없었다.

말할 수 있을 리가 없었다.

이유는 알 수 없지만, 싱글렌은 룩스에게 이상한 집착을 보이고 있었다.

『칠용기성』 가입을 집요하게 권유할 뿐만이 아니라, 구제국 시절 룩스의 과거나 큰오빠인 후길에 관해서도 뭔가 알고 있을 가능성이 있었다.

고로— 두 사람이 이 이상 얽히는 상황을 막기 위해서도 어젯밤에 있었던 일을 이야기할 수는 없었다.

『용비적』의 내통자가 이미 신왕국 내부에도 파고들었을지도 모른다는 것.

『용비적』에 자금을 대주는 각국의 대귀족들은 전쟁의 불씨를 바라고 있었다.

만약 아이리가 해독한 고문서의 내용을 신왕국 상층부에 전달하면, 지금까지 알려진 구제국의 역사와 인식을 송두리째 뒤엎는 막대한 혼란이 일어날 것이다. 그리고 그 창끝은 반드시— 룩스와 아이리에게 향할 것이다.

구제국 최후의 생존자, 그리고 죄인으로서, 유적의 창조주와의 관계를 의심받을 위험이 있었다.

"저 혼자만 다치는 거라면, 아직은 괜찮아요. 하지만……."

최악의 경우는 아이리가 인질로 붙잡혀 룩스가 신왕국에 묶이는 상황이다.

집정관 중에는 룩스를 이용하길 원하는 족속들이 얼마든지 있었다.

이 이상 오빠의 짐이 되고 싶지 않았다.

"나는, 어떻게 해야……."

그때였다. 갑자기 문을 두드리는 소리가 들려와 아이리는 놀라서 숨을 멈췄다.

"……누구세요?"

고문서를 끼운 일기를 책상 서랍 속에 감추고 심호흡을 한 번 하고서 물어보았다.

"수상한 자는 아닙니다. 반하임 공국의 사람이에요."

부드럽게 울리는 소녀의 목소리를 듣고 아이리도 경계를 풀고서 문을 열었다.

"윽……?! 당신은—."

"괜찮다면 저와 함께해주시겠어요? 아이리 아카디아 씨."

여러 명의 시종과 함께 모습을 드러낸 사람은 반하임 공국의 공녀, 밀미에트였다.

†

"자 그럼, 이제부터 어떻게 한다."

우선 유적 제압 작전에 참가하기 위해 준비를 하는 것은 정해졌지만, 팀원으로 고려하던 트라이어드에게 거절당했고 리샤를 비롯한 신장기룡 사용자들과도 이번에는 동행할 수 없을 것 같았다.

"다른 반 친구들한테 물어봐야 하려나?"

그런 생각을 하면서 숙소 문을 열었더니—.

"와앗……?!"

"—엥?"

침대 위에 앉아 있던 누군가가 팔에서 셔츠를 빼기 위해 옷을 위로 걷어 올리고 있었다.

훤히 드러난 매끄럽고 새하얀 등허리가 룩스의 시야에 날아들어왔다.

"미, 미안해?! 옷을 갈아입고 있는 줄은 몰라서—."

중성적인 소년의 반라 차림에 놀라 룩스는 반사적으로 문을 닫았다.

그러나 당황해서 그렇게 소리친 후, 묘한 사실을 깨달았다.

"어라……? 가만 생각해보니 안에 있는 거, 코랄…… 맞지?"

"아, 으, 응……. 나도 그— 남자니까, 괜찮아. 들어와."

"그, 그렇지. 그럼, 들어갈게……?"

조심스럽게 안으로 들어가자 이미 장의로 갈아입은 코랄이 방 안에 있었다.

© 2013 Ayumu Kasuga

아무리 중성적인 이목구비와 체격을 하고 있다고 해도 코랄은 틀림없이 남자일 것이다.

그런데 어째서 죄악감이 고개를 드는 것인지는 룩스도 알 수 없었다.

"으음, 그— 갑자기 이상한 소릴 내서 미안해."

쑥스러운 듯 우물쭈물하면서 코랄이 사과했다.

"아, 아냐. 나도 깜빡하고 노크를 안 했으니까……. 그나저나 코랄도 제압 작전에 참가하는 거야?"

지난번 전용전에서 코랄이 싸우는 모습은 보지 못했지만, 《엑스 와이번》을 다룬다면 아무리 낮게 잡아도 상급 계층의 실력자일 것이다.

이번 시험 결과를 고려한다 해도 특별 추가 시험에 참가할 필요는 없을 거라고 생각했지만—.

"응. 우리 반하임 공국 사람들은 기본적으로 전원 참가야. 누가 뭐래도 우리나라 일이잖아."

"그렇구나……."

생각해보면 당연한 이야기였다.

"어젯밤엔 무작정 밤놀이에 끌고 가서 미안해. 그래도— 기분 전환에 도움이 되지 않을까 싶어서."

"……아냐, 고마워. 덕분에 그라이퍼하고도 사이가 좀 좋아졌거든."

룩스의 대답에 코랄은 손뼉을 짝 쳤다.

"다행이다. 룩스 군은 역시 좋은 사람이구나."

안도와 기쁨이 섞인 목소리에 룩스는 쓴웃음을 지으며 「천만에」라고 대답했다.

싱글렌에게 들은 이야기나, 왠지 모르게 낌새가 이상한 아이리와 트라이어드 문제가 있었지만 기분이 좀 가벼워졌다.

"그럼 기왕 이렇게 된 거, 제압 작전도 우리랑 같이 해보지 않을래?"

"그 얘기는, 설마—."

코랄의 제안에 룩스는 당황하며 되물었다.

"응. 이번 유적 제압 작전에서 나하고 그라이퍼랑 같이 팀을 짜줬으면 하는데, 안 될까?"

"윽……?!"

지끈, 날카로운 통증이 눈 안쪽을 관통하고 모래 폭풍이 머릿속을 휘저었다.

'또야……? 도대체 뭐지? 이 통증은— 분명히 전에도.'

룩스가 자신의 불안을 확인하기 전에 그 이상 현상은 순식간에 사라졌다.

"……무슨 문제 있어?"

"아, 아냐. 그럼, 그렇게 할게."

다른 소녀들을 도와줄까 망설였지만, 라이글리는 동맹국인 반하임 공국과 공동 팀을 짜는 것도 추천했다.

룩스는 제안을 받아들이고서 교복을 벗고 장의로 갈아입기로 했다.

"와앗……?!"

“뭐, 뭐야……?”

“아, 아무것도 아니야……. 신경 쓰지 마.”

어째선지 난처하게 웃으며 대답하는 코랄을 이상하게 생각하면서 옷을 다 갈아입었다.

나침반과 휴대 식량이나 식수를 파우치에 챙기고, 찾아온 그라이퍼와 합류했다.

“어찌 되든 상관없지만, 왜 굳이 다른 나라 녀석이랑 팀을 짜야 하냔 말이다…….”

“뭐 어때? 어차피 그라이퍼는 친구도 거의 없잖아.”

어딘가 못마땅해 보이는 그라이퍼에게 코랄이 태클을 걸면서 궁전 내부에 있는 거점— 안내소에 들른 다음 『미궁』의 입구로 향했다.

개미지옥처럼 안으로 파고드는 나선 계단을 내려가 바닥에 도착하니 이미 양국 기룡사들이 모여 북적거리고 있었다.

“룩스! 무슨 일이 있으면 바로 우리를 부르거라! 곧바로 도와줄 테니까!”

기운이 넘치는 리샤의 목소리에 룩스는 어색하게 손을 흔들어 대답했다.

트라이어드 멤버들도 다들 모여 있었으며, 어째선지 버즈하임의 얼굴까지 보였다.

다친 곳은 치료를 마치고 붕대를 감고 있었지만 장갑기룡을 제대로 다룰 수 있을 것처럼 보이지는 않았다. 게다가 시험관 면허는 이미 박탈당했을 터였다.

단순히 군 관계자로서 참가자들을 전송하려고 온 것이겠지만, 흡사 사냥개처럼 날카로운 안광은 여전히 룩스를 놓아주지 않았다.

"……."

"걱정할 것 없어. 버즈하임은 시험관으로 온 게 아니거든."

룩스의 시선을 알아차렸는지 코랄이 설명해주었다.

하지만 그라이퍼는 어딘가 심사가 꼬인 표정으로 불쑥 중얼거렸다.

"……과연 그럴까? 뭐, 대신에 내가 신경을 써주마."

"—다음, 제17반, 앞으로 나오도록!"

"엇차, 우리 차례로군."

군 시험관의 호명을 따라 룩스 일행은 앞으로 나섰다.

신왕국을 침공한 『거병』을 제외하면 처음 들어가 보는 이국의 유적에 긴장하면서 룩스는 정신을 바짝 차렸다.

룩스도 리샤의 기사로서 계층을 올려둬서 나쁠 건 없었다.

그리고 이 유적 도시를 환신수의 위협에서 지키기 위해 전력을 다할 생각이었다.

'하지만— 어째서지?'

싱글렌이 거침없이 퍼부어대던 말이 뇌리에서 떠나지 않았다.

망설이지 않겠다고 결심했을 텐데, 어째서 이런 기분이 드는 걸까.

"자, 출발하자. 룩스 군."

코랄에게 가볍게 등을 떠밀린 룩스는 걸음을 떼었다. 그리고 전송 지점인 문 앞에서 룩스는《와이번》의 기공각검을 빼 들었다.

"—오라, 힘을 상징하는 문장의 익룡. 나의 검을 따라 비상하라,《와이번》!"

자루의 스위치를 누르고 패스 코드를 외웠다.

빛의 입자가 고속으로 모이고 푸른 유선형 장갑이 눈 깜빡할 사이에 장착되었다.

몇 초 후, 게이트라고 불리는 오각형 구획에 서 있자 연한 주황색 빛이 올라왔다. 그리고 체중이 사라지는 부유감이 룩스를 감쌌다.

의식과 육체가 차단되는 감각과 함께『미궁』안으로 들어갔다.

†

『미궁』으로 내려가는 나선 계단을 내려다볼 수 있는 궁전의 지붕—『천개』의 끝자락.

한 발짝 잘못 디디는 순간 지하 수십 메르까지 추락할지도 모르는 돌로 만든 테두리 부분에, 평소처럼 장개를 걸친 싱글렌이 드러누워 있었다.

룩스가『미궁』의 게이트로 사라지는 모습을 끝까지 확인한 뒤에는 따분한 모습으로 후속 부대를 보고 있었다.

"다녀왔습니다, 주인이시여."

갑자기 그 뒤쪽에서 공기가 살짝 흔들렸다.

시트를 뒤집어쓴 느낌의 순백색 외투를 두르고, 하얀색 가면을 쓴 노기사가 나타났다.

"늦었군, 츠바이. 주위 상황은 어떻지? 녀석들이 꼬리를 내밀 것 같나?"

"침묵을 유지하고 있습니다. 뭔가 안배라도 해두셨습니까? 그게 아니라면『용비적』도 이 자리에서 섣불리 움직일 생각은 없는 것일지도 모릅니다."

"글쎄다. 내가 놈들이라면 이때를 놓쳐선 안 된다고 생각할 것 같군. 유적의 위험성이 높아지고 각국이 경비를 강화하고 있는 현재, 이 정도로 편하게 움직일 수 있는 절호의 기회는 좀처럼 오지 않는다고."

"……그렇군요."

노기사가 가면 밑에서 탁하게 갈라진 저음을 내보내며 주인에게 찬동했다.

"그럼, 계속해서 유적 주변의 경계를 소홀히 하지 않도록 백령 기사단에게 지시해두겠습니다. 최악의 사태에 대비해서—."

말을 마치고 예를 표한 노기사가 그 자리에서 떠나려고 하자, 싱글렌은 기공각검의 칼집으로 바닥을 때려 깡, 하고 작은 소리를 냈다.

"좀 기다려봐라, 츠바이여. 너는 예나 지금이나 유능한 남자다만 판단을 너무 빨리 내린다. 우리는 확실히 공국에서 의뢰를 받아 이 도시를 지키기로 했다. —허나, 눈에 보이지 않는 작은 불씨를 진화해본들 평가해주는 이는 아무도 없지. 우린 그것을 이미 몇 번이나 경험해보지 않았나? 좀 더 영리하게 처신하자고. 교훈을 살려서 말이지."

"……."

바닥이 보이지 않는 어둠을 가득 품은 싱글렌의 미소.

그 말의 진의를, 정예 노기사는 순식간에 깨달았다.

"―그럼."

"미끼와 물고기는 알아서 헤엄치게 내버려 둬. 우리는 밀미에트 공녀의 몸을 지키는 것이 우선이니까."

"분부대로 하겠습니다."

짤막하게 대답하고서 츠바이라고 불린 노기사는 사라졌다.

싱글렌은 거기에는 관심도 보이지 않고 오로지 궁전 밑에 있는 문을 바라보고 있었다.

"……자, 후길이여. 너의 아우는 과연 어떻게 나올까? 그가 내 기대에 부응하기를 기원한다."

의미심장한 미소를 떠올리며 싱글렌은 혼잣말했다.

그 어두운 목소리는 누구에게도 닿는 일 없이 바람에 흩어져 사라졌다.

†

"여기가―『미궁』?"

지하 게이트에서 전송되어 내부에 들어온 룩스는 눈앞에 펼쳐진 불가사의한 광경에 무심코 중얼거렸다.

학원 수업 시간에, 또는 『기사단』에서 회의할 때 지식으로서 듣긴 했지만 실제로 두 눈으로 이렇게 직접 보니 상상 이상이었다.

"어때? 처음으로 이 유적에 들어온 소감은?"

"—대단해."

코랄의 질문에 룩스는 자기가 생각해도 얼빠진 대답을 하고 말았다.

하지만 그것이 솔직한 심정이었다.

룩스는 『미궁』이라는 장소를 동굴 같은 거라고 생각하고 있었다.

어둡고 싸늘하며 무기질적인 암벽 통로가 어지럽게 뒤얽혀 있을 거라고…….

하지만 눈앞에 펼쳐진 풍경은 예상한 것과 전혀 달랐다.

전송된 직후 눈에 들어온 통층 구조로 된 제단 같은 유적의 바닥.

원형 주위에는 온통 꽃밭이 펼쳐져 있었다.

파란 하늘 대신에 약간 높은 천장이 존재했지만, 이끼 같은 것에서 발산되는 연한 황금빛이 주위를 밝혀주어서 크게 어둡다는 느낌은 들지 않았다.

동굴이라기보다는 무수한 벽으로 구분된 거대한 정원 같은 정취가 느껴졌다.

"이곳은 바깥으로 통하는 출입구로, 정중앙 부분이라서 그래. 물론 여기서 멀어지면 동굴 같은 장소도 있지만, 호수나

숲 등 다양하게 풍경이 변해서 재미있다고?"

룩스가 신기한 눈초리로 주위를 둘러보고 있으니 코랄이 부연 설명을 해주었다.

자세히 보니 저 멀리 보이는 다른 여학생들도 풍경에 놀란 모습으로 멈춰서 있었다.

"이봐, 우등생. 우리의 임무는 이곳을 제압하는 거라고. 지금 소풍 기분을 내고 있을 때냐?"

"그라이퍼는 여전하구나. 임무는 몇 시간이나 수행해야 하니까, 처음부터 너무 긴장하면 금방 지친다? 아니면 잽싸게 임무를 끝마치고 밀미에트 님이 있는 곳으로 돌아가고 싶어?"

두 사람은 유적에 들어오기가 무섭게 농담 같은 말다툼을 시작했다.

룩스는 쓴웃음을 머금고 그 모습을 바라보며, 머리 한쪽으로는 어떤 한 가지를 생각하고 있었다.

"그래서 여기는 지금— 몇 층까지 도달한 거야?"

"기록으로는 4층 입구 부분까지야. 이래 봬도『미궁』은 제법 넓고 구조가 복잡하니까. 특히 3층 이후로는 환신수의 레벨이나 환경의 가혹함이 현격하게 올라가거든……."

"그렇구나."

코랄의 대답에 룩스는 안도의 한숨을 쉬었다.

아직 이 유적에서는 통괄자(기어 리더)라 불리는 자동인형(오토마타)의 존재도 확인되지 않은 것 같았다.

창조주라 불리던 헤이즈가 없다면 유적에서 뭔가 일이 터질

확률은 적을 것이다.

"그럼 우리도 슬슬 움직일까? 이곳에서 나오는 환신수는 몇 종류 안 되지만, 방심하지 말고 한 마리씩 상대하는 것으로 하자."

코랄의 말에 고개를 끄덕여 동의하고서 룩스 일행도 환신수 토벌을 개시했다.

멀리 어두운 곳에서 사람의 것이 아닌 울음소리가 들려왔다.

"엇차, 저 소리는 하인드로군."

"사슴이랑 닮은 생물형 환신수구나. 생긴 거랑은 다르게 사나우니까 조심해."

그라이퍼와 코랄의 말에 룩스도 무장을 들어 올렸다.

처음으로 결성한 팀의 제압 작전이 시작되었다.

†

"그래서 말이죠, 그라이퍼는 참 대단하답니다? 제가 실패한 산더미 같은 요리를 『이것도 도전이다』라면서, 전부 혼자서 먹어치우고—."

"……그, 그렇습니까?"

같은 시간.

『천개』 아래, 그리고 『미궁』의 게이트 바로 위에 존재하는 안내소 안쪽에는 밀미에트 공녀와 아이리가 있었다.

어째서 자신이 반하임 공국의 공주님 옆에 앉게 된 것인가?

아무래도 그것은 아이리의 안전을 걱정한 코랄의 조치인 것 같았지만, 많은 숫자의 호위에 둘러싸이니 오히려 긴장되었다.

"코랄은 저와 먼 친척뻘 남자아이입니다만, 부모님이 병으로 돌아가셨기 때문에 제 호위로 거둬들였습니다. 『칠용기성』인 그라이퍼의 보좌관으로서 훗날 신왕국에 갈 일도 많아질 거라고 생각하니, 부디 잘 부탁드립니다."

"네. 저기— 실례지만, 잠시 자리를 비워도 괜찮을까요?"

"어머나, 죄송합니다. 제가 눈치가 없었군요. 누가 호위로 따라가 주세요."

"호, 혼자서도 괜찮습니다?!"

밀미에트는 선의로 꺼낸 말인 것 같았지만 주위에는 거의 남자 무관밖에 없어서 곤란했다.

'뭐랄까. 이 사람, 너무 순수해서 상대하기 어렵네요…….'

그보다 보는 눈이 많은 이 상황은 불안했다.

아이리가 들고 있는 가방에는 그녀가 해독한, 문제의 비밀 고문서가 숨겨져 있었으니까.

안내소 밖으로 나가 화장실에서 볼일을 보았다.

그때까지는 신경을 잔뜩 곤두세운 채 움직였다.

하지만 일을 보고 건물에서 나온 직후에는 한순간 긴장이 느슨해져 있었다.

"—헉?!"

"헷."

배후에서 천천히 남모르게 접근한 그림자.

천으로 얼굴을 가린 남자가 아이리가 들고 있던 작은 가방을 낚아챘다.

"도, 도둑이야! 멈춰?! 거기 서세요……!"

헛수고라는 것을 걸 알면서도 외칠 수밖에 없었다.

떠밀려 넘어진 아이리는 급하게 일어나서 뒤쫓았지만 이미 늦은 뒤였다.

남자는 궁전 내의 건물 그림자로 들어갔고 교대하듯 《와이번》 한 기가 날아올라 가방을 손에 든 채 나선 계단 밑으로 내려갔다.

"—어?!"

그 광경이 뜻밖이었던 아이리는 제자리에 멈춰 섰다.

밖으로 날아갔다면 찾기 힘들었을 텐데, 남자가 향한 곳은 궁전의 아래쪽— 도망칠 곳이 없는 『미궁』의 입구였다.

단순한 도둑이 왜 굳이 달아날 곳이 없는 장소로 내려갔을까.

제압 작전 때문에 많은 기룡사들이 그곳에 모여 있다고 해도 외부인이 내려오면 정체가 드러날 수밖에 없을 텐데.

처음부터 참가 허가를 받은 관계자라면 모를까—.

"도대체, 어째서……?"

이해할 수 없는 상황.

하지만 몇 초 후, 어떤 가능성에 생각이 미친 아이리는 전율했다.

복면 사이로 드러난 도둑의 얼굴을 버즈하임의 측근 중에서 본 것 같은 기분이 들었다.

“설마. 그럼, 그런—.”

그 순간 아이리의 뇌리에 어젯밤의 광경이 되살아났다.

싱글렌이 아이리의 방을 찾아왔을 때, 아이리가 유적과 관계있는 물건을 숨기고 있음을 시사하는 대화를 그 자리에서 나눴다.

『놈들은 각국에 스파이를 보내두었다. 네가 유적의 비밀을 숨기고 있다는 사실이 알려지면 위험하지. 그러니 경계하라는 말을 해주고 싶었다.』

그 대화를 버즈하임 일행이 엿듣고 빼앗으려고 한 것이라면—.

“윽……?!”

아이리의 심장이 격하게 요동치고 정신이 아득해졌다.

그것이 다른 사람의 눈에 띄면 신왕국에서 얻은 자신들의 입장은 무너진다.

창조주와의 관계를 의심받고 다시 투옥되거나, 아니면—.

‘더는, 망설일 시간이 없어요.’

아이리는 서둘러서 안내소로 되돌아가 급한 일이 있다고 알리며 그곳을 떠났다.

도둑맞은 이야기를 반하임 공국 무관들에게 보고할 수는 없었다.

도둑이 버즈하임과 한통속이라는 증거는 없는 까닭에 어디까지나 아이리의 추측일 뿐이었다.

다른 나라의 무관을 의심하는 이상 확증이 없으면 불가능했고, 설령 녀석들이 소행이 확실하다 해도 계속 오리발을 내밀 것이 틀림없었다.

다시 말해 이제 정당한 수단으로는 버즈하임 일당을 멈출 수 없었다.

"오빠, 저는……."

오빠에게 상담해야 할지 망설이며, 아이리가 무언가에 떠밀려 움직이듯 나선 계단을 내려가 『미궁』의 문에 도착했을 때 녹트의 모습이 눈에 들어왔다.

"아이리, 무슨 일 있습니까? 안색이 좋지 않습니다만."

"……."

한 번 휴식을 취하고 다시 모인 것인지 트라이어드의 티르파와 샤리스도 한자리에 있었다.

룩스의 모습과 리샤를 비롯한 신장기룡 사용자들의 모습은 보이지 않았다.

그녀들을 찾아 도움을 받는 쪽이 가장 좋은 방법일지도 모르지만 지금은 시간이 없었다.

버즈하임은 부상 탓에 장갑기룡을 사용할 수 없으며, 측근인 무관들도 거의 없을 터—.

"녹트, 부탁할 게 있어요. 들어줄 수 있을까요?"

아이리는 자기도 모르는 사이에 자초지종을 말하기 시작했다.

아이리 본인이 직접 도둑들을 쫓아 유적 안으로 들어가겠다는 상담을…….

†

"후우……. 결과가 제법 좋은걸. 방금 그걸로 우리 팀은 네 마리째야."

타닥타닥 장작이 타는 소리와 함께 코랄이 웃는 얼굴로 말했다.

암벽으로 주위가 둘러싸여 있고 바닥에는 짧은 잔디가 융단처럼 깔린 공간.

『미궁』의 1층, 그 북동쪽 방면에 존재하는 탁 트인 장소에서 룩스 일행은 잠시 휴식을 취하고 있었다.

캠프라고 불리는 『미궁』 내부의 휴식 장소로, 곳곳에 흩어져 있다는 것 같았다.

처음부터 『미궁』에 있던 시설이 아니라 오랫동안 드나들어 온 반하임 공국이 마련해둔 것이라고 한다. 주변에는 마침 벽과 바닥을 따라 물이 흐르고 있어서 폭포와 강 같은 형태로 되어 있었다.

그 옆에 설치된 낡아빠진 텐트 안에서 룩스와 코랄은 휴식을 취하고 있었다.

"물에 독이 들어 있진 않겠지만 위험할지도 모르니까 마시지는 마. 상류가 어떻게 되어 있는지 알면 안전성도 늘어나겠지만, 보증할 수 있는 건 아니니까."

"그렇구나……."

근처에 있는 찻주전자와 물도 미리 챙겨둔 식료품의 일부였다.

당일치기 작전이라 많은 양은 아니었으나, 사실 이런 임무에서는 그렇게 필요한 준비물은 아니었다.

"—하지만 이걸로 룩스 군의 승격은 확실하겠구나."

룩스가 홍차를 가볍게 홀짝이자 코랄이 웃으면서 그렇게 말했다.

가져온 회중시계를 보니 앞으로 수십 분이 지나면 귀환 시간이었다.

곳곳에 흩어져 있는 시험관의 지시대로 환신수를 토벌했고 그것을 여러 차례 반복했다.

룩스는 《와이번》만으로 싸웠지만, 그라이퍼와 코랄도 상당히 강한 축에 들어가서 토벌은 무난하게 성공했다.

본 시험에서는 평가치가 깎일만한 짓을 여러 번 저지르긴 했지만, 이것으로 룩스의 중급 계층 승격은 문제없을 것이다.

리샤의 기사로서 일단 면목은 유지할 수 있을 것 같았다.

'하지만 왜 이러는 걸까……. 왜 나는, 이렇게 겉도는 기분이 드는 거지?'

룩스는 홍차가 담긴 잔을 내려놓고 멍하니 텐트 주위를 걸었다.

주변에서 환신수의 기척은 느껴지지 않았고, 조용하게 물이 흐르는 소리만이 귀에 들려왔지만—.

"인마."

"우왓?!"

느닷없이 옆에서 목소리가 들리더니 눈앞 바닥에 대거가 꽂혔다.

당황해서 뒤로 훌쩍 물러나자 《쿠엘레브레》를 장착 중인 그라이퍼가 옆으로 다가왔다.

“어슬렁 어슬렁 멋대로 돌아다니지 마. 지금은 휴식 중이긴 하지만, 그렇다고 텐트에서 너무 떨어지진 말라고.”

“아, 미안…….”

룩스는 서둘러서 사과했지만 그라이퍼는 매몰차게 고개를 돌렸다.

‘아아, 모처럼 좀 친해졌다고 생각했는데…….’

무뚝뚝한 태도에 내심 침울해하며 룩스가 텐트로 돌아가려 하자—.

“위험하잖아, 그라이퍼! 그보다도 그것이 뭔지 설명해줘야지.”

“그것?”

텐트에서 나온 코랄의 말에 룩스가 고개를 갸우뚱하자, 그라이퍼는 귀찮아 죽겠다는 표정을 지었다.

“하아, 그쪽 방향에는 전송(포털) 장치가 있다고. 이 유적에 들어오기 전에 설명해줬잖아?”

“아—.”

그제야 룩스는 그라이퍼의 의도를 파악했다.

이 『미궁』 안에는 지하로 내려가는 계단과는 별도로 바닥에 전송 장치라 불리는 것이 여러 개 설치되어 있었다.

전송 장치 자체는 눈에 확 띄는 원형 포석이었지만, 위층에서 아래층으로 내려가는 일방통행뿐이라 눈치채지 못하고 그 자리에 올라가 버리면 팀이 갈라질 위험이 있었다.

겉으로 드러나는 태도와는 다르게 룩스의 안전을 신경 써 줬다는 사실을 알 수 있었다.

역시 이 남자는 이러니저러니 해도 남을 잘 돌봐주는 것 같았다.

"고마워, 그라이퍼. 경계 임무, 슬슬 교대할까?"

룩스는 웃으면서 말했지만 그라이퍼는 왠지 거북한 것처럼 고개를 돌려 외면했다.

"나는 성격상 차 같은 걸 별로 안 좋아하니까 사양하마. 어차피 이제 곧 돌아갈 시간이잖아? 그런 것보다—."

조금 떨어진 장소에서 《쿠엘레브레》를 두르고 서 있던 그라이퍼가 평소의 될 대로 되라는 태도로 중얼거렸다.

"용성으로 연락이 들어왔다. 아무래도 묘한 일이 일어난 모양이야. 이번 시험에서 영 시원찮던 신왕국군 남자들— 그 팀이 이상한 성과를 올리고 있다는군."

"그건 좋은 일 아냐? 신왕국군 사람들도 승격할 가능성이 올라갔다는 거잖아."

코랄이 고개를 갸웃하자 그라이퍼는 변함없는 태도로 계속해서 말했다.

"제대로 된 방식이라면 그렇겠지. 시험관의 말을 들어보니, 놀랍게도 그 녀석들은 이미 열 마리가 넘는 환신수를 처리했다고 하더라."

"어……?"

그 대목에서 처음으로 룩스도 반응했다.

이상했다.

이번에 신왕국에서 참가한 남자 무관들은 대장인 딜루이를 제외하면 하급과 중급 기룡사밖에 없었을 터였다.

물론 계층은 어디까지나 강함의 지표 중 하나일 뿐이지만, 익숙하지 않은 타국의 유적에서 갑자기 그런 성과를 낼 수 있을 거라고는 생각할 수 없었다.

“지금은 2층의 환신수만으로는 만족하지 못하고 3층 직전까지 갔다는 것 같다. 무슨 조화를 부렸는지는 모르겠다만.”

“…….”

그라이퍼의 말이 끝나자 코랄은 아주 잠시, 처음으로 험악한 표정을 보였다.

하지만 한 번 길게 숨을 내쉬고서 곧바로 평소의 온화한 태도로 돌아왔다.

“확실히 마음에 좀 걸리긴 하지만, 규정을 위반한 것도 아니니 괜찮은 거 아냐?”

“그렇다면 좋겠다만. 그럼 조금 이르긴 하지만 우린 이만 돌아갈까?”

그라이퍼의 말에 룩스도 자리에서 일어섰다.

그러나 그 순간 쿠궁! 하고 튀어 오르듯 『미궁』이 세로로 흔들렸다.

“지진—?!”

룩스가 그렇게 판단한 직후 천장이나 벽면을 밝혀주던 광원이 등불 같은 연한 황색에서 점멸하는 적색으로 뒤바뀌었다.

"이건―?!"

지난번에 『방주(아크)』 내부에서 이와 비슷한 상황이 있었던 것을 떠올리고 룩스는 기공각검을 뽑아 들었다.

"누군가가 3층에 들어갔나?! 위험해, 이대로라면― 유적이 경계 태세에 들어갈 거야!"

그것을 본 코랄도 《엑스 와이번》을 소환― 장착했다.

"그라이퍼! 나는 2층의 상황을 확인하고 올게! 너희는 일단 『미궁』 밖으로 나가서, 밀미에트 공녀 전하의 지시대로 행동해 줘!"

"그래, 알았다. 어이 왕자, 이만 궁전으로 돌아가자고."

"기다려! 나도 같이 가!"

룩스도 소리 높여 말했지만, 코랄은 조용히 고개를 가로저었다.

"이런 상황에서 『미궁』 지형에 익숙하지 않은 너를 데리고 갈 순 없어. 신왕국군의 무관들이 걱정되겠지만― 이번에는 참아줘."

그 말을 끝으로 코랄은 《엑스 와이번》으로 날아올랐다.

복잡하게 얽힌 미궁 통로를 빠져나가 순식간에 시야에서 사라졌다.

†

"—뭐, 뭐야 이 흔들림은?! 무슨 일이 일어난 거지?!"

"서, 설마 아니겠지?! 우리는 환신수를 쫓다가 우연히 3층에 들어왔을 뿐인데. 고작 그 정도로 유적이 이렇게 되다니—!"

"딜루이 대장! 어떻게 하시겠습니까?! 일단은 퇴각하는 편이—."

남자 무관만으로 편성된 팀이 하나.

부대장인 딜루이와 신왕국군 기룡사 세 명은 느닷없는 상황 변화에 겁을 집어먹고, 수많은 환신수를 물리쳐온 지금까지와는 정반대로 약한 표정을 지었다.

지금까지의 눈부신 성과는 순전히 딜루이 한 사람이 거둔 것으로, 나머지 세 무관은 그 콩고물을 주워먹고 있었을 뿐이었다. 거기에는 사명감이나 기사의 긍지 같은 것은 존재하지 않았다.

"—핫."

비웃는 표정으로 딜루이는 그것을 웃어넘겼다.

과거의 흉터가 아물고 기묘한 검은 문양이 떠오른 그 오른손에는, 어젯밤 로브의 사내가 남기고 간 나이프 한 자루가 쥐여 있었다.

아니. 아물기만 한 정도가 아니라, 이전과는 비교할 수 없을 정도의 힘이 용솟음치고 있었다.

"『분쟁의 씨앗』이란 말이지. 과연, 그런가. 그런 것이었나……."

"디, 딜루이 대장! 어서 퇴각을—."

"아아, 벌써 시간이 그렇게 됐나……. 그럼, 슬슬 헤어지도록 할까."

딜루이의 한마디에 무관들은 안도의 한숨을 쉬었다.

그의 언행이 평소와는 전혀 다르다는 사실을 그 자리의 누구도 눈치채지 못했다.

†

"이 경보는, 도대체—?!"

《와이번》을 두른 채 비행 중이던 샤리스가 의아한 표정으로 중얼거렸다.

버즈하임을 쫓아 2층으로 진입한 트라이어드와 아이리가 갑작스러운 상황 변화에 당황한 목소리를 냈다.

이미 귀환할 때가 가까운 탓인지 주위에 다른 장갑기룡의 모습은 없었다.

"이거 위험한 거지?! 어째 유적의 반응이 지난번 『방주』 때랑 똑같지 않아?"

"Yes. 가능성은 높다고 판단합니다. 하오나 레이더의 반응을 보니, 앞으로 조금만 더 가면 도둑이라고 생각되는 버즈하임 일당을 따라잡을 수 있습니다. 직선거리로 70메르도 안 됩니다만—"

"……."

녹트의 《드레이크》에 안긴 아이리는 복잡한 표정으로 입술을 깨물었다.

이 제압 작전을 지시받았을 때, 『미궁』의 경계 태세에 관한 설명을 들었다.

유적 내부의 색이 바뀌고 나서 약 5분 뒤에 2층과 3층을 잇는 계단의 출입구가 봉쇄되며, 환신수가 대량으로 출현할 위험이 있다고 했다.

그 고문서는 반드시 되찾아야만 한다.

—하지만 자신의 이기심으로 트라이어드 세 사람을 위험으로 내몰 수는 없었다.

"……제 《드레이크》라면, 유적 내부에 있는 한 용성은 닿습니다. 직선거리로 약 50메르— 3층 계단을 내려가자마자 보이는 장소에 그들이 있을 겁니다."

갈등으로 괴로워하는 아이리를 본 녹트가 그렇게 말했다.

그럼에도 쉽사리 답을 정하지 못하는 아이리에게 샤리스가 말했다.

"가자고. 고민할 여지가 뭐 있겠어. 저 비겁한 도둑들에게 빚을 갚아주지 않으면, 학원의 자경단을 자처하는 내 속도 풀리지 않는다고."

"그것도 그러네—. 우리도 시험에서 어지간히 괴롭힘 당했으니까 말이야—."

"Yes. 환신수는 항상 탐지하고 있으니 퇴로의 확보는 맡겨만 주십시오."

"—죄송해요, 여러분."

눈치 빠른 트라이어드의 배려심을 느끼며 아이리는 기어들어 가는 목소리로 사과했다.

"나도 내 실력을 좀 확인해보고 싶었던 참이다. 그럼 가볼까, 티르파, 녹트."

"오우케이~!"

"Yes, my lord."

샤리스의 선언에 티르파와 녹트가 미소로 대답했다.

3층으로 향하는 계단을 내려가 조금 더 전진하자, 탁 트인 대형 야영지에 버즈하임과 그 측근 무관들이 모여 있었다.

맨몸인 것은 아이리의 가방을 손에 들고 있는 버즈하임뿐. 그 부하인 반하임 공국 남성 무관 네 명은 각자 범용기룡을 장착하고 있었다.

샤리스가 재빨리 브레스 건의 총구를 그쪽으로 돌리며 경고했다.

"맹우 반하임 공국의 군인인 귀공들에게 고한다! 그것은 우리 신왕국 문관의 소지품이다. 지금 즉시 순순히 돌려준다면 상층부에 보고하는 선에서 끝내겠다. 하지만 거부하겠다면 힘으로 되찾도록 하겠다!"

맞은편의 버즈하임은 잠깐 놀란 표정을 보였지만, 이내 엷은 웃음을 지으며 대답했다.

"……흐음, 무슨 소릴 하나 했더니, 사람을 잘못 본 게 아닌가? 이 가방은 내가 아는 사람에게서 받은 것이다만."

그리고 부하 기룡사들의 그림자에 숨는 것처럼 뒤로 물러났다.

“그러냐. 선택을 거부하겠다 이거지. 그럼, 사양하지 않고 되찾도록 하겠다.”

샤리스가 조작하는 《와이번》의 손가락이 브레스 건의 방아쇠에 걸린 순간, 측근 중 하나가 장착한 《와이엄》이 단숨에 눈앞으로 접근했다.

장벽을 전개한 상태로 돌격했으니 피탄을 감수하고 억지로 밀어붙이겠다는 전략이었다.

“아주 전형적인 반응인걸—. 안 된다구, 그런 걸로는—.”

적의 움직임을 파악한 티르파가 똑같이 몸에 두른 《와이엄》으로 요격했다.

워해머 끝으로 상대의 블레이드를 뿌리치고 자세가 무너진 장갑기룡의 어깻죽지를 노려 힘차게 내리쳤다.

“커, 헉……?!”

흐르는 듯한 그 일격에 남자가 주춤했을 때, 무장을 교체한 샤리스가 곧장 날아오며 블레이드를 매섭게 휘둘렀다. 환창기핵에 충격을 받아 적의 기룡이 해제되었다.

녹트도 아이리를 감싼 채 브레스 건의 방아쇠를 당기며, 움직이려고 하는 다른 무관들을 견제했다. 세 사람의 연계는 보기 좋게 성공했다.

“체크메이트다, 버즈하임 공.”

“크……!”

샤리스가 《와이번》의 블레이드를 들이대자 맨몸의 버즈하임이 신음했다.

상황은 정리되었다.

지금부터 전력으로 되돌아가면 2층과 3층을 잇는 계단이 봉쇄되기 전에 돌아갈 수 있다.

아이리가 안도의 한숨을 내쉰 찰나, 버즈하임이 소리쳤다.

"너, 넘겨줄 것 같냐! 네놈들이 유적의 비밀을 파헤칠 수 있는 증거를 가졌다는 건 알고 있다! 이대로 내게 손을 댔다가 군법 회의에 회부되면 곤란한 건 너희다! 너희 따위는, 기껏 해야—."

"그런가— 그렇다면 그 『유적의 비밀』이라는 것은, 내가 파헤치도록 하지."

"뭐……?!"

갑자기 옆에서 들려온 목소리에 버즈하임과 그 측근들, 그리고 트라이어드와 아이리가 굳어버렸다.

《엑스 와이번》을 장착한 잘생긴 청년, 딜루이 프로이어스가 그 자리에 서 있었다.

'신왕국의 군인인 저 사람에게도 보이고 싶지 않았는데—.'

그를 본 아이리는 어떻게 딜루이를 설득해야 할지 고민했다.

그러나 그럴 필요는 순식간에 사라졌다.

"무, 무슨 개소리냐?! 누가 너 같은 놈에게 이걸— 억……!"

쐐액— 《엑스 와이번》의 블레이드가 움직이자 버즈하임의 머리가 날아갔다.

"헉……?!"

아이리와 트라이어드의 전신에 소름이 돋은 직후, 딜루이는 다시 블레이드를 휘둘렀다.

바람을 찢는 매서운 소리와 함께 은색 섬광이 대기를 달리며, 멍하니 굳어 있던 버즈하임의 측근들의 머리를 가차 없이 날려버렸다.

"무슨, 짓을—."

새파랗게 질려서 중얼거리는 샤리스를 거들떠보지도 않고, 딜루이는 머리가 사라진 버즈하임의 팔에서 피에 젖은 아이리의 가방을 손쉽게 빼앗았다.

온화한, 평소의 그와 무엇 하나 다르지 않은 기척.

오히려 그것이 온몸의 털이 거꾸로 설 정도로 무서웠다.

"아차, 미안하군. 놀라게 해서."

담담하게, 벌레를 밟았을 때 정도의 반응조차 보이지 않으며 딜루이는 말했다.

"나와 함께 온 부대는 먼저 처리해두었다. 이 3층에서는 지상으로 용성을 보내도 잘 안 닿을 테지만, 만에 하나라도 구원을 요청하면 곤란해서 말이지."

"무슨, 말, 이지? 당신은—."

샤리스가 희미하게 떨리는 목소리로 물어보았다.

"입 좀 다물어주겠나. 협박에 필요한 순서를 밟는 중이니까. 내가 어디까지 말했지? 그렇군, 자네들이 도움을 요청하기는 불가능에 가까워. 반항하면 죽는다. 자네 주위에 있는 세 소녀의 팔다리를 하나하나 썰어버린 다음 목을 날릴 거다. 그건 이해했겠지? 자 그러면, 이 안에 숨겨두었다는『유적의 비밀』을 파헤칠 수 있는 것에 관해서 이야기 좀 해주겠나? 아이리 아카디아."

"……"

아이리는 그저 힘겹게 마른침을 삼키며 떨 수밖에 없었다.

머리가, 가슴이, 이 현실을 이해하기를 거부하고 있었다.

다만, 딱 하나만큼은 확실했다.

이 남자가— 가공할 만한 적이라는 것.

"그나저나 나도 이렇게까지 할 수 있을 줄은 몰랐어. 내 오른팔을 움직일 수 있게 된 건, 그 묘한 남자 덕분인데— 뭐, 그 이야기를 할 필요는 없겠지."

"—샤리스, 티르파, 준비는 됐습니까? 반응은 가깝습니다."

《드레이크》를 장착한 녹트가 긴장한 표정으로 말했다.

"그래, 할 수밖에 없는 것 같군— 가자!"

소리친 직후 샤리스의《와이번》이 바로 옆으로 날았다.

한 호흡 늦게 티르파와 아이리를《드레이크》로 안은 녹트도 따라갔다.

"미안하지만 우리 능력으로는 감당할 수가 없어! 네 안전이 제일 중요하다, 아이리!"

샤리스가 그렇게 외치면서 2층으로 돌아가는 계단을 향한 우회 루트를 찾았다.

근처의 지형 파악과 환신수의 탐지는 녹트의 《드레이크》로 이미 조사를 끝낸 뒤였다.

"승격 시험에서 자신의 실력을 파악하지 못한 모양이로군? 내가 협박을 한 이유는 너희를 놓칠 리가 없기 때문이다."

태연한 말투로 딜루이와 《엑스 와이번》이 추격에 나섰다.

"공교롭게도 나는 자신을 잘 알고 있어. 걱정은 접어두시지!"

넓은 직선 통로에 접어들었을 때, 샤리스는 다시 옆에 있던 좁은 통로로 달아났다.

"—?!"

그 순간, 눈앞의 암흑에서 날아온 포효가 주변의 공기를 찌릿찌릿하게 뒤흔들었다.

"역시 부사령관의 딸이군. 꽤 하잖아."

트라이어드의 의도를 파악한 딜루이가 오만하게 웃으면서 혼잣말했다

난적들이 서로 마주치게 해서 그 사이에 달아나기 위한 샤리스의 계략.

정면으로 대치한 딜루이를 향해 사나운 중형 환신수가 달려들었다.

†

한편 제압 작전 귀환 시간이 가까워진 데다가 유적이 경계

태세에 들어간 까닭에, 기룡사들 중 90퍼센트는 지상으로 돌아와 있었다.

지형 변화와 환경 악화에서 달아나기 위해서만이 아니라, 유적 주변에서 소환되는 환신수를 격퇴하기 위하여 전력을 되돌릴 필요가 있기 때문이었다.

"대체 무슨 소릴 하는 거냐. 우리가 구출하러 갈 수 없다니, 도대체 어떻게 된 거냐?!"

수많은 기룡사들로 북적이는 안내소 한복판에서 장의 차림의 리샤가 반하임의 지휘관들에게 서슬 퍼렇게 달려들었다.

"그것은 그러니까, 유적에 관련된 규정에 의거하여, 신왕국 여러분을 경계 태세에 들어간 『미궁』에 들어가게 할 수는 없습니다……."

"우리가 괜찮다고 하지 않느냐! 얼른 허가하란 말이다!"

리샤가 거칠게 책상을 내려친 순간, 그 뒤쪽에서 목소리가 들려왔다.

"—이거 참, 조용히 좀 해주겠나. 신왕국 왕녀 전하."

"큭……?!"

갑자기 그 자리에 청색 외투를 걸친 남자가 나타났다.

어젯밤 이후로 그럭저럭 잠잠했던 『푸른 폭군』— 싱글렌 쉘불릿.

이 한없이 절박한 긴급 상황에도 동요하는 기색은 전혀 보이지 않았다.

깊고 어두운, 나락과도 같은 칙칙한 검은색 눈동자.

그것을 똑바로 보고서 리샤는 멈칫했다.

"설명을 해줄 수 있을까? 우리의 동료가 아직 안에 있거든."

그 옆에 서 있던 크루루시퍼의 매서운 시선에 싱글렌은 어깨를 으쓱였다.

"허어? 아무래도 내가 너희를 과대평가한 모양이로군. 아무리 아가씨들의 취미라고는 하지만, 일단은 군에 소속된 일원이라고 생각했는데 말이지."

"날 자꾸 자극하지 마라! 이런 긴급한 상황에 입씨름을 하고 있을 여유는 없단 말이다!"

리샤의 반론을 옆에 있던 크루루시퍼가 손을 내밀며 제지했다.

"군으로서의 우선 사항이라면 이곳 반하임 공국의 공녀, 밀미에트 전하의 안전을 최우선으로 지킬 것— 이걸 말하는 걸까?"

크루루시퍼의 말에 싱글렌은 웃음으로 긍정을 나타냈다.

물론 그것은 절반 정도의 명목일 뿐, 실제로는 『미궁』의 입구 근처에 출현한 환신수를 신속하게 섬멸하기 위한 전력이 필요하다는 것이 진상이리라.

지금 생각해보면 군이 밀미에트 공녀가 친히 시찰하러 온 것도 처음부터 그게 이유였던 것이다.

신왕국 무관들을 환신수 토벌에 동원해서, 유적이 경계 태세에 들어가면 그 전력을 『미궁』 입구 근처에 집중시켜 도시를 지키게끔 유도한다는—.

그 대의명분을 실행시키기 위한 열쇠로서…….

"이미 이번 지휘 권한을 가진 내가, 전군에게 유적에서 퇴각하라는 명령을 내렸다. 뭐, 걱정하지 마라. 내 부하에게 탐색 명령을 내렸으니까. 운이 좋다면— 응? 아아."

싱글렌이 말을 하는 사이에 순백색 외투를 걸친 백령 기사단원 하나가 몸을 굽히고 싱글렌에게 귓속말을 했다.

"그런가, 안타깝군. 유적 3층에 들어간 녀석들은 지금 막 출입구가 차단되어 갇혀버린 모양이다."

"뭐—?!"

그 한마디를 듣고 애써 냉정함을 유지하던 라이글리 교관의 표정도 싹 뒤바뀌었다.

3층과 2층에는 출입구를 분단하는 기구가 있었다.

그래서 3층으로의 출입 금지를 꼭 지켜왔지만, 그 사태가 일어나고 말았다.

버즈하임을 포함한 부대와 딜루이를 대장으로 삼는 부대.

그리고 마지막으로 들어간 트라이어드와 아이리가 3층에 갇혀버렸다는 이야기였다.

"어쩔 수 없는 일이다. 유적을 조사할 때는 사고가 따라오기 마련이지. 경계 태세가 풀린 뒤에라도 여력이 있는 인원을 모아 구조대를 보내면 되겠지."

그 설명 직후에 싱글렌이 내뱉은 한마디에 동요가 일어났다.

"—웃기지 마."

술렁이는 안내소에서 싸늘한 목소리가 울렸다.

리샤 일행 뒤쪽에서 나타난 룩스가 천천히 싱글렌 앞으로 걸어나왔다.

"당신은 그들이 남겨졌다는 사실을 알면서도 내버리겠다는 건가? 충분히 구할 수 있는 전력을 가졌으면서도, 같은 기룡사 동료들을—."

평소의 룩스와는 달리 새파랗게 날이 선 기세에 리샤와 크루루시퍼는 깜짝 놀라서 그 얼굴을 바라보았다.

"흥분하지 마라, 잡부. 이것은 유적 도시를 관리하는 집정관의 의사이기도 하다. 어차피 3층에 갇힌 녀석들은 중급 계층 이하의 인원이 대부분이다. 지금까지 **체**로 걸러서 떨어진, 대단한 실력도 소질도 없는 놈들이란 말이다. 지금의 세계에— 약자를 구할 여유는 없다."

"약자…… 라고?"

조용한 노기를 품은 룩스의 목소리를 듣고서 싱글렌은 웃으며 대답했다.

"사관후보생도 몇 사람 섞여 있는 것 같긴 하지만, 어쨌거나 군에 소속된 인원. 이런 사태도 각오는 해두었을 테지. 경계태세로 이행한 유적은 얼마 지나지 않아 유적 주위에 환신수를 대량으로 소환한다. 적의 전력이 뛰어날 경우에는 거점에서 방어전을 치르는 것이 기본이지. 네 얄팍한 정의감으로 이 도시와 시민들을 위험에 빠뜨릴 셈이냐?"

"……."

룩스는 아무 말도 하지 않았다.

리샤 일행도, 직전까지 동료를 구출하자고 호소하던 다른 무관들도 그 이상 반론을 주장하지 못하고 숨죽였다.

싱글렌의 말은 기본적으로 정론.

그리고 이 자리의 지휘권을 가진 이 남자에게는 거역할 수 없었다.

억눌린 탄식이 주위에 퍼져 나가고 잔물결처럼 술렁이는 소리가 사라졌다.

구출을 요구하던 반하임 공국의 무관들도, 신왕국의 무관들도 어쩔 수 없는 상황이라며 체념했다. 그러나—.

"그게 어떻다는 거지?"

"……뭐?"

룩스가 불쑥 꺼낸 한마디가 그 정적을 깨뜨렸다.

놀라서 당황하는 다른 무관들 사이를 비집고 나와 싱글렌과 대치했다.

"약자라고 했나? 유적에 남은 것은 대단한 실력도 소질도 없는 녀석들이라고. 그런 것을 구할 여유 따위는, 이곳에는 없다고."

"말했다만, 무슨 문제 있나?"

"당신의 판단은 잘못됐어."

그렇게 중얼거리면서 룩스는 주위를 슬쩍 둘러보며 이야기를 계속했다.

"잔존한 아군 전력을 구출하는 것도 우리의 임무다. 이번 제압 작전에서는 규정 시간을 초과하면, 그 이후로는 환신수를 토벌하더라도 추가 시험 평가에는 가산되지 않지."

"그래서?"

"『미궁』 안에 남은 아군은 시간 안에 예측하지 못한 상황과 맞닥뜨리고, 환신수와 교전하다가 3층으로 향했을 가능성이 높아. 아니면 위기에 처한 동료를 구출하고자 그것을 골랐을 수도 있지. 그렇기 때문에 유적에 남게 된 거다."

룩스는 태연한 태도로 담담하게 말을 풀어나갔다.

"군인에게 명령은 절대적이다. 하지만 일분일초가 아까운 상황에서 자신이 싸울 방법을 판단할 수 있는 기사와, 그저 눈앞의 적을 두려워하여 안전한 곳으로 피하려 하는 겁쟁이는 다르다. 당신은— 어느 쪽이지?"

술렁— 안내소의 넓은 공간에 동요가 번졌다.

『칠용기성』이며 이번 작전의 지휘관으로 임명된 싱글렌에게, 룩스는 정면으로 반대 의사를 표명했다.

"……."

싱글렌은 룩스의 말을 듣고 몇 초 정도 침묵을 고수했지만, 이윽고 평소의 공허한 미소를 지어 보였다.

"크크크크크. 생각보다 흥미로운 남자로다. 평가를 좀 수정해야 하겠군. 하지만 너는 무력한 인간이다. 너는 이 상황에서 반하임 공국의 규정을 무시할 수 없단 말이다."

"확실히 그렇지. —단 한 가지 예외를 제외하고."

룩스가 대답한 직후, 콰앙! 안내소의 문이 박살 날 듯한 기세로 열리면서 한 남자가 걸어 나왔다.

싱글렌과 같은 『칠용기성』의 일원인 그라이퍼였다.

"집정관 영감들이랑 담판을 짓고 왔다고. 세계 협정에서 인정받은 『칠용기성』이라면, 그 자체가 타국의 유적에서도 독자적인 권한을 행사할 수 있다고 하더구만? 특히나 긴급 상황에서는 절차를 생략하고 유적으로 침입할 수 있다고—."

"그라이퍼……."

"뭐, 내 일도 원래는 공주님 호위가 첫 번째다만, 코랄 자식을 찾으러 가야 하거든."

룩스는 그 말에서 그라이퍼의 의지를 느꼈다.

직후에 룩스는 다시 싱글렌을 향해 똑바로 섰다.

"『칠용기성』 부대장, 싱글렌 쉘불릿에게 서약한다. 나는 지금 이 순간, 아티스마타 신왕국의 『칠용기성』에 지원하겠다!"

"헉……?!"

룩스의 선언에 그 자리에 있던 모든 이가 크게 동요했다.

커다란 파문이 주위에 퍼져 나가자 싱글렌은 오만하게 웃으면서 대답했다.

"동생을 구하고 싶다는 일념만으로 통 크게 나왔군. 그렇게나 참가를 거부하던 사내가."

"더 얘기할 시간은 없다. 승락하지 않겠다면, 나는 규약을 위반해서라도 구출하러 갈 거다."

"—훗, 좋다."

룩스의 고집스러운 말에 싱글렌은 만면에 미소를 떠올렸다.

"권한자의 동의는 이미 받아두었다. 구제국의 후손, 몰락 왕자 룩스 아카디아. 너를 아티스마타 신왕국의 『칠용기성』으로 인정한다.”

싱글렌이 뭇사람들을 향해 목청껏 선언했다.

안내소에서 탄성이 터져 나오는 가운데 룩스는 무관들을 좌우로 밀어 헤치면서 걸었다.

그 도중에 리샤, 크루루시퍼, 피르히 일행과 엇갈리게 되었을 때, 잠시 걸음을 멈추고 속삭였다.

“죄송합니다, 리샤 님. 뒷일은 부탁드리겠습니다.”

그 말을 곱씹듯이 리샤는 고개를 끄덕이며 당찬 미소와 함께 대답했다.

“……알았다. 저 배배 꼬인 남자를 놀라 나자빠지게 해줘라.”

“네.”

진지한 표정으로 끄덕이고서, 룩스는 『미궁』의 게이트와 연결된 나선 계단 입구의 가장자리에 섰다.

“준비는 됐나? 왕자.”

룩스는 말없이 고개를 끄덕이며 《바하무트》의 기공각검을 뽑아 들었다.

마찬가지로 《쿠엘레브레》의 기공각검을 들어 올린 그라이퍼와 함께, 나선 계단의 난간을 박차고 그 중심으로 뛰어들었다.

주위의 군중과 무관들이 놀랄 새도 없이 유적에서 우렁찬 포효가 들려왔다.

—뷔이이이이이이이이이이잇!

"윽—?!"

게이트를 지나, 크게 펼쳐진 나선 계단 아래에서 환신수가 까맣게 출현했다.

먼저 비행 능력을 지닌 가고일이나 키마이라 등의 익수(翼獸)가 중앙의 구멍을 통해 일직선으로 올라왔다.

룩스와 그라이퍼는 기공각검 자루의 버튼을 눌러 각자의 신장기룡을 장착했다.

"—부탁할게, 요루카!"

룩스가 날카롭게 소리친 직후, 무수한 참격의 선이 허공을 달렸다. 달려들던 환신수들은 순식간에 갈기갈기 조각나 어지럽게 흩어졌다.

한 호흡 뒤에 《드레이크》가 보유한 기능 중 하나, 『광학 위장』이 해제되면서 이국의 의상을 입은 흑발 소녀와 그 신장기룡이 모습을 드러냈다.

"목이 빠지도록 기다리고 있었사와요, 주인님."

과거 『제국의 흉인』이라 불리던 암살자 기룡사— 키리히메 요루카.

타국의 유적이라는 이유로 각종 제약이 많은 이 상황에서 조력을 구하기 위해, 위험을 무릅쓰고 그녀를 불러들였다.

"우웃?! 도대체 뭐야, 이 여자는?!"

"걱정하지 마. 그녀는 내— 그게, 동료니까."

이미 구제국의 황족이 아닌 룩스는 그녀를 차마 종자나 부하라고 부르기가 거북해서 그렇게 얼버무렸다.

룩스 일행을 선도하는 것처럼 요루카는 낙하하는 도중에 교차하는 비행형 환신수를 끊임없이 찢어버렸다.

착지하는 동시에 약 네 마리의 환신수를 처치하고 어두침침한 게이트 앞에 진을 쳤다.

기룡을 장착한 룩스와 그라이퍼가 게이트 위에 올라서자 바로 내부로 빨려 들어갔다.

동시에 요루카가 기공각검을 뽑았고 어깨의 장갑에서 무수한 빛의 창문이 떠올랐다.

서치프레임 온
“탐사기구 기동.”

요루카가 중얼거리는 것과 동시에 어깨 장갑에서 수많은 빛의 선이 거미줄 모양으로 펼쳐지며 『미궁』의 바닥과 벽을 고속으로 기어갔다.

특장형 신장기룡인 《야토노카미》에는 색적, 위장, 지원, 보조, 복구 등의 기능이 탑재되어 있었다. 성능은 범용기룡인 《드레이크》보다 몇 단계는 더 뛰어났다.

“—주인님의 동생 분은 아직 무사하여요. 그 주위에 있는 그 삼인조도요. 좌표는 3층 북동 부분입니다만, 조금씩 이동하고 있군요.”

아마도 3층 출구를 찾으며 적에게서 달아나고 있는 것이리라.

트라이어드 소녀들은 이 상황에서도 아이리를 지키며 최선을 다하고 있었다.

퇴로가 봉쇄되고 자신들만이 덩그러니 남겨졌다는 절망적인 상황에서도 포기하지 않고 싸우고 있었다.

그 사실만으로 룩스 안에서는 힘이 용솟음쳤다.

"요루카, 『미궁』을 안내해줄래? 환신수와의 교전은 최대한 피하는 방향으로, 최단 경로를 찾아줬으면 좋겠어."

"—알겠사와요."

요루카는 대답하는 동시에 《야토노카미》의 네 다리를 움직여서 공중을 걷어차는 움직임으로 날았다.

《공답(空踏)》이라 불리는 이 특수 무장은, 비행 기능이 없는 특장형 신장기룡인 이 기체를 하늘을 나는 것처럼 이동할 수 있게끔 해주었다.

"과연, 이런 무서운 여자를 아군으로 삼고 있었을 줄이야. 왕자님도 여간내기가 아니구만."

그녀의 훌륭한 솜씨에 그라이퍼는 감탄하면서, 때때로 전방에서 날아오는 환신수를 《용미연검(테일 블레이드)》으로 쳐 날렸다.

빠르게 뒤쪽으로 흘러가는 경치를 보며 통로를 몇 분 정도 이동했을 때, 앞장서고 있던 요루카가 갑자기 속도를 늦췄다.

"도착했사와요, 주인님. 바로 여기 밑에 있군요."

"헙……?!"

그 광경을 보고 룩스는 무심코 헛숨을 삼켰다.

각층에 설치된 지하로 내려가는 대형 계단. 3층으로 이어지는 그 입구는 견고한 쇠창살로 막혀 있었다.

"핫, 이따위—!"

그라이퍼가 에너지를 두른 《테일 블레이드》로 후려쳤지만 불꽃과 함께 튕겨 나왔다.

"—평범한 창살이 아니야?!"

룩스도 뒤따라서 검은색 대검— 《낙인검(카오스 브랜드)》을 휘둘러보았지만 역시나 튕겨 나올 뿐이었다.

어른의 팔 두께 정도 되는 두꺼운 창살에는 경미한 흠집 정도밖에 나지 않았다.

이 창살을 파괴하려면 앞으로 몇십 분은 더 걸릴 터였다.

"여기서 끝장인가. 이놈을 파괴할 수 있느냐 없느냐가 포인트였는데, 이제 3층으로 갈 방법은—."

"……."

룩스는 이를 악물고 사고를 가속했다.

'침착해, 아직 뭔가 방법이 있을 거야. 확실히 이 『미궁』의 구조에 관한 설명을 들었을 때—.'

『룩스 씨, 근처에 계시는 겁니까?! 응답 부탁드립니다!』

"앗……?!"

그 순간 녹트의 《드레이크》가 보낸 용성 통신이 들어왔다.

『있어, 녹트! 우리는 지금 2층에 있어. 녹트네 바로 위쪽 지점까지 왔다고! 하지만—.』

"알고 있어, 룩스 군. 우리도 시험해봤거든. 그 계단을 분단하고 있는 창살을 파괴할 수 있다면, 어떻게든 탈출할 수 있지 않을까 싶어서. —하지만."

"샤리스 씨! 아이리! 다른 사람들도—."

분단된 격자 반대편— 대형 계단 근처에 트라이어드 일행의 모습이 보였다.

그녀들도 사력을 다한 모양이지만 3층 쪽에서도 창살은 파괴할 수 없었던 것 같았다.

처참하게 부서진 샤리스 일행의 무장이 그 증거였다.

"……룩스 군, 우린 아직 괜찮아. 무리할 것 없어. 유적의 경보 태세라는 게, 그렇게 오랫동안 지속되는 건 아니잖아? 그렇다면 괜찮아. 앞으로 몇십 분 정도는 어떻게든 버틸 수 있다고."

"나는 제—법 힘들지만, 세리스 선배의 훈련에 비하면 훨씬 나은 것 같기도 하고~."

"Yes. 기다리는 건 익숙하므로."

삼인조는 그렇게 말하며 웃어 보였지만 허세를 부리고 있다는 것은 분명했다.

이마나 목덜미에는 땀이 흥건했고 거친 숨소리가 들려왔다.

계층 승격 시험을 치르며 쌓인 피로를 미처 풀지도 못한 채 이번 제압 작전에도 쉬지 않고 참가한 것이다.

게다가 이미 여러 차례 강적과 교전한 듯 장갑에는 미세한 균열이 생겨 있었다.

"주인님, 우리 뒤쪽에서 환신수의 대군이, 동생 분 쪽에는 장갑기룡의 반응이 접근하고 있사와요. 그녀들의 움직임으로 짐작건대, 동료 기룡사— 는 아닌 것 같군요."

"……."

아이리 일행을 노리는 무리로는 짐작 가는 것이 있었다.

『용비적』이라는 집단의 목적은 유적에서 보물을 훔쳐내고, 동시에 현재 유적을 보유 중인 나라의 군사력을 저하시키는 것.

그 위험이 지금 트라이어드와 아이리의 근처에 다가온 것일지도 모른다.

"걱정하지 마세요, 오빠. 저는 아직, 괜찮으니까—."

그리고 아이리가 녹트의 등 뒤에서 말했다.

여느 때처럼 정숙하고 침착한, 처세술에 능숙한 영애의 미소.

그것이 강한 척이라는 사실도 알고 있었다.

"알았어, 아이리."

그래서 룩스는 여느 때처럼 온화한 미소로 대답해주었다.

두 사람이 어렸을 적부터 몇 번이나 그렇게 해왔던 것처럼. 그녀의 머리를 쓰다듬어주던 때와 같은 목소리로, 이렇게 말했다.

"지금 바로 구하러 갈 테니까, 조금만 더 기다려줘."

"아……?!"

룩스의 한마디를 듣고 아이리의 얼굴이 한순간 경직되었다.

쓰고 있던 여유로운 가면이 부서져 내리고 보일 듯 말 듯 어깨를 떨었다.

"무, 무슨 말을 하는 건가요, 오빠는. ……무리예요. 상황을 생각해주세요. 어차피 3층과 2층은, 완전히 분단돼 있단 말이에요!"

그러나 룩스는 안색 하나 바꾸지 않고 조용히 숨을 들이쉬었다.

"아니— 방법이라면 있어."

"—네?"

룩스가 냉정하게 꺼낸 한마디를 듣고 아이리와 트라이어드는 경직했다.

"이 『미궁』 안에는 아래층으로 향하는 일방통행 전송 장치가 있어. 그걸 사용하면 여기서도 3층으로 갈 수 있어."

"잠깐만요?! 무슨 생각을 하는 거예요?! 이 『미궁』 내의 전송 장치는 지하로 내려가는 것밖에 없다구요?! 저를 구하려고 오빠까지 갇힐 생각이에요? 저는 이 이상— 오빠의 짐이 되기 싫단 말이에요!"

"아이리……."

아이리가 비통하게 외치자 그녀의 머리 위에 누군가가 가만히 손을 얹었다.

"나도 부탁할게. 무모한 짓은 하지 말아줘, 룩스 군."

샤리스는 온화한 표정으로 그렇게 끼어들었다.

"구해주러 온 우정에는 감사해. 하지만 이건 우리 책임이야. 우리 트라이어드는 저 녀석들의 꼬임에 넘어가고 말았어. 그들의 목적을 간파하지 못하고 아이리를 위험에 빠뜨리고 말았지."

"Yes. 우리도 이 이상 룩스 씨의 걸림돌이 되지는 않을 겁니다."

"뭐— 걱정하지 않아도 괜찮다니까. 지금까지도 잘 도망쳤고—."

샤리스와 녹트가 그렇게 말하자 티르파도 쓴웃음을 지으며 이어서 말했다.

이미 만신창이가 된 몸으로, 룩스에게 이 이상 부담을 줄 수 없다면서 네 사람은 강한 척을 하고 있었다.

"우리 트라이어드는 무슨 일이 있어도, 네 동생만은 지킬 수 있도록 최선을 다할 생각이다. 그러니까—."

어딘가 쓸쓸함이 깃든, 그렇지만 무관으로서의 긍지를 담은 샤리스의 말.

하지만—.

"—요루카, 3층으로 내려가는 전송 장치가 어디 있는지, 확인할 수 있어?"

"뭐……?!"

진지한 얼굴로 룩스가 내뱉은 말에 트라이어드 삼인조의 안색이 변했다.

"어째서, 그런……."

아이리가 허망하게 중얼거리는 와중에 요루카는 담담한 목소리로 룩스에게 말했다.

"여기서 조금 떨어져 있사와요. 위치로는 북서쪽이로군요."

"알았어. 너는 여기에 남아서 환신수의 대군을 유인해줬으면 해. 맡겨도 될까?"

"함께 갈 수 없는 것은 아쉽습니다만, 어쩔 수 없네요."

생긋, 낙관적인 미소를 돌려주면서 요루카는 카타나형 블레이드를 들고 자세를 잡았다.
"가자, 그라이퍼!"
"알았다고. 나도 코랄 자식을 찾아야 하니까."
룩스는 전송 장치를 향해 《바하무트》로 날아갔다.
"다들! 앞으로 조금만 더 기다려줘!"
소리친 직후, 순식간에 계단에서 벗어나 통로를 재빠르게 누비며 날았다.
얼마 지나지 않아 정체를 알 수 없는 문자가 그려진 서클을 발견하고 그 위에 내려섰다.
유적 내부의 전송 장치는 들어가기까지 걸리는 시간도 짧다.
금세 연한 빛이 흘러넘치더니 룩스와 그라이퍼를 기룡째로 감쌌다.
"미안해, 그라이퍼. 너까지 말려들게 해서."
"핫, 다른 나라 왕자님이 걱정까지 해줘야 할 정도로, 약해빠진 몸은 아니라고."
룩스가 사과하자 그라이퍼는 당돌하게 웃었다.
한순간 체중이 사라지는 감각과 함께 시야가 빛으로 가득 찼다.
바로 시야가 열린 그 직후— 중형 환신수가 몇 마리 날아들었다.
평범한 기룡사라면 반응조차 하지 못할 기습과도 같은 공격.
하지만 그 상황에서도 조금도 동요하지 않고, 두 명의 『칠용기성』은 움직였다.

포톤 다이브
"—《광자잠행》."

날카로운 송곳니와 발톱이 다가온 순간 그라이퍼가 장착한 《쿠엘레브레》가 빛에 휩싸였다.

몇 초간 무적이 되는 신장의 효과에 눈앞에 있는 환신수의 공격이 튕겨 나간 그 순간, 룩스의 《바하무트》가 움직였다.

리로드 온 파이어
"《폭식》."

시간을 압축하여 몇 배의 속도로 가속한 뒤에 시전하는 초고속 참격.

종횡무진으로 휘둘러진 대검의 칼날 앞에서 환신수 본체는 갈기갈기 찢겨 나갔다.

원래 즉격을 사용하려면 적의 공격 예비 동작을 간파해야 했지만, 그라이퍼가 조종하는 《쿠엘레브레》의 《광자잠행》이라는 벽을 이용해서 그 틈을 찔러 공격을 시도한 것이다.

"먹잇감을 빼앗겨버렸군. 뭐— 시간이 없으니까 이번에는 봐주마."

"—고마워."

룩스는 웃으면서 대답하고 아이리 일행이 있던 장소로 날아갔다.

하지만 경계 태세임에도 불구하고 환신수는 그 이상 나오지 않았다.

이상하게 생각했을 때, 트라이어드와 아이리 일행의 모습이 보였다.

하지만 그녀들 앞에는— 한 남자가 정면으로 대치하고 있었다.

"자네들도 이곳에 오고 말았나?"

『은섬』, 딜루이 프로이어스.

이번에 신왕국 군인을 데리고 다니던 인솔을 담당한 무관이다.

"뭐, 그렇게 됐다. 그보다 당신 동료는 어디 갔어? 덤으로 코랄이라고 여자처럼 생긴 기룡사랑 버즈하임이란 이름의 반하임 공국군 남자가 어디 있는지 모르나?"

근처에 착지한 그라이퍼가 먼저 그렇게 물어보았다.

룩스도 그 뒤를 따르려고 하자 샤리스가 다급한 목소리로 외쳤다.

"—둘 다 조심해! 그 남자는 뭔가 이상하다! 그는 버즈하임 일당도, 자신의 부하도 전부 다 죽였어!"

그 말을 들은 룩스와 그라이퍼는 당황해서 고개를 갸웃했다.

그러나 딜루이는 조금도 동요하지 않으며 작게 웃었다.

"오해라고. 그들에게는 환신수의 기생체가 들러붙어 있었다. 그것을 처리하는 모습을 보고 그녀들이 그렇게 착각했을 뿐이지. 내가 동료나 공국의 군인을 죽여서 득을 볼게 뭐가 있겠어?"

"그래서— 당신 손에 들려 있는 건 뭡니까?"

"아아, 이거 말인가. 버즈하임 공이 떨어뜨린 물건이야. 일단 주워 오긴 했는데, 그의 소지품이라고 하기에는 내용물이 묘해서 말이지. 안에 있던 건 소녀의 일기장과 거기에 끼워져 있던 유적의 고문서뿐이었어."

"……."

그렇게 중얼거린 딜루이는 고문서를 펼친 다음 고대 문자를 훑어보았다.

"이래 보여도 나는 유적과 관련된 보물에 흥미가 있어서 말이지, 고대 문자의 해독에도 시간을 투자했던 적이 있어. 정확한 내용까진 몰라. 그렇게까지 박식한 건 아니거든."

"당신, 무슨 소리를—."

"딱 하나 알아낸 게 있는데, 신성 아카디아 황국— 이라는 이름뿐이야. 이런 고문서가 제출되었다는 이야기는 들은 적 없어. 난 왕도의 집정관과 연줄이 있거든. 이 문서가 숨겨져 있던 물건이라고 한다면, 자네들의 책임 문제…… 아니, 저 구제국과 유적의 연관성을 물어볼 수밖에 없게 되지."

"—윽?!"

아이리는 비통한 표정으로 아무 말도 하지 못했다.

누구에게도 알려선 안 된다고 생각했던 비밀이, 이곳에서 밝혀지고 말았다.

"룩스 아카디아. 그리고 아이리 아카디아. 너희 남매는 뭔가 알고 있는 건가? 구제국과 이 고문서에 기록된 유적과의 연결 고리. 너희 구제국 황족들의 정체를—."

딜루이의 말에 그 자리에 있던 전원이 살짝 숨을 삼켰다.

간헐적인 경보와 빨간 등불이 살짝 흔들렸을 때, 룩스는 조용히 숨을 들이쉬었다.

"……저는 모릅니다. 설령 안다 해도 가르쳐주지 않을 겁니다."

그리고 싸늘한 시선으로 눈앞에 있는 딜루이를 응시했다.

"왜냐하면— 당신이 바로 신왕국군에 잠입해서 기회를 엿보고 있던 『용비적』의 스파이니까."

"—?!"

룩스의 한마디가 떨어지는 동시에 그곳에 있던 모두에게 긴장감이 달렸다.

"당신은 어째서 동료를 데리고 이 유적의 3층까지 들어왔지? 알고 있다시피 이 『미궁』은 넓고 멀리 나가는 건 금물이지. 청렴결백, 최선을 다해 임무를 수행하는 군인으로서 이름 높은 당신이, 무슨 이유에선지 여기서는 이해할 수 없는 행동을 저지르고 있어."

"……그건 과대평가야, 룩스 공. 나는 만능이 아니야. 몇 가지 불행이 겹치면 실수도 하지."

쓴웃음을 짓는 딜루이에게서 룩스는 눈길을 돌리지 않았다.

"전쟁광 『용비적』의 목적은 유적의 보물을 가로채는 유적털기, 그리고 각국의 군대 전력에 대한 방해 공작이다. 이 『미궁』을 경계 태세로 만든 다음, 당신은 버즈하임을 유도해서 내 동생이 가진 유적 문서를 훔치려고 했어. 그 죄를 전가하고, 자기는 유적의 비밀을 파헤치기 위해서—."

"……몇 번이나 말하지 않았나, 소년이여. 버즈하임 공에겐 환신수가 들러붙었기 때문에 쓰러뜨린 거라고. 멀쩡한 사람을 배신자 취급하면서 내 질문을 회피할 셈인가?"

"3층으로 내려가기 위한 전송 장치는 위에서 아래로 내려오는 일방통행뿐이다. 그러니까 그것을 사용하지 않고 밑으로 내려왔을 경우에는, 계단으로 내려온 경우에 비교해서 장소를 의식하지 않지. 내가 전송된 위치에서 이곳으로 오기까지의 경로를, 당신은 파악하고 있나?"

"……."

룩스의 질문에 딜루이가 표정을 지우고 침묵했다.

"우리가 보고 온 그들의 시체에는, 환신수가 들러붙은 흔적 따위는 없었어. 다시 말해—."

"이미 다 들통 났다는 말씀이시다, 미남 형씨. 당신이 동료를 죽인 배신자 자식이라는 것은."

그라이퍼가 룩스의 말을 받아 이어서 말하며 《테일 블레이드》를 조용히 들어 올렸다.

룩스와 그라이퍼는 딜루이를 의심하고서 일부러 아무것도 모르는 것처럼 행동한 것이다.

"—훗."

그 말을 들은 딜루이는 흉포한 표정을 떠올리며 분위기를 확 바꾸었다.

"이거 참, 좀 얕잡아본 모양이로군. 『검은 영웅』의 정체가 이런 조그만 소년이었다니. 솔직히 말해서 납득은 되지 않았지만."

"그럼, 역시, 제 가방을 훔쳐간 건—?"

아이리가 떨리는 목소리로 묻자 딜루이는 어깨를 들썩이며 웃었다.

"오해야, 그건 단순한 우연이었어. 나는 너를 감시했을 뿐이라고. 싱글렌과 네 얘기를 엿듣고, 버즈하임에게 귀띔을 해서 그 고문서가 든 가방을 훔치도록 유도했지. 그게 아니었으면 뿔피리로 환신수를 조종해서라도 널 납치할 생각이었지만."

"그 정도로 계획한 것치고는 머리가 좀 모자라구만. 신장기룡 사용자 두 사람을 혼자서 상대할 수 있을 거라고 생각했냐?"

그라이퍼의 목소리에 룩스도 대검을 들어 앞으로 내밀었다.

일촉즉발의 분위기가 주위에 가득 차올랐을 때, 딜루이는 두 눈을 확 부릅뜨며 하늘 높이 날아올랐다.

"윽……!"

붉은 경계색을 띤 빛이 깜빡이는 천장.

거기에서 급강하하여 블레이드로 꿰뚫으려는 일격을 펼쳐 보였다.

위에서— 특히 수직으로 떨어지는 공격은 장갑기룡으로는 방어하기 어렵다.

가까스로 룩스와 그라이퍼가 그 공격을 피해 후방으로 빠진 순간, 딜루이가 다루는 《엑스 와이번》의 블레이드가 번뜩였다.

"이 녀석은……?!"

키잉! 공기를 찢는 날카로운 소리가 울려 퍼지더니 초승달 모양의 충격파가 날아왔다.

그라이퍼가 몸을 뒤집으며 그 공격을 피하자, 딜루이는 오른쪽 손목을 재빨리 제자리로 되돌리며 계속해서 두 번, 세 번— 다섯 번까지 블레이드의 칼날로 허공을 갈랐다.

종횡무진. 여러 겹으로 교차된 충격파의 참격이 이번에는 룩스를 노리고 날아왔다.

아슬아슬하게 룩스가 그것을 회피하자 뒤에 있던 암벽에 깊은 상처가 셀 수 없이 새겨졌다.

"용아사검(龍牙射劍)(샷 블레이드)— 범용기룡으로 사용 가능한 희소 무장인가……."

신장기룡의 특수 무장 정도는 아니어도 그에 근접한 성능을 보유한 희소 무장이라는 것이 존재한다.

샷 블레이드는 칼날에서 에너지를 내뿜어서 흡사 화살 같은 참격을 쏘아낼 수 있었다.

딜루이의 이명인 『은섬』은 그 특수 무장을 누구보다도 능숙하게 다룰 수 있는 최고위 기룡사이기에 붙은 것이라는 이야기를 세리스에게서 들었다.

"이야, 제법인데. 이미 최전선에 설 수 없게 된 남자, 오른손이 망가져서 사용할 수 없게 되었다는 소문은 거짓이었나. 성격 한번 끝내주는걸."

"아니— 나도 바로 어젯밤까지는, 네가 말하는 약자였다고."

"……그게 무슨 의미지?"

룩스의 질문에 딜루이는 조용한 웃음을 떠올렸다.

"대체 왜?! 어째서 당신이—! 내 아버지의 직속 부하였던 당신이, 『용비적』 같은 집단에 가담한 거지?!"

신왕국군 부사령관의 딸인 샤리스가 그 대화를 듣고 외치자, 딜루이는 질렸다는 듯 탄식을 흘렸다.

"어리석은 질문이로군. 약자 중에서는 뛰어나다고 생각하며, 자신의 자리에 안주하는 아가씨는 역시 뭘 몰라. 나는 말이지, 계속 불만이었어. 5년 전 블래큰드 왕국의 『재화』 당시, 상처를 입고 귀국한 나는 온건파 기룡사로 신왕국 휘하에 들어갔다."

"그럼, 당신은—?!"

"구제국의 의지를 이어받은, 반란군— 이라는 겁니까?"

티르파와 녹트가 다그쳤지만 딜루이는 코웃음을 치며 무시했다.

"한심한 발상이로군. 나는 그딴 것에는 흥미 없어. 구제국이든 신왕국이든 아무래도 좋다고. 이 내가, 기사 가문에서 태어난 딜루이 프로이어스라는 남자가 최고의 기룡사가 되어 정점에 설 수만 있다면, 그걸로 충분하다."

"뭐……?! 고작 그런 것을 위해서 신왕국을 버리고, 『용비적』에 붙었다는 말인가요? 당신을 사관으로 거두어주신 여왕 폐하의 은혜를 저버리면서까지—."

아이리가 믿을 수 없다는 표정으로 외치자 딜루이는 말없이 샷 블레이드를 휘둘렀다.

바람을 찢는 기묘한 소리와 함께 허공을 달리는 충격파가 아이리의 목을 노렸다.

아이리 앞에 버티고 선 녹트가 방어했지만 충격파는 장벽을 가르고 장의에까지 닿았다.

"흐, 앗……!"

"녹트?!"

"말조심해라. 너희의 의견 따위는 물어본 적 없을 텐데? 잡졸은 잡졸답게 이용당하는 삶에 만족하면 된다고. 높은 곳을 노리지도 않고, 자신의 힘이 부족하다 해도 한탄하지 않고, 주어진 역할에 종사할 줄밖에 모르는 무능한 것들이 내 고뇌를 이해할 수 있을 리가 없지."

"……?!"

그 말에 트라이어드 멤버들은 쓰라린 표정을 지었다.

그러나 다음 순간, 엷은 미소를 떠올린 딜루이의 눈앞에 두 명의 기룡사가 습격해 왔다.

"—웃기고 있군."

룩스가 《바하무트》로 포물선을 그리며 날았다.

살짝 떠오른 기체를 공격하는 순간에 낙하 중량까지 더해서 달려들었다.

일직선 돌격보다 높은 위력을 보이는 낙하 궤도(다운 플로우)의 고등 기술을 이용한 대검의 일격.

가속한 중량을 더한 그 참격은 아무리 특급 계층에 필적하는 실력자인 딜루이라 해도 쉽게 피할 수 없는 공격일 터였지만—.

"—전진·유전."

"……헛?!"

교차하는 찰나 딜루이의《엑스 와이번》에서 장벽이 형성되었고 룩스는 경악했다.

오른쪽에서 왼쪽으로. 칼 같은 타이밍에 역장을 생성하여 공격을 방어하는, 조율을 응용한 흘리기(패링).

『푸른 폭군』 싱글렌 쉘불릿이 보여준 장벽 조작 기술이었다.

공격이 빗나가 무방비 상태로 등을 보인 룩스를 노리고, 딜루이는 흉악한 미소를 지으며 블레이드를 휘둘렀다.

표적은 장갑과 장벽이 얇은 후두부.

필살의 타이밍으로 날린 그 일격을 그라이퍼의《테일 블레이드》가 가로막았다.

그대로 서로의 힘에 반발하는 것처럼 후방으로 거리를 두었다.

"하, 그 부대장 나으리의 기술까지 사용하다니, 이거 겁나는걸. 뭐, 그것만으로는 나한테 이길 수 없겠지만."

"……7년쯤 전에 싱글렌 경에게 가르침을 받은 적이 있어서 말이지. 당시에는 그의 기술을 하나도 익힐 수 없었지만. 마침내 지금, 나도 그만큼의 실력을 얻었다는 증거다."

어딘가 도취한 말투로 딜루이는 중얼거렸다.

"반하임 공국의『칠용기성』……. 밑바닥 고아에서 공녀의 측근까지 올라간 너라면, 내 긍지도 이해할 수 있겠지?"

"공교롭게도 나는 당신 인생에는 흥미가 없걸랑. 그러니 얼른 마무리나 지어야겠수다,『용비적』 스파이 양반."

"결국 먹이에 눈이 먼 들개인가. ―그렇다면 여기서 때려눕혀야겠군."

쉴 새 없이 쏟아지는 그라이퍼의 참격을 받아내면서 딜루이는 갑자기 지면을 향해 《기룡포효》을 발사했다.

"응……?!"

어두컴컴한 『미궁』 지하에 요란한 흙먼지가 피어오른 순간, 무수한 은섬이 그라이퍼를 덮쳤다.

"—《포톤 다이브》!"

그라이퍼는 반사적으로 《쿠엘레브레》의 무효화 신장을 발동해서 샷 블레이드의 참격을 모조리 튕겨냈다.

이것이 방어 능력이 뛰어난 《쿠엘레브레》와 그라이퍼의 전술.

상대에게 반격 기회를 주지 않고 방어전으로 몰아넣어 도주로를 차단한 다음— 숙련된 사냥꾼처럼 적을 몰아붙여서 처단한다.

하지만 방금 전 피어오른 연막에 숨어서 딜루이는 모습을 감췄다.

"—아니?!"

헛다리를 짚은 그라이퍼가 목표를 잃었을 때, 어느새 그 뒤쪽— 아이리와 트라이어드의 눈앞에 《엑스 와이번》이 나타났다.

"앗……?!"

"—《폭식》."

하지만 조금 더 빠르게 그 앞을 막아선 룩스가 《바하무트》의 신장을 발동했다.

시간의 압축 강화에 의한 초고속 연속 참격.

《엑스 와이번》의 손목, 어깻죽지, 장벽 발생 장치 등을 정확히 파괴하고자 검을 휘두르려고 한 순간, **그것**을 눈치채고 움직임을 바꾸었다.

딜루이의 등 뒤에서 포물선 궤도를 그리며 투척된 다섯 자루의 대거.

순식간에 그것들을 쳐낸 다음 마지막으로 딜루이의 장갑을 노렸다.

그러나 간발의 차이로 샷 블레이드에 가로막혀 거리는 다시 벌어지고 말았다.

"공격 동작을 읽지 못하게 연막으로 숨겼는데, 그런데도 내 움직임을 읽어내다니— 어찌어찌 버티기는 하는군? 두 사람 다 다시 봤다고."

"……."

두 명의 신장기룡 사용자를 동시에 상대하고 있건만 딜루이의 표정에서는 여유마저 느껴졌다.

그 모습을 본 룩스의 마음속에서 기묘한 위화감이 싹텄다.

그라이퍼도 평소의 배배 꼬인 표정은 여전했으나 뭔가 이상하다는 것처럼 눈살을 찌푸렸다.

'확실히 그는 원래 실력이 뛰어난 기룡사였을지도 몰라. 하지만—.'

아무리 조율을 거듭한 《엑스 와이번》과 희소 무장의 숙련자라 해도, 지금의 룩스와 그라이퍼를 상대로 이렇게 잘 싸울 수 있을까?

"보아하니, 왕자님도 나랑 같은 걸 의심하는 모양이군?"
나란히 서 있던 그라이퍼가 불쑥 그런 말을 꺼냈다.
"확실히 묘하다고. 저 기룡과 무장이라면 못 할 기술은 아니지만— 저 남자는 아무래도 이상해. 말로는 표현을 잘 못하겠는데, 하여간 평범한 사람의 사고가 아니라고."
그라이퍼의 생각에는 룩스도 동감했다.
하지만 아직 확신이 설 정도는 아니었다.
"왜 그러지? 그게 한계인가? 『칠용기성』이라는 이름값이 아깝군!"
조롱하는 딜루이를 향해 그라이퍼가 앞으로 나섰다.
"좋다고. 당신의 쓰잘데없는 설명도 질리던 참이니, 다음 공격으로 결판을 내주겠어."
그리고 《쿠엘레브레》로 날아올라 딜루이를 향해 마구잡이로 대거를 투척했다.
"어리석은 남자로군. 내게 그런 잔꾀는 통하지 않는다는 걸 모르나?"
딜루이는 샷 블레이드를 재빨리 휘둘러 초승달형 충격파를 여러 겹 날렸다.
그물처럼 펼쳐진 충격파는 무수한 대거를 범위에 넣어 모조리 튕겨냈다.
원거리 전투는 샷 블레이드를 보유한 딜루이가 우세.
《광자잠행》을 발동해 은섬을 방어한 그라이퍼가 급강하하며 블레이드를 내리치려 하자, 딜루이가 히죽 웃었다.

"—전진·유전. 같은 수단이 두 번이나 통할 것 같나? 무능하군."

오른쪽에서 왼쪽으로. 충돌 타이밍에 역장을 형성해서 공격을 받아넘겼다.

그라이퍼의 참격은 맥없이 빗나갔고 딜루이에게 무방비 상태로 등을 드러낸 채 멈췄다.

"그 신장의 유효 시간은 진즉 파악했지. —저세상에서 공녀에게 사과해라."

딜루이는 찰나의 기회를 놓치지 않고 그 등을 향해 블레이드를 휘둘렀다.

하지만—,

"……뭣?!"

딜루이의 예상과는 다르게 《쿠엘레브레》의 《광자잠행》은 해제되지 않았고 뒤에서 날아온 참격은 빛의 벽에 튕겨나갔다.

반대로 치명적인 틈을 드러낸 딜루이는 반사적으로 그라이퍼의 공격을 피하려고 했지만 실패하고 말았다.

"—무능한 건 당신 아냐? 나는 이 수법을 첫눈에 간파한 여자하고 싸웠거든?"

신축하는 《테일 블레이드》의 칼날이 나선을 그리며 딜루이의 블레이드를 피해 장벽을 관통했다.

칼끝은 가슴을 세로로 찢었고 선혈이 솟구쳤다.

"커억……?!"

딜루이는 울컥 핏덩어리를 토하며 눈을 까뒤집었다.
그것으로― 승패가 갈렸다.
"……역시. 죽여도 되는 상대는 귀찮지 않아서 좋다니까."
《쿠엘레브레》의 신장, 《광자잠행》의 지속 시간.
그라이퍼는 평소에 일부러 일정한 시간만 짤막하게 유지하여 무적화가 끝나는 타이밍을 속이고 있었다.
룩스는 전용전이 끝난 뒤에 크루루시퍼를 통해 들었지만, 그 책략이 보기 좋게 성공했다고 해야 할까.
"어디 보자, 이제 여기서 빠져나갈 수단을 생각해야겠구만. 환신수는 거의 유적 밖으로 나간 것 같긴 하지만, 코랄 자식도 찾아야 하고―."
한숨을 내쉰 그라이퍼는 숨이 끊어진 딜루이의 사체에서 등을 돌렸다.
그 순간, 룩스는 이변을 감지했다.
"뒤야! 그라이퍼!"
"―."
룩스의 외침에 반응한 그라이퍼는 뒤로 돌아서면서 《테일 블레이드》를 방패 대신 들어 올렸다.
그러나 간발의 차이로 방어가 늦었고 어깨 장갑에 딜루이의 블레이드가 깊게 박혔다.
"크, 헉……?!"
그대로 뒤로 나가떨어졌지만 가까스로 멈춰 섰다.
완전히 죽었을 터인 딜루이가 움직이고 있었다.

말린 생선처럼 가슴이 활짝 절개된 채로.

"뭐…… 뭐야, 이 자식은?!"

평소에는 초연한 성격인 그라이퍼의 표정마저 경악으로 일그러졌다.

착각이나 환각이 아니었다. 살아 있을 수 없는 치명상을 입은 딜루이가 처절한 미소를 짓고 있었다.

그 손에 쥐여 있는 것은 《엑스 와이번》의 팔을 조작하는 레버가 아니라 작은 칼자루.

일곱 빛깔 광채를 칼날에서 뿜어내는 기묘한 나이프였다.

"……나는 두 번 다시 지지 않아. 그 영웅이 나를 구해주었다! 희망을 찾아 『용비적』에까지 매달린 나를 이 빛이 채워주었다……!"

"무슨, 소리냐?!"

"각성하거라! 이 목소리, 이 외침이 들린다면……. 내 몸뚱이 전체에 『세례』를 베풀고, 이끌어다오! 『엘릭시르』여!"

푸욱, 딜루이는 떨리는 손으로 자신의 왼쪽 가슴에 단검을 찔러 박았다. 칼날이 뿌리까지 박힌 직후, 그의 신체에 이변이 일어났다.

"윽……?! 뭐야, 저건—? 무슨 일이 일어나는 거지?!"

옆에서 보고 있던 샤리스가 당황하며 중얼거렸다.

그 자리의 모두가 아연실색해하는 가운데 《엑스 와이번》을 장착한 딜루이가 갑자기— 모습이 변했다.

오른팔을 따라 새겨져 있던 까만 문양과 같은 것이, 나이프에 찔린 왼쪽 가슴에서 전신으로 퍼져 나갔다.

몸뚱이가 창백한 불꽃처럼 흔들거리더니 순식간에 전신이 회색으로 뒤덮였다.

피부는 밤의 어둠보다 검게, 머리카락은 빛을 잃고 하얗게 되었다.

두 눈은 눈꺼풀이 벗겨진 것처럼 부릅뜨고 있었고, 드러난 눈동자는 선혈의 빨간빛을 발했다.

"뭐, 뭐야 이거……? 장갑기룡이 아니라, 사람이— 사람 그 자체가 변화를—?!"

"Yes. 각지에서 일어나기 시작한 재화의 원인이란, 설마……."

"환마인…… 이것이 신형 환신수—?!"

티르파와 녹트, 그리고 아이리가 부르르 떤 순간, 악마는 생애 첫 울음소리를 터뜨렸다.

"샤아아아아아아아아아아아아앗!"

사람이자, 사람이 아닌 마인의 포효.

사람의 천적인 환신수보다 더욱 두려운 괴물의 절규가 『미궁』 벽에 날카롭게 반사되어 고막을 흔들었다.

그 자리에 있던 전원이 악몽 같은 현실에 전율한 순간, 마인은 장갑과 함께 날아올랐다.

"—?!"

빨랐다.
지금까지 상대해본 그 어떤 날개 달린 환신수보다 빠른 첫 행동.
지면을 기는 듯한 초저공으로 《엑스 와이번》이 날았다.
잘못하면— 아니, 상대와 충돌하더라도 멈추지 않을 것 같은 속도로 마인으로 변화한 딜루이가 룩스를 습격했다.
"크……!"
《폭식》으로 시간을 가속할 틈은 없었다.
룩스는 신속제어로 대검을 휘둘러서 탄환처럼 달려드는 딜루이를 횡베기로 공격했다.
—하지만.
"크크크— 이것이 『검은 영웅』인가 뭔가 하는 것의 실력인가?"
"……윽?!"
룩스가 헛숨을 들이킨 순간 어두운 목소리가 귓불을 쓰다듬었다.
딜루이가 지닌 샷 블레이드와 룩스의 《카오스 브랜드》가 교차하고 날카로운 불꽃이 눈앞에서 흩어졌다.
"크……?!"
돌진의 여파로 인해 룩스는 옆으로 튕겨나갔다.
암벽에 격돌할 것처럼 보이던 딜루이는 그 자리에서 급상승했다.
빙글, 공중제비를 도는 궤도로 비행하면서 그라이퍼에게 달려들었다.

"뭐야……?! 이 자식—."

초저공 비행에서 급상승, 거기에 더해 공중제비로 방향을 틀며 급발진.

장갑기룡을 다루는 실력이 탁월한 사람일수록 그것이 얼마나 말도 안 되는 묘기인지를 안다.

그저 조작 기술만 좋아서는 기룡을 움직일 수 없다.

사용자에게 걸리는 신체적, 체력적인 부담, 호흡의 타이밍이라는 것이 존재하기 때문이다.

아무리 수영을 잘 하는 사람이라도 수십 분이나 숨을 참고 잠수할 수는 없다.

그래서 기룡사로서는 가능할 턱이 없는 조작을 보여준 딜루이에게, 그라이퍼는 한순간의 허점을 찔려 뒤로 날아가 버렸다.

"쯧……! 이 괴물 자식이."

추격에 대비해서 룩스와 그라이퍼가 자세를 가다듬었다.

하지만 그 예상을 깨고 딜루이와 《엑스 와이번》은 넓은 공간의 천장 부근까지 날아올라 그 자리에 있는 전원을 내려다 보았다.

"—?! 다들! 방어해!"

순식간에 그 의도를 내다본 룩스가 소리치는 동시에 아이리 일행 곁으로 날아갔다.

악마는 심홍색 안광을 뿌리며 흉악한 미소와 함께 그 모습을 쳐다보았다.

그리고 그 오른팔 장갑으로 단단히 붙들고 있는 샷 블레이드가 에너지의 빛을 띠었다.

"—은섬, 박아(雹牙)."

키이잉! 하는 소리와 함께 허공이 찢겨 나가며 하현을 그리는 충격파의 섬광이 방출되었다.

원래는 사용자의 체력 및 정신력의 부담 때문에 한 호흡에 몇 발이 한계인 은섬.

그것이 끊임없이 퍼붓는 빛의 호우가 되어, 『미궁』 일대에 쏟아졌다.

"—."

수백 차례 겹쳐진 바람을 가르는 소리, 대지를 티끌처럼 분쇄하는 파괴음.

1초의 틈도 주지 않고 쏟아져 내리는 우박의 폭풍은 소녀들의 억눌린 비명을 지워버렸고 의식과 사고조차 날려버렸다.

극한의 긴장과 공포에 호흡이 멈췄으며 먼지의 소용돌이가 시야마저 빼앗아 갔다.

영원과도 같은 악몽의 시간이 흘러— 이윽고 아이리는 눈꺼풀을 열었다.

"……으, 아."

충격의 여파에 나가떨어졌는지 온몸이 모래 범벅이었다.

견고한 석벽과 바닥 표면은 너덜너덜하게 갈려 나갔고 지형

마저 바뀌어 있었다.

그 파편 위에 누워 있던 아이리는 움찔하고 손가락을 움직여 보았다.

다행히 몸은 무사했다.

그리고 그 주위에는 장갑이 해제된 트라이어드가 쓰러져 있었다.

"다들— 저, 정신 차리세요."

이미 체력의 한계가 왔는지 트라이어드 세 사람은 미약하게 살짝 움직일 뿐이었다.

도움을 요청하려고 고개를 든 아이리는 눈앞에 펼쳐진 광경에 자기도 모르게 목이 메었다.

"—하아, 하아, 크……아……."

《바하무트》를 장착한 룩스는 무너진 암벽 더미에 파묻힌 채 어깨를 들썩이며 헐떡대고 있었다.

치열하게 싸우는 동안에도 좀처럼 지친 모습을 드러내지 않는 룩스가, 온몸을 땀으로 흠뻑 적신 채 괴로운 표정을 떠올리고 있었다.

"영구연환(엔드 액션)인가……. 구제국에 전해지는 기룡 조작 오의. 무한한 참격을 퍼붓는 기술. 하지만 그것에도 끝이 있지. 네 체력도 드디어 바닥을 드러낸 것 같군."

"제……기랄……."

그 반대쪽에는 마찬가지로 엉망으로 망가진 《쿠엘레브레》를 장착한 그라이퍼가 있었다.

《광자잠행》의 무적화를 유지할 수 있는 시간은 최대 10초 정도가 한계.

따라서 그 이상의 시간 동안 끊임없이 공격을 퍼부으면 당연히 방어할 수가 없다.

동시에 룩스도 영구연환으로 아이리와 트라이어드를 지켜낸 것은 좋았지만 거기까지가 한계였다.

거의 한계 직전까지 소모됐지만 두 사람 모두 신장기룡만큼은 해제되지 않았다.

그것이 지금 두 사람이 할 수 있는 유일한 저항이었다.

"—훌륭하다."

움직이지도 못하고 우두커니 서 있는 사람들을 둘러보면서 딜루이는 만족한 미소를 지으며 땅으로 내려왔다.

"훌륭한, 힘이다."

또박또박, 자기 자신에게 들려주는 것처럼 몇 번이나 중얼거렸다.

"신왕국의 사관후보생들, 『칠용기성』, 『검은 영웅』……. 그 모든 힘을 상회하여 나는 초월자가 되었다. 일찍이 최강의 자리를 목표로 삼았던 기룡사로서, 딜루이 프로이어스는 진정한 모습으로 돌아왔다. 긴 시간에 걸쳐 품어온 꿈을 지금부터 실현할 수 있게 되었다. 지금 바로 새로운 전설을 만들어보자. 『푸른 폭군』— 예전에 나를 버린 스승도 뛰어넘을 수 있어. 지금의 나라면, 당장이라도 그것을 이룰 수 있어."

황홀한 어조의 혼잣말을 멈추고 흉흉한 적색으로 물든 두 눈동자를 룩스에게로 돌렸다.

"승패는 이미 결정 난 거나 마찬가지다만, 귀공에게는 아직 물어보고 싶은 것이 있다, 룩스 아카디아."

아이리의 가방에서 꺼낸 고문서를 펼쳐 그 문장의 한 행을 손가락으로 더듬었다.

"이 고문서에 기록된 『아카디아』라는 이름. 너와 이 유적에 연관점이 있고, 그것에 관해 알고 있다면 죽이기 전에 그걸 캐내야만 하겠지."

"……이 사람이고 저 사람이고 죄다 배신해서, 무슨 의미가 있지? 『용비적』을 위해 최강의 기룡사 같은 게 돼서, 당신은 뭘 얻으려는 거야?"

씨익씨익 거친 숨을 몰아쉬지만 그럼에도 룩스의 눈은 죽지 않았다.

그 모습을 본 딜루이는 칠흑색 얼굴을 일그러뜨리고 짐승의 송곳니처럼 생긴 이를 드러내며 웃었다.

"『용비적』이라고……? 이제 그딴 것에는 볼일 없다. 내 목적은 이 유적에서 더욱 큰 힘을 손에 넣는 것. 내 기룡사로서의 격을 증명하기 위해, 더욱 심한 혼란과 큰 전투를 일으키는 것이다……!"

그 몸을 뒤덮은 칠흑과도 같은 욕망, 원망, 탄식.

구제국의 지배와 일그러진 시대에 농락당하여 그 안에서 발버둥 치며 괴로워하던 남자가 얻은 답.

기룡사라는 길이 가로막혀 희망을 빼앗기고 긴 시간을 과거에 매달려 있었던, 인격자의 본성이었다.

"두 번은 말하지 않겠다, 룩스 아카디아! 네놈이 알고 있는 모든 것을 털어놓고, 유적의 최심층으로 가는 길을 보여줘라! 그렇지 않으면—."

그 불길한 심홍색 안광을 아이리와 트라이어드 쪽으로 돌리면서 딜루이가 외쳤다.

마인의 포효가 주변의 공기를 찌릿찌릿하게 뒤흔든 그 순간—.

"알겠습니다. 아무래도, 여기까지인 것 같네요."

부서진 암벽의 가루로 더러워진 아이리가 천천히 일어나며 중얼거렸다.

"거기 있는 오빠는— 아니, 제가 오빠라는 칭호로 부르며 이용해온 사람은, 유적의 창조주인 제 정체에 대해 아무것도 모릅니다. 물어본들 헛수고입니다."

"아이, 리……?"

《바하무트》를 다시 일으켜 세우려고 애쓰던 룩스는 그녀의 차가운 표정과 시선을 보았다.

"호오, 네년이 여기에 적힌 『아카디아』라는 이름을 잇는, 유적의 생존자였다는 거냐? 그것을 지금까지 숨겨왔다?"

"정확하게는 잊고 있었을 뿐입니다. 제 안전을 지키기 위해서— 하지만, 이 상황에서 숨겨본들 아무 의미 없으니까요. 저도 목숨은 아깝습니다."

아이리는 거침없이 그런 말을 자아냈다.

그리고 당황한 표정으로 바라보는 룩스에게 냉정한 시선을 보냈다.

“저는 저 고문서를 발견한 뒤로 그 사실을 기억해냈습니다. 제 정체가 창조주 중 하나인 『에이릴 뷔 아카디아』라는 것도, 그 진정한 사명과 목적도—.”

“무슨, 소리야……? 어떻게 된 거냐! 아이리!”

몸을 반쯤 일으킨 샤리스의 목소리에 아이리는 반응조차 보이지 않았다.

“어차피 제가 『오빠』 따위로 부르며 호위로 사용했던 남자는 더는 못 써먹을 것 같군요. 하지만— 지금 상태로는 창조주인 저도 유적을 완벽히 지배하는 건 불가능합니다. 당신이 제 목숨을 지켜주겠다고 맹세한다면 어느 정도는 협력해드릴 수도 있답니다?”

“호오…….”

그 말을 듣고서, 마인은 인간의 탈을 벗은 얼굴을 희열로 일그러뜨렸다.

“선택지는 없을 거라고 생각합니다. 당신 혼자서는 유적의 진정한 기능을 사용할 수 없을 테니까요.”

“좋다…….”

마인으로 변한 딜루이는 어깨를 들썩이면서 나지막하게 큭큭거렸다.

“자아, 이쪽으로 와라. 창조주라는 놈의 이야기를 어디 한번 천천히 들어볼까.”

“—그럼, 실례하겠습니다, 여러분.”

아무런 감정도 싣지 않고 중얼거리고서, 아이리는 딜루이 곁으로 걸어갔다.

"……기다려, 주세요. 아이리."

엎드려 있던 녹트도, 티르파도, 의식은 있지만 움직일 수 없었다.

아이리가 싸늘한 눈길로 그들을 힐끔 바라보면서 딜루이 곁으로 다가가려고 하자―.

타악.

그 사이에 칠흑색 거룡이 내려와 아이리를 지키려는 것처럼 마인 앞을 막아섰다.

요동치는 심장과 거친 호흡은 진정될 기미를 보이지 않았고, 전신에 피로한 기색이 그대로 드러나는 상태임에도 불구하고 아슬아슬하게 룩스는 움직였다.

"……방해되는군요. 이제 당신에게는 볼일이 없다고 얘기했을 텐데요."

살짝 눈살을 찌푸리고 아이리는 냉랭하게 쏘아붙였다.

하지만―.

"―막을 거야. 나는 이제, 두 번 다시 소중한 사람을, 누구에게도 빼앗기지 않을 거야."

"핫!"

결의를 품은 눈빛으로 바라보는 룩스를 비웃으며 딜루이는 샷 블레이드를 휘둘렀다.

여러 겹으로 날아오는 참격의 섬광이 깜박이며 《바하무트》

의 약해진 장벽을 꿰뚫었다.

충격의 여파를 막아내지 못해서 룩스의 상반신에는 무수한 붉은 선이 생겼다.

"크……!"

그럼에도 물러서지 않고 눈앞에 보이는 딜루이를 향해 비상했다.

극한까지 소모되었음에도 여전히 날카로운 궤도로 휘둘러진 대검의 일격을 딜루이는 대수롭지 않게 피한 다음, 샷 블레이드로 몸통을 노리고 휘둘렀다.

그러나 룩스는 곧바로 자세를 바로 잡으며 재차 돌격했다.

하지만 대검은 명중하기 전에 모조리 딜루이의 검에 튕겨나갔다.

"상대가 안 된다는 것을 알면서도 발버둥 치는 건가. 꼴사나운 남자군. 『검은 영웅』의 정체가 겨우 이런 것이었다니."

딜루이는 그에게 모욕을 퍼부었지만 룩스의 기세는 변하지 않았다.

대신에 그 모습을 지켜보던 아이리가 조금씩 괴로움을 내비치기 시작했다.

"그만— 이제, 그만하세요!"

끊임없이 상처를 입으면서도 전혀 싸움을 그만두려 하지 않는 룩스를 향해 아이리가 소리쳤다.

"어째서, 그런 짓을 하는 겁니까?! 더 이상, 당신이 저를 위해 싸울 필요는 없는데, 어째서—."

"예정 변경이다. 네게는 아직 흥미가 있다만, 여기서 숨통을 끊어주마. 다른 녀석들까지 한꺼번에."

딜루이가 재빠르게 손목을 돌려 상반신을 일으킨 트라이어드를 향해 은섬을 날렸다.

울부짖는 소리를 내며 날아든 그것을 미끄러지듯 날아간 룩스가 막아냈다.

"크……!"

검압의 여파를 받아 그의 이마에 붉은 선이 살짝 새겨졌다.

그러나 룩스는 조금도 기죽지 않으며 날카로운 안광으로 쏘아보았다.

"룩스, 군……."

"루크찌……."

"……룩스, 씨."

만신창이가 된 자신들까지 감싸주는 그를 보면서 트라이어드는 아무 말도 할 수 없었다.

그 모습을 본 아이리는 약간 괴로운 눈으로 자신의 가슴을 억눌렀다.

"윽……?!"

"이해가 안 되는군. 왜 그렇게 멍청한 거냐? 너를 배신한 여동생을 구해봐야 무슨 소용이지? 그런 무능한 잔챙이들을 구해봐야 이 상황에서 무슨 소용이 있냔 말이다. 크하하하하, 싱글렌이 말한 대로인가. 정말로 싸워야만 하는 자신의 이유 같은 것도 없이, 그저 자신이 사랑받고 싶어서 누군가를 구한다는 거냐? 불쌍한—."

"—닥쳐."

"뭐?"

싸늘한, 그럼에도 협박을 담은 목소리로 룩스가 명령했다.

"너는 아무것도 눈치채지 못한 거냐? 어째서 아이리가 그런 말을 한 건지, 왜 거짓말을 하면서까지 우리와 관계없는 척을 한 건지."

"윽……?!"

룩스의 그 한마디에 아이리의 가면이 부서졌다.

"아이리는 우리들을 구하려고 했다. 친구에게 원한을 사더라도, 악역을 자처하게 되더라도, 자신이 장갑기룡을 사용할 수 없다 해도, 그래도 자신이 할 수 있는 걸 생각하고 싸워주었다."

"……."

"생각났어……. 구제국의 왕자든, 신왕국의 죄인이든. 내가 싸우는 이유는 옛날부터 무엇 하나 변하지 않았어."

자신이 소중하다고 생각하는 사람을 지키기 위해.

그것이 아무리 강대하고 바뀔 리 없는 권력이라 해도, 룩스 나름의 방식으로 그걸 파괴하여 이룩해내겠다고…….

"나는 그때 실패한 이후로— 다른 누군가에게 꿈을 맡기면 될 거라고 생각했다."

신왕국의 왕녀인 리즈샤르테를 지키고 그 이상을 위해 조력하는 것이 룩스의 길이라고…….

"하지만, 아니었어. 내 이상도 함께 이루지 않으면 의미가 없는 거였어."

당해낼 수 없는 적이 앞을 막아선다 해도 싱글렌처럼 룩스의 소중한 누군가를『약자』로 간주하고 잘라내 버리려고 한다면— 싸우고, 강해져서, 지켜내겠다.

"나는— 아무것도 포기하지 않을 거다. 내 소중한 그녀들 중 단 한 사람도 너 같은 놈에게 빼앗기지 않을 거다."

이마와 전신에서 피가 흘러 그 장갑을 흠뻑 적셨지만 기력은 조금도 줄어들지 않았다.

"—핫! 그럼 네놈의 무력함을 다시 한 번 가르쳐주마! 약해빠진 영웅이여!"

날카롭게 앞을 향해 날아가자 딜루이는 샷 블레이드를 높이 들며 룩스를 향해 돌진했다.

폭력적일 정도로《엑스 와이번》을 구동하여 무시무시한 참격을 때려 넣었다.

"네놈은 아무도 지킬 수 없다! 다시 한 번 뼈저리게 깨달아라!"

아이리 일행 노리고 딜루이가 연속으로 은섬을 발사했다.

그것을 방어하고자 룩스가 막아섰지만 몇 개의 공격이 그를 빠져나갔다. 하지만—.

"이쪽은 걱정하지 마라! 룩스 군!"

등 뒤에서 샤리스의 목소리가 울려 퍼졌다.

일어나서 다시 장갑을 장착한 트라이어드는 서로 연계해서 강화 장벽을 펼치고 아이리의 방패가 되어 공격을 막아냈다.

"다들 뭐 하시는 거예요! 움직이면 안 된다구요! 그런 몸으로는, 장갑기룡을—."

"우린 괜찮아, 아이리."

휘청거리고 이마에서 피를 흘리면서도, 미소 짓는 샤리스에게 동의하는 것처럼 다른 두 사람도 고개를 끄덕였다.

"이래 봬도, 우리도 놀이로 하는 게 아니거든. 누워서 자고 있을 수는 없다고. 설령 이 상황에서 힘이 없다 해도, 너나 그가 싸우는 모습을 보고 어떻게 아무것도 하지 않을 수가 있겠어."

"뭐— 그래, 일단은. 몸은 아직 움직이니까……."

"Yes. 마지막까지, 싸우겠습니다."

"여러분……."

아이리가 중얼거리는 사이에 세 사람은 자세를 다시 가다듬었다.

"고마워요— 다들."

룩스는 감사 인사를 남기고 다시 딜루이를 향해 달려들었다.

세 사람에게 지원을 받아 아이리의 보호를 맡길 수 있게 된 룩스는 서서히 딜루이를 밀어붙이기 시작했다.

그러나—.

"쓸데없는 발버둥을…… 똑똑히 깨닫게 해주마!"

딜루이가 다시 천장 근처까지 날아올라 샷 블레이드를 높이 들어 올렸다.

"이번에야말로 모조리 죽여주마— 은섬, 박아!"
"죽는 건 너다, 거무죽죽한 아저씨."
다시 은섬을 활용한 폭풍 같은 참격을 휘두르려던 《엑스 와이번》의 눈앞에서, 어느 틈엔가 《쿠엘레브레》가 날고 있었다.
"—네놈?!"
"우리 공주님을 위해서 여기서는 죽지 말자고 생각했거든. 그런데 당신 같은 쓰레기한테 계속 얕보이기만 하니까, 도통 참을 수가 있어야 말이지."
모든 에너지를 집중해서 찬란하게 빛나는 《테일 블레이드》를 휘두른다.
나선을 그리는 곡선 참격을 보고 딜루이는 만족의 미소를 지었다.
"—전진·유전."
날 끝부분이 닿기 직전에 비스듬한 궤도로 형성된 장벽의 역장이 《테일 블레이드》의 일격을— 튕겨내는 일은 없었다.
"아니……?!"
"아저씨, 사람을 너무 얕보면 못써. 나는 확실히 무모하지만, 그렇다고 학습 능력이 없는 건 아니거든?"
장벽을 피해 가는 움직임으로 호를 그린 다절(多節) 칼날이 샤 블레이드의 도신에 휘감겼다.
본체를 노리는 것처럼 보이면서 실제로는 상대의 무기를 빼앗는 것이 목적인 속임수의 일격.
"소용없는 짓을! —정말 못 봐주겠구나, 들개!"

그러나 허를 찔린 딜루이는 순식간에 《하울링 로어》로 반격했다.

일반 장갑기룡의 몇 배의 출력으로 방사된 충격파에 얻어맞고 그라이퍼는 저 멀리 뒤쪽으로 날아갔다.

"……큭?! —뭐, 됐어. 틈은 만들었으니까. 뒷일은 맡기마, 왕자님."

《쿠엘레브레》의 장갑이 깨져서 흩어지는 와중에도 그라이퍼는 대담하게 미소 지었다.

룩스는 그에게, 단 한마디로 대답해주었다.

"—그래, 나는 이제 나 자신을 위해 싸우기를, 주저하지 않겠어."

딜루이가 공격으로 전환하며 최대의 틈을 노출한 순간에 룩스는 대검을 하늘 높이 들어 올렸다.

"헛수고다— 몇 번을 시도해봐도, 내가 훨씬 빠르니까!"

딜루이는 룩스가 검을 휘두르는 속도보다 빠르게 막아낼 수 있었다.

초현실적인 반응 속도와 조작 기술을 몸에 익힌 지금의 자신이라면 가능했다.

그러나 혼신의 힘으로 《바하무트》를 양단하려고 한 샷 블레이드의 일격은 룩스의 오른쪽에서 왼쪽으로 발생한 장벽의 역장 앞에서 완벽하게 튕겨 나갔다.

"—뭐라고오?!"

"—전진·유전."

블래큰드 왕국 최강의 기룡사인『푸른 폭군』싱글렌 쉘불릿이 사용한 기룡 조작술의 하나.

『세레』의 힘을 빌려 마인으로 변화하기 전까지는 습득할 수 없었던 그 기술을 딜루이는 눈앞에서 목격했다.

어째서 이 녀석이 그 기술을 쓸 수 있지?!

기껏해야 몇 번, 승격 시험 때와 조금 전에 봤을 뿐인데—.

경악에 몸을 맡길 틈도 없이 딜루이는 더욱 심한 전율을 느꼈다.

"—전진·겁화."

"……?!"

마인으로 변한 뒤에도 딜루이는 사용할 수 없었던 절기.

장벽, 추진, 구동의 모든 에너지를 블레이드에 집약하여 폭렬적인 위력을 더한 강타.

그 일격은《엑스 와이번》이 펼친 최대 출력의 장벽을 박살 내며 어깻죽지를 깊숙이 찢어발겼다.

"크, 카아아아아아악……!"

검게 물든 어깨에서 붉은 피보라가 솟구쳤다.

지면에 곤두박질친 딜루이는《바하무트》의 다음 공격을 방어하려고 움직였지만, 방어 동작을 시도했을 터인《엑스 와이번》의 반응이 늦었다.

"……기룡이 안 움직여?! 어째서?! 내 몸은 아직—."

육체는 움직이지만 장갑기룡이 반응하지 않았다.

룩스가 어깻죽지에 있는 환창기핵에 충격을 줘서 몇 초 정도 움직임을 제한한 탓이었다.

"질 수 없어……! 나는 힘을 되찾았단 말이다! 네놈 따위에게, 나는—."

어떻게든 룩스를 박살 내고자 딜루이는 울부짖으며 발버둥 쳤다.

최대이자 전력을 다한 조작, 룩스의 검을 막고 부러뜨리려 하는 움직임— 그 당연한 반격을 룩스는 놓치지 않았다.

"—《폭식》."

그 찰나, 대검으로 휘두르는 무수한 참격이 《엑스 와이번》의 장갑을 갈랐다.

장갑의 손목, 환창기핵, 등날개, 여타 관절의 구동 부분을 순식간에 절단했고 《엑스 와이번》은 폭발하며 흩어졌다.

"말도 안 돼……?! 어, 어째서냐아아아앗?! 나는 되찾았을 텐데! 손에 넣었을 힘일, 텐데—."

몸에 두른 장갑을 잃고 딜루이는 날뛰며 소리쳤다.

맨몸으로 기공각검을 쥐고 들어 올렸지만 그 검은 오른팔과 한꺼번에 날아갔다.

"—그렇다면 그게 환상이었다는 소리겠지? 괴물 아저씨."

"컥……! 그샤아아아아악!"

그라이퍼가 조종하는 《쿠엘레브레》의 블레이드가 번뜩이자 칼끝이 심장을 꿰뚫었다.

일찍이 사람이었던 존재는 전신에 빛을 띤 균열을 일으키며 처절하게 절규했다.

핵이 파괴된 환신수처럼, 그의 육신은 부서지며 안개처럼 흩어졌다.

© 2013 Ayumu Kasuga

†

『그래서— 정말로 나의 기술, 전진을 사용한 건가? 그 잡부 애송이는.』

싸움이 갓 막을 내린 그곳의 그늘에서 한 남자가 움직이고 있었다.

고속으로 『미궁』 통로를 달리고 있는 것은 기괴한 신장기룡을 장착한 남자— 츠바이베르크라는 이름의 노기사였다.

싱글렌의 명령으로 움직인 그의 표면적인 목적은 남겨진 룩스 일행의 구출이었으나—.

『예, 하지만 이해가 안 되는군요. 조율을 이용한 주인님의 전진은, 기룡사가 구사할 수 있는 기술의 정수. 아무리 그 룩스 아카디아의 실력이 뛰어나다 해도, 단기간에 익히기란 불가능할 터…….』

노기사는 표정을 전혀 바꾸지 않고, 그러나 어딘가 초조함이 섞인 용성을 보냈다. 하지만—.

『간단한 의문이로군. 답은 이미 확실하지 않나, 츠바이.』

『그 말씀은?』

어디까지나 대범하게, 그리고 여유가 가득한 태도로 싱글렌은 대답했다.

『녀석은 이미 알고 있었다는 거다. 내가 사용하는 전진의 두 기술을, **사용할 순 없지만 알고 있었다.**』

『…….』

『조율의 응용은 장갑기룡의 제어 시스템에 정통하지 않으면 불가능하다. 하지만 녀석은 기술의 기교 자체는 오래전부터 몇 번이나 시험해봤다는 것이다. 조율의 구조는 모르지만 녀석 자신은 세 종류의 오의를 고안한 것만으로는 만족하지 못하고, 그 뒤로도 항상 뭔가 더 할 수 있는 게 없을지 궁리하면서 새로운 기술의 모색과 노력을 부단히 해왔다는 이야기다.』

『설마, 그런 게…….』

츠바이는 믿기 어렵다, 라는 목소리를 냈다.

『나와 검을 맞댄, 시험에서 치른 싸움. 명확하게 내 실력이 위에 있다고 보고, 녀석은 싸움 방식을 바로 바꾸었다. 나를 쓰러뜨리는 움직임이 아니라, 내 기술을 훔치기 위한 방식으로—. 녀석이 신왕국의 토너먼트에서 수비에 전념했던 이유는 아마도 눈썰미를 단련하기 위한 것만은 아니었겠지. 상대의 공격 기술을 하나라도 더 기억하고자 하는 목적도 있었을 터다.』

싱글렌의 고양된 말투에 츠바이는 입을 다물었다.

『녀석이 「칠용기성」이 될 수밖에 없는 상황에서, 내 함정임을 알면서도 동료를 구하기 위해 뛰어든 건 계획대로다만, 내 기술을 두 개나 훔친 건 예상 밖이로군. 벌레 한 마리 못 죽일 것처럼 생겨서 책사 빰치는 모략을 보여주다니. 그냥 당하고만 있진 않겠다는 거겠지.』

『…….』

『후길에게로 이어지는 장기말 중 하나라고 생각했는데, 상상 이상으로 무서운 남자야. 앞으로가 기대되지 않나……? 어떤가, 츠바이여.』

룩스를 경계하는 모습을 보이면서도 무언가에 흥미를 느낀 듯한 싱글렌의 용성.

츠바이가 그 말에 긍정하자, 바로 용성 접속이 끊어졌다.

†

"……이거야 원, 말도 못 하게 힘든 싸움이었다고."

"괜찮아? 그라이퍼. 다른 사람들도."

그라이퍼가 한숨을 내쉰 직후, 눈앞에 새로운 《엑스 와이번》이 나타났다.

그 사용자는 중성적인 이목구비의 소년, 코랄이었다.

"너…… 지금까지 어디에 있었던 거야?! 널 얼마나 찾아다녔—."

"미안. 『미궁』에 출현한 환신수 대군을 필사적으로 뿌리치고 있었어. 섣불리 이끌고 돌아오면, 모두를 말려들게 할지도 모른다고 생각해서—."

"하아, 뭐 됐다. 여러모로 하고 싶은 말은 많지만, 일단 여기서 나가야—."

그라이퍼가 중얼거린 순간, 약간 떨어진 곳에 있던 위층과 연결된 창살이 소리를 내며 천천히 열렸다. 그리고 《야토노카미》를 장착한 요루카가 내려왔다.

"무사하셔서 다행이어요, 주인님. 분부하신 대로 퇴로는 확보해두었답니다."

결국 주위에 있었던 환신수의 대군은 그녀 혼자서 섬멸한 모양이었다.

주위에도 예전의 밝은 조명이 돌아온 모습을 보니 유적의 경계 태세가 드디어 해제된 것 같았다.

"늦기 전에 퇴각하자. 쌓인 얘기는 나중에, 모두의 안전을 확보하고 나서 하자."

코랄의 제안에 그라이퍼도 고개를 끄덕이며 주위를 둘러보았다.

트라이어드 멤버들도 어찌어찌 일어나는 가운데, 룩스는 장갑을 해제하고서 아이리 앞에 서 있었다.

"……."

룩스의 얼굴을 볼 수 없어서 아이리는 고개를 숙였다.

고문서의 이야기를 하지 않았던 것.

자신과 룩스가 정말로 유적과 관계가 있는 혈족인지, 지금은 아직 모른다는 것.

룩스 일행을 구하려고 한 행동이긴 하지만 지독한 말을 퍼붓고 만 것.

무엇보다도 『용비적』인 딜루이의 간계에 빠져, 모두를 위험에 빠뜨리고 고통스럽게 만들었다는 사실에 얼굴을 들 수 없었다.

하지만—.

"—미안해, 아이리. 나 때문에, 괜한 고생하게 해서."

그럼에도 룩스는 평소의 말투로 미안하다는 듯 그렇게 말했다.

"아이리의 마음은 전부 알고 있으니까. 이제는, 괜찮으니까—."

그 변함없는 오빠의 말에 아이리의 감정이 폭발했다.

"……?! 무슨 말을 하는 건가요?! 오빠는!"

참고 있던 눈물이 떨어지고 힘없이 들어 올린 팔로 룩스의 가슴을 때렸다.

"우리는 다를지도 모른다구요?! 그저 멸망했을 뿐인 구제국의 죄인이 아니라, 유적에 관련된 인간일지도 몰라! 만약 그렇다면, 앞으로 나도, 오빠도 어떤 심한 꼴을 당하게 될지도 모른다구!"

아이리가 계속 두려워하던 것.

그것이 현실로 닥쳐오자 견디지 못하고 소리를 질렀다.

"조금 전에도 그래요! 왜, 저를 버리지 못한 건가요?! 저는 더 이상, 저 때문에 오빠가 괴로워하는 모습을 보고 싶지 않아요! 그런데—."

"나는, 조금도 괴롭지 않아."

살며시 아이리를 안아주고 자신과 같은 색깔의 머리카락을 쓰다듬으며 속삭였다.

"나는 아이리를 지키면서 단 한 번도 괴로워한 적 없어. 힘들다고 생각한 적도, 후회한 적도 없지. 단 하나뿐인 소중한 가족을 지켜낸 것만으로도 나는 행복한걸."

"……대체 왜."

아이리는 끝내 참지 못하고 룩스의 가슴에 얼굴을 파묻은 채 오열했다.

"왜 오빠는 항상 그러는 거예요?! 바보예요?! 왜 항상, 저 같은 걸 위해……."

"……미안해, 걱정 끼쳐서. 그치만, 변하지 않으니까. 만약 우리에게 어떤 비밀이 있다 해도, 나는 평생 아이리의 오빠이니까, 말이야."

아주 살짝 쑥스러운 듯 웃으면서 룩스는 동생의 등을 부드럽게 어루만졌다.

"분명 괜찮을 거야. 괜찮으니까, 그러니까 이제— 울지 마."

"우…… 흑, 아아아아아아아앙!"

룩스의 말과는 정반대로 아이리는 목 놓아 울었다.

사람들 앞이라서 참으려고 했지만 눈물이 멈추지 않았다.

어렸을 적. 병약하고 어머니를 잃은 자신 곁에 늘 있어주었던 가족.

구제국 시절부터 아무리 상처를 입어도 자신을 계속 지켜준 오빠.

언제나 둔감한 주제에, 여차할 때는 고집을 부리고 전부 다 떠맡아버리는 주제에.

그 가슴에서 느껴지는 온기와 목소리, 머리를 쓰다듬는 손에 안도하여 하염없이 눈물이 흘러내렸다.

『미궁』 안에 소녀의 오열이 메아리쳤다.

그리고, 사건은 막을 내렸다.

Epilogue 질문의 대답은

『미궁』 지하 1, 2층 제압 작전에서 하룻밤이 지난 다음 날.

룩스는 공녀 밀미에트를 포함한 집정관들의 입회하에 정식으로 『칠용기성』 후보가 되는 계약을 나눴다.

각국이 승인하기까지는 아직 시간이 좀 더 걸리겠지만 아무튼 이것으로 돌이킬 수 없게 되었다.

하지만 신왕국에서는 한 차례 『칠용기성』 추천을 거절했기 때문에, 그 점은 조금 귀찮아질 수도 있었다.

룩스가 그런 생각을 하던 차에 세리스가 말을 걸었다.

"그러면 룩스, 그건 제 공적(功績)으로 하게 해주세요. 제가 추천을 거절한 당신을 뜯어말렸고, 당신은 그 강력한 설득에 굴복하고 말았다고."

그렇게 제안하는 그녀의 표정은 드물게도 어쩐지 즐거워 보였다.

"하지만, 그렇게 하면 세리스 선배에게 폐가—."

"폐라니, 당치도 않아요. 라르그리스가 입장에서도 당신이 『칠용기성』에 취임하도록 힘을 썼다고 하면 좋은 평가를 받을 테고, 아버지 앞에서 제 체면도 섭니다. 그러니, 저도 도와줬으면 합니다."

"……그럼, 그 제안, 감사히 받아들이겠습니다."

룩스가 제안을 받아들이자, 세리스는 어딘가 안도한 것처럼 고개를 끄덕인 다음 어떤 요구 사항을 말했다.

"네. 하지만 한 가지 조건이 있습니다. 『칠용기성』에게는 저마다 한 사람씩 보좌관이라는 직책이 붙는 모양이더군요. 모쪼록 제가 당신을 도울 수 있게 해주세요."

『칠용기성』의 보좌관.

그라이퍼는 코랄을, 싱글렌은 츠바이라는 노기사를 데리고 있었다.

망설일 이유는 없었다.

학원 최강의 실력자이자 각국의 역사나 귀족의 사정도 훤히 꿰고 있는 세리스가, 교섭 자리에서 서포트를 해준다면 이 이상 든든할 수 없으리라.

룩스가 흔쾌히 승락하며 그 이야기는 정리되었다.

숙소의 의무실에서 검사와 치료를 받은 뒤에는 아이리와 트라이어드가 모여 있는 방에 가기로 했다.

"우리가 있어도 괜찮겠어? 남매끼리 있는 게 편하다면 얼마든지 비켜줄 수 있다고."

룩스가 방의 침대에 앉자 샤리스는 그런 말을 했지만, 아이리는 조용히 고개를 저었다.

아무래도 이번 싸움에서 목숨을 걸어준 것에 대한 아이리 나름대로의 보답인 것 같았다.

"몸은 괜찮아? 다친 데는 없었던 것 같지만."
"그 말, 오빠한테 그대로 돌려줘도 될까요?"
"……."
여느 때의 모습으로 돌아온 아이리를 보며 룩스는 쓴웃음을 짓고 말았다.
그렇게 생각한 순간, 아이리가 갑자기 룩스의 무릎 위에 앉았다.
"왁……?!"
룩스보다 다소 키가 작은 아이리는 체중도 가벼워서 무게는 거의 느껴지지 않았다.
그보다 다름 아닌 그 아이리가 이런 행동을 했다는 사실에 당황하여 룩스는 움직임을 멈췄다.
"……이제 와서 쑥스러워하지 마세요. 오빠한테 불평할 게 있으니까."
"불평이라니…… 나, 무슨 짓 했어?"
"오빠 때문에 어제는 지독한 꼴을 보였어요. 남들이 보는 앞에서 펑펑 울어버려서 죽을 만큼 창피한데, 어떻게 해줄 거예요?"
룩스의 무릎 위에 앉은 채, 뺨을 빨갛게 물들이며 살짝 원망스러운 시선을 보냈다.
"미, 미안. 그치만, 그게…… 나는—."
"오빠는 정말로 이기적이에요. 고집불통이죠. 그러니까, 앞으로는 안 말릴 거예요."

© 2013 Ayumu Kasu

"—어?"

"오빠는 『칠용기성』으로서, 그 싱글렌을 막기 위해 싸워주세요. 오빠가 생각하는 목표와 계획도 대충 완성되었을 테니까. 그것을 따라 움직여주세요. 저도 고문서를 해독한다든지, 여왕 폐하에게 조언을 한다든지, 할 수 있는 데까지 도와드릴 테니까요."

기룡사의 세계 등급 순위.

싱글렌이 부대장인 이유이자, 기룡사의 능력을 나타내는 세계 공통 서열.

환신수의 토벌, 각지에서 실시한 모의전이나 작전 등 다양한 공적에 의해 결정되는 그 순위를 올리는 것이 1차 목표였다.

신왕국의 대표인 『칠용기성』으로서 싱글렌을 막고 후길의 발자취를 따라가기 위해…….

"……그래도 돼?"

"이젠 두 손 들었어요. 처음부터 제게는 오빠를 이길 가능성이 없었어요. 막을 수가 없었죠. 알고 있었지만, 이제는 제 마음을 알아차리고 말았으니까—."

쑥스러운 듯, 원망스러운 듯, 아이리는 눈을 흡뜨고서 룩스를 노려보았다.

그 모습에 쓴웃음을 짓고서 룩스는 그녀의 마음에 답하기로 했다.

"이야, 끝내주네. 좋은 볼거리를 제공해줘서 고마워, 두 사람."

"금단의 사랑인가—. 이건 나도 못 이기겠네—."

"Yes. 저는 아이리를 응원합니다."

"—엑?! 다들 그렇게 놀리지 말라고?!"

남매의 대화를 지켜보고 있던 트라이어드 멤버가 한마디씩 하자 룩스의 얼굴이 빨갛게 달아올랐다.

하지만 샤리스는 룩스의 맞은편에 서서 크흠, 헛기침을 한 번 한 다음 가슴을 폈다.

"그럼, 내가 몇 마디만 해도 괜찮을까? 네 덕분에 제압 작전 건을 좋게 평가받아서 우리는 상급 계층 자격을 얻었다만 — 이번에는 사퇴하기로 했어."

"엑……?"

"세 명이서 상담하고 정한 거다. 지금 우리에게는 아직 이르다는 결론이 나왔어. 『검은 영웅』 정도의 실력을 지녔음에도 부단히 노력하는 너를 보고, 자신의 역부족을 그저 한탄하기만 해왔다는 것을 알게 되었거든."

"그런 거—."

"물론 재능이나 적성의 차이는 있어. 우리가 무엇을 할 수 있는지도 알고 있지. 하지만 다시 한 번 초심으로 돌아가 셋이 함께 노력해보고 싶다고 생각했어. 그러니까 우리가 벽에 부딪쳤을 때는, 친구로서 힘을 빌려줄 수 있을까?"

샤리스의 말이 끝나자 티르파와 녹트도 진지한 눈으로 바라보았다.

그 말을 받아들인 룩스는 확실하게 고개를 끄덕이고서 미소 지었다.

"—네. 저라도 괜찮다면, 얼마든지요."

룩스의 대답에 트라이어드 멤버들은 웃는 얼굴로 대답했다. 그리고 샤리스의 제안으로 아이리도 포함해서 작은 뒤풀이를 열었다.

결국 몰래 술을 반입한 사실을 들켜 모두가 사이좋게 라이글리 교관에게 혼나고 말았다.

그래도 지금은 룩스와 아이리를 지탱해주는 친구들이 잔뜩 있었다.

그 사실이 무엇보다 기뻤다.

앞으로는 『칠용기성』으로서 새로운 목적을 향해 정진하는 나날이 시작된다.

그러는 와중에 지켜낸 소란스러운 일상과 그 즐거움을, 룩스는 확실하게 음미했다.

†

다음 날 낮, 코랄이 없는 방 안에서 룩스가 귀국을 위해 짐을 정리하고 있는데 가벼운 노크 소리가 들려왔다.

일어나서 문을 열자 거기에는 크루루시퍼가 서 있었다.

"계층 승격 축하해. —그리고 수고했어. 이번에도 또, 많은 일이 있었던 모양이구나."

"고마워. 크루루시퍼 씨도 축하해. —그런데 무슨 일이야?

이제 곧 이 도시에서 출발해야 하니까, 얘기라면 나중에……."

"……."

그렇게 말하는 룩스를 무시하고 크루루시퍼는 방 안으로 들어왔다.

그리고 정신없이 짐을 싸던 룩스가 앉아 있던 침대에 말없이 앉았다.

"……?"

룩스도 살짝 당황하면서 그 옆에 앉았다.

"『칠용기성』이라니, 룩스 군도 엄청난 거물이 되어버렸구나. 처음 만났을 때는 평범한 치한에다 속옷 도둑이었는데."

"아냐, 거물은 무슨……이 아니라, 첫 번째 전제부터 틀렸잖아?! 그건 오해라니까?!"

살짝 놀린 정도로 룩스가 허둥대자 크루루시퍼는 작게 웃으면서 말했다.

"그치만, 결심한 거지? 앞으로는 망설이지 않겠다고."

"……응. 난 이제 두 번 다시 내 마음을 억누를 수 없을 것 같아."

5년 전 그날.

후길에게 배신당하고 룩스가 바란 혁명이 실패로 끝난 진짜 이유.

룩스가 과거에 황족으로서 이루려고 했던 일은 정말로 잘못된 것이었을까.

그것도 모르는 채 자신의 마음을 숨기는 것은 이제 불가능하다는 사실을 알았다.

『칠용기성』이 되어 각국의 조약이라는 굴레를 넘어서 룩스의 소중한 소녀들을 지킨다.

과거의 구제국과 같은 지배를 꿈꾸는 싱글렌의 난폭한 행동을 저지하고 5년 전의 진상을 밝혀낸다.

신왕국에 사는 죄인.

구제국의 왕자로서 자신이 무엇을 할 수 있는지.

다시 한 번 자신이 걸어야 할 길을 찾는 것이야말로 자신의 소원이라는 것을 알았다.

"그럼, 망설임이 사라진 김에, 내 얘기를 하나 해도 될까?"

쭉 룩스 옆에 앉아 있던 크루루시퍼가 조용히 중얼거렸다.

"룩스 군. 유적의 수수께끼에 흥미 있어?"

"—응?"

뜻밖의 질문에 룩스는 당황했다.

"조금 있으면— 아니, 신왕국으로 돌아가서 바로 일지도 모르겠는데, 난 일단 유미르 교국으로 돌아가게 될 것 같아."

"그건, 설마—."

예전에 크루루시퍼의 약혼 이야기에 관여한 적이 있는 룩스는 어떤 사실을 연상했다.

"응, 내 생가. 에인폴크가에서 긴급 호출을 받았어. 정략결혼 상대를 찾으면서 신왕국 상층부에 연줄을 만들라고 할 때는 언제고, 무슨 바람이 불었는지는 모르겠지만."

어딘가 어처구니없다는 듯 웃으면서 그렇게 말했다.
담담하게 말하고 있지만 크루루시퍼가 가족, 그리고 집 이야기를 할 때는 복잡한 감정이 담겨 있는 것처럼 느껴졌다.
유적 출신인 크루루시퍼는 지금도 여전히 가족과의 사이에서 벽을 느끼고 있는 듯했다.
"설마, 유적이랑 관련된…… 문제야?"
"그 가능성이 높다고 봐. 유적에 뭔가 커다란 움직임이 있었거나, 혹은 유미르 교국이 일으키려고 하거나. 그러니까 내 존재가 필요해진 거겠지."
"……."
각지에 존재하는 유적의 상태가 변화해 경계가 높아진 이 시기에, 긴급 귀국 요청.
크루루시퍼가 아니라도 뭔가가 있을 거라고 생각하는 것은 당연한 판단이었다.
"그래서, 그— 너한테 상담하고 싶은 게 있는데……."
"—알았어. 나도 갈게."
크루루시퍼가 어떤 말을 꺼내려고 한 순간, 룩스가 먼저 선수를 쳤다.
"응……?"
크루루시퍼가 눈을 크게 뜨고 룩스의 얼굴을 빤히 바라보았다.
"리샤 님의 기사 임무도 있긴 하겠지만, 부탁드려볼게. 어떻게든 꼭 같이 갈 수 있게 할 테니까."

"그, 그래, 고마, 워……."

어딘가 멍한 모습으로 고개를 숙이는 크루루시퍼를 룩스는 이상하다는 눈으로 바라보았다.

"……그렇게 흔쾌하게 받아주다니, 뜻밖이었거든. 기대해도— 괜찮을까?"

뺨을 살짝 물들이면서 룩스에게도 잘 들리지 않을 만큼 작은 목소리로 중얼거렸다.

"얼레? 왜 그래, 크루루시퍼 씨— 앗, 우왓?!"

의문을 떠올린 순간 옆에 있던 크루루시퍼가 더욱 몸을 밀착했다.

룩스의 뺨이 새빨개지자 크루루시퍼는 차분한 표정으로 속삭였다.

"—한 가지, 부탁할 게 있어. 내가 유적 조사를 맡게 된다면, 너의…… 아카디아 제국과 모종의 관계가 드러날지도 몰라."

아이리가 갖고 있던 고문서 이야기는 이미 렐리나 리샤, 그리고 룩스와 친한 멤버들과 정보를 공유했다.

그래서 크루루시퍼는 『열쇠 관리자(엑스퍼)』라 불린 자신의 혈족과 『창조주(로드)』라고 칭하던 헤이즈의 혈족— 즉 룩스와의 관계를 신경 쓰는 것이리라.

그 비밀이 밝혀지는 것도. 그리고 어떠한 관계였는지도…….

"하지만 나와 네 관계가 원래 어땠는지는 상관없이— 적대는 하지 않겠다고, 서로의 관계를 바꾸지 않겠다는 것만 약속해 줬으면 좋겠어."

언제나 침착하고 냉정한 크루루시퍼치고는 심약한 말투.

유적의 수수께끼가 밝혀져서 주위와의 관계가 바뀌게 되는 것을 두려워하는 것이리라.

그래서 룩스는 평소처럼 온화한 미소를 보여주며 소녀의 손을 잡았다.

"약속할게. 나는 무슨 일이 있어도, 크루루시퍼 씨의 편이야."

"……고마워."

조용한 침묵이 방에 가득 찬 직후, 크루루시퍼가 살며시 룩스의 뺨을 쓰다듬었다.

그리고 살짝 뺨을 붉게 물들이며 눈을 피하더니, 이윽고 천천히 그 작은 입술을 룩스의 얼굴에 가져다 댔다.

"크, 크루루시퍼…… 씨?"

"신경 쓰지 마. 이건 그, 유미르 교국에 와주는 것에 대한 답례를 미리 하는 거니까—."

달콤한 소녀의 숨결이 코앞에서 느껴진 순간 쿵쿵, 방문을 두드리는 소리가 들렸다.

"헉……?!"

"룩스 군, 슬슬 헤어질 시간이야. 신왕국 사람들이 출발한다고—."

두 사람이 후다닥 떨어진 순간, 코랄의 밝은 목소리가 들려왔다.

“좋은 순간에 방해를 받아버렸네.”

크루루시퍼는 창피함을 숨기려고 미소를 지으며 천천히 일어섰다.

룩스는 왠지는 몰라도 가슴을 쓸어내리면서 멋쩍은 표정으로 그 뒤를 따라갔다.

■작가 후기

오랜만에 뵙겠습니다. 아카츠키입니다.

벌써 『바하무트』도 6권째. 지금까지 쓴 것 중에 처음으로 시리즈 6권에 돌입하였습니다.

이것도 전적으로 독자 여러분 덕분입니다. 감사합니다.

5권에서 이 6권이 나오기까지 많은 일이 있었습니다만, 태어나서 처음으로 사인회를 위해 대만에 다녀왔습니다(첫 해외 여행).

솔직히 말해서 무진장 긴장했고, 예정 외의 일이 일어나기도 하면서 무척 즐거웠습니다만, 이곳에서 이야기하기에는 여백이 부족하니 이 책이 나올 무렵까지는 제 블로그에서 자세한 이야기를 풀어볼까 합니다.

그리고 중대 발표가 있습니다.

『최약무패의 신장기룡(바하무트)』의 애니화가 결정되었습니다!

굉장히, 놀랐습니다.

제가 쓴 책에 많은 그림과 소리와 목소리가 붙는 모양입니다.

일러스트 담당 카스가 씨가 디자인하신 멋진 메카나 히로인들이 TV에서 어떻게 움직일지 벌써부터 무척 기대되는군요.

솔직히 전혀 실감이 나지 않습니다만, 정보를 기다려주신다면 감사하겠습니다.

그런고로 감사 인사를 드리겠습니다.

일러스트 담당 카스가 아유무 님.

오랜만에 표지를 장식한 장갑 버전 리샤 님과 마구 늘어나는 신 캐릭터들을 그려주셔서 감사합니다. 그리고 요루카의 콜록콜록.

담당 사토 님.

평소의 원고에 추가로 게재 단편까지 체크해주셔서 감사합니다.

우선은 일단락 지었다고 생각합니다.

이제부터 시리즈도 본궤도에 올랐다는 느낌이오니, 다음 권도 잘 부탁드립니다.

2015년 5월 모일 아카츠키 센리

■역자 후기

한 달 만에 뵙겠습니다. 역자 원성민입니다.

전용전 에피소드가 끝나자마자 또 새로운 이야기가 숨 가쁘게 펼쳐지는 6권이었습니다. 생각 외로 창조주 일족의 등장이 빠르군요. 그리고 제2 황녀의 정체가 복선으로 깔렸습니다만, 과연 이번 6권에서 수상한 모습을 보여준 그 등장인물이 제2 황녀가 맞을지 궁금합니다. 그나저나 룩스, 어째 새로운 기룡사가 등장할수록 전투력이 점점 낮아지는 느낌이……? 5권에서는 요루카에게 밀리다가 아무리 봐도 주인공 보정으로 이긴 느낌이었고, 이번 6권에서는 대놓고 싱글렌에게 밀리는 모습을 보여줬죠. 뭐 끝내 기술도 훔쳐냈고, 4권에서 등장한 한계돌파를 비롯해서 룩스에겐 아직 숨겨진 부분이 많으니 어찌됐든 결국 정점에 서겠습니다만.

그럼 이번 후기는 여기서 줄이겠습니다. 다음 권에서 뵙겠습니다.

최약무패의 신장기룡 6

1판 1쇄 발행 2016년 2월 10일
1판 2쇄 발행 2016년 12월 30일

지은이_ Senri Akatsuki
일러스트_ Ayumu Kasuga
옮긴이_ 원성민

발행인_ 신현호
편집부장_ 김은주
편집진행_ 최은진 · 김기준 · 김승신 · 원현선
편집디자인_ 양우연
국제업무_ 정아라
관리 · 영업_ 김민원 · 조인희

펴낸곳_ (주)디앤씨미디어
등록_ 2002년 4월 25일 제20-260호
주소_ 서울시 구로구 디지털로 26길 111 JnK디지털타워 503호
전화_ 02-333-2513(대표)
팩시밀리_ 02-333-2514
이메일_ lnovelpiya@naver.com
L노벨 공식 카페_ http://cafe.naver.com/lnovel11

원제 SAIJAKU MUHAI NO BAHAMUT vol. 6
Copyright © 2015 Senri Akatsuki
Illustrations copyright © 2015 Ayumu Kasuga
All rights reserved.
Original Japanese edition published in 2015 by SB Creative Corp.

This Korean edition is published by arrangement with SB Creative Corp., Tokyo
in care of Tuttle-Mori Agency, Inc., Tokyo.

ISBN 979-11-86906-38-5 04830
ISBN 978-89-267-9873-7 (세트)

값 6,800원

*이 책의 한국어판 저작권은 Tuttle-Mori Agency를 통한
SB Creative Corp.와의 독점 계약으로 D&C MEDIA(디앤씨미디어)에 있습니다.
저작권법에 의해 한국 내에서 보호를 받는 저작물이므로 무단전재와 복제를 금합니다.

*잘못된 책은 구매처에 문의하십시오.

© 2015 by Kaoru Shinozaki
Illustration Kohada Shimesaba

성수국의 금주술사 1~2권

시노자키 카오루 지음 | 시메사바 코하다 일러스트 | 김덕진 옮김

사가라 쿠로히코는 어느 날 하얀 빛에 휩싸여 의식을 잃게 된다.
그가 눈을 떴을 땐 성스러운 나무를 신앙하는 이세계에 서 있었다.
학원에 들어가게 된 쿠로히코는 어째서인지 아무도 읽지 못했던
『금주』의 주문서를 간단히 읽어 버린다.
"—제9금주, 해방."
『성수사』를 육성하는 학원에 입학하게 된 한 명뿐인 『금주술사』.
그 새로운 인생의 막이 오른다!

제1회 오버랩 문고 WEB 소설 대상
『금상』 수상작의 이세계 판타지, 여기에 등장!

라이트노벨의 새로운 빛! L노벨의 신간은 매월 10일에 발매됩니다. http://cafe.naver.com/lnovel11

L NOVEL

© DAIJIN WASHINOMIYA ILLUSTRATION:Nardack
KADOKAWA CORPORATION ASCII MEDIA WORKS

마계로 소환되어 가정교사?! ~파견지는 마왕궁~ 1권

와시노미야 다이진 지음 | Nardack 일러스트 | 이은혜 옮김

갑자기 마계로 소환되어 보니—
【마왕에게 부하 빌려드립니다. 용사】
—당했다! 이 용사 자식!
이리하여 임명된 일은 마왕 따님의 가정교사.
게다가 기간은…… 뭐?! 고, 고작 2주?!

마왕의 아름답고 무서운 여섯 딸들, 그중 제3왕녀인 말괄량이 아라크네 사피르.
인간계에서 개최하는 무도회에 그녀가 무사히 데뷔하지 못하면
마계를 호시탐탐 노리는 인간계와 마계의 최종 전쟁이 발발한다……!
마계의, 그리고 인류의 존망이 걸린 사교계(데뷔탕트) 데뷔를
성공으로 이끌기 위한 마물 공주들과의 비밀 레슨이 시작된다!

강제소환으로 시작되는 가정교사 판타지, 개막!

라이트노벨의 새로운 빛! L노벨의 신간은 매월 10일에 발매됩니다. http://cafe.naver.com/lnovel11

L NOVEL

© 2014 by Ao Jyumonji
Illustration Erectsawaru

대영웅이 무직인 게 뭐가 나빠 1~2권

쥬몬지 아오 지음 | 에렉트 사와루 일러스트 | 최승원 옮김

“눈을 뜨라(어웨이크)”라는 말을 듣고 눈을 떠보니 그곳은 낯선 세계였다.
『마치 게임 같은 세계』인 그림갈에서 살아남기 위해 우리는 싸울 수밖에 없지만……
누군가에게 주어진 길 따위는 사양이다.
난 나만의 길을 가겠다.
신관인 이치카와 마법사인 모모히나를 거느리고
모험의 시작으로 오크를 죽이러 간 나는,
죽어가는 모험가에게서 마검『소울 컬렉터』를 건네받는다.
이것만 있으면 직업 따위 상관없다.
『무직』인 채로 진짜 영웅이 되어주마.

쥬몬지 아오가 선사하는 새로운 영웅담!
소년이 마검을 손에 쥔 순간, 영웅담의 막이 열린다!

라이트노벨의 새로운 빛! L노벨의 신간은 매월 10일에 발매됩니다. http://cafe.naver.com/lnovel11